삼촌의 전성시대
2권

장호주 자서전

삼촌의 전성시대
2권

장호주 자서전

예술의숲

◆ 차 례

제4부. 홍해의 신부(제다편)

제5부 승부사들의 세계(바둑 편)

제6부 에어포스 베이스(타북 편)

제4부. 홍해의 신부(제다편)

성지순례의 길목에서

1981년 8월, 도착한 '제다'는 사우디의 수도인 리야드에 이어 두 번째로 큰 항구 도시이자 상업의 중심도시다. 제다의 어원도 할머니를 뜻하는 '이브'의 묘가 있었다는 전설에서 비롯되었으며, 그 옛날 페르시아 왕국의 수도이기도 했으며 아라비아의 "파리"자 홍해의 신부라는 별칭으로 불리기도 한다. 또한 제다에서 1시간인 제일의 성지 메카와 5시간 거리의 제이의 성지 메디나엔 매년 전 세계에서 5월 하지인 '라마단' 때는 200여만 명의 이슬람교도들이 성지순례를 위해 공항과 항구를 통해 거쳐 가는 사우디의 관문이자 길목이기도 하다. 전 세계 이슬람교도들이 매일 5회 엎드려 예배하는 방향도 아브라함과 아들이 천국에 있다는 '신'의 집을 모방해 만들었다는 '카아바' 신전도 메카에 있어 제다와 메카쪽이다.(동쪽)

그러한 제다의 공사현장의 정식 명칭은 '국립 호스피탈 하우징' 이었으며 회사는 주식회사 한양주택이었다. 말하자면 병원의 의사나 간호사와 사무원들의 숙소인 빌라나 3층짜리 반 조립식 콘크리트 건물인 연립식 아파트형 주택공사였으며, 그 건물은 약 100여동 정도였다. 사실상 아기자기하고 오밀조밀한 목조 주택은 아닌지라, 형틀 목공은 필요했지만 삼촌과 같은 일류 목수는 굳이 필요한 곳은 아니었다. 그러나 개똥도 약에 쓰려면 없다고 삼촌은 제때 그 현장에 도착했던 것이다. 그로 말미암아 삼촌은 시작부터 엉뚱한 일을 하게 되었다. 그 엉뚱한 일은 바로 "측량" 일이었다. 웬 측량일이냐 하겠지만 그 사연은 이렇다.

측량

　사실, 측량은 일반 사람들에겐 생소할뿐더러 건축에 있어서도 특별한 분야라 할 수 있다. 따라서 정식 측량자격증을 갖춘 측량사는 소수일뿐더러 전문지식과 고도의 측량기술을 갖춘 그들의 자부심도 대단하다. 측량에도, 지적측량, 토목, 터널, 수로 등 나아가 천문측량까지 수많은 분야가 있지만 일반적으론 크게 건축과, 토목, 지적측량으로 나뉜다. 또한 초 정밀측량기기로 허블 우주망원경과 같은 천문기기도 있지만 역시 일반적으론 예전엔 '데어도 라이트'로 불리던 '트랜싯'과 '토털스테이션 광파기 포함', '레벨' 두 가지로 나뉜다. 그 중 트랜싯은 그야말로 측량의 꽃이라 할 수 있는 초정밀 측량기기다. 반면 단순 수평만을 측정하는 '레벨'기는 조작도 쉽고 사용도 간편하다. 이참에 측량에 관해 기본적인 사실만을 알아두는 것도 실생활에 많은 도움이 될 것이다. 비록 전문가는 아니지만 삼촌의 설명과 확인한 자료들을 토대로 아는 대로 얘기해보겠다.

우리들은 길을 걷다보면, 도로가에 박혀있는 병마개의 두 배쯤 되는 한가운데 나사못이 박혀있는 은백색의 볼록하고 조그만 알루미늄 뚜껑들을 볼 수 있다. 지금까진 저게 도대체 뭔가? 하며 무심히 지나쳤겠지만 그 은백색의 조그만 뚜껑과 그 가운데 박혀있는 나사못대가리가 바로 벤치마킹이자, 수준기표다. 벤치마킹이란 말은 많이 들어보았을 것이다. 뜻도 잘 모른 채, 나도 마찬가지였다. 벤치마킹이란 말은 정확히 말해 측량용어로, 수준기표 즉, 바다의 평균 높이를 나타내는 기준수면높이마킹이다. 다른 말로 해발이란 얘기다. 삼각측량에 의해 확인한 지상 최고봉인 '에베레스트' 봉의 높이도 결코 지상이 아닌 해발(기준기표) 약 8848m로 표기돼 있다. 그런 기준마킹은 지역마다 동네마다 도로가에 수없이 많이 박혀있다. 좀 더 관심을 갖고 살펴보면 그 은백색의 표면엔 '보조 점' 지적 공사란 글도 새겨져 있다. 가끔 측량사가 그 은백색 뚜껑위에 차려 놓은 노란색의 삼각대위에 측량기를 장착하고 측량하는 모습을 볼 수 있는데 바로 지적측량으로 도로나 건물 완공 전후 관계지청에 등록 시 필요한 측량 구비 서류 내용을 측정하는 것이다.

즉 도로나 건물 구조물들의 족보라는 얘기다. 건설이나 건축에 있어 위치나 방향, 높이는 모두가 기준마킹을 기준으로 한다. 그러나 높이는 해발 즉 수준, 기표에서 따올 수 있지만 위치나 그에 따른 방향은 애시 당초 지구상에 존재할 수가 없다. 결국 합의하에 위치 기준을 북극으로 정했을 따름이다. 그러한 위치결정의 동기는 자석, 즉 나침반으로부터 기인한다. 위대한 이론 물리학자인 알버트, 아인슈타인은 어린 시절 부친으로부터 물려받은 나침반을 갖고 놀다 그 나침반의 바늘 끝이 항상 한 곳만을 가리킨다는 사실에 흥미와 관심을 갖게 되었고 지구야 말로 거대한 하나의 자석이란 사실을 앎으로서 물리학자로서의 길을 걷게 된 것은 이미 널리 알려진 사실이다. 따라서 북극이 야 말로 가장 적합한 지구상의 위치 기준이 되었던 것이다.

우리는 파, 어웨이란 서부 개척 영화에서 톰 크루즈가 당찬 애인인 맥라이언과 함께 죽기 살기로 평야를 달린 끝에 깃발을 꽂고 여기가 내 땅이라고 외쳐대며 절규하는 장면도 기억하고 있다. 내 땅 내 집의 위치는 그땐 그랬을 것이다. 그러나 오늘 날엔 그럴 수 없다. 어디까지나 측량에 의해 내 땅과 내 집의 위치가 정해진다. 따라서 아직은 땅의 족보가 없는 달이나 화성 에 누가 먼저 깃발을 꽂느냐, 경쟁이 치열한지도 모른다.

그렇다고 삼촌이 측량 자격증까지 갖고 있다는 얘기는 아니 다. 비록 레벨 측량만큼은 측량사 못지않은 경험과 기술을 갖 고 있지만 트랜싯 측량만큼은 기회도 없이 그저 기본적인 수 준이었을 뿐이다. 그렇다 해도 목수로선 실로 대단한 능력이 었던 것만은 분명하다. 100명의 목수 중, 기본 수준이라 할지 라도 트랜싯을 제대로 차리고 측정할 수 있는 목수는 전무하 며, 있다면 이미 목수가 아니다. 쉽고 간편한 레벨 측량조차 할 수 있는 목수도 서너 명에 불과하다. 따라서 삼촌은 레벨 만큼은 접할 기회도 많아 스스로 터득해 사용하며 많은 경험을 통해 일반 건축에 있어선 거의 완벽할 정도로 숙달돼 있었지만, 트랜싯만큼은 접할 기회도 없다. 우연한 기회에 그나마 기본수준을 배울 수 있었다. 사실 측량은 일반적으로 특별하며, 건설과는 떼려야 뗄 수 없는 관계로 특히 토목에선 자연세계와 더불어 그 대상이 광범위하고 다양하게 적용되며 건축에서도 마찬가지다. 따라서 측량에는 초정밀 측량기기를 사용하는데 그 대표적인 측량기기가 바로 트랜싯이다. 트랜싯이야 말로 그 정밀성은 타의 추종을 불허하며 기능면에서도 삼차원의 모든 방향과 한정된 범위 내에서 수직, 수평은 물론 거리까지도 측정할 수 있는 다목적 다기능 측량기로 참으로 놀라운 측량의 정수이자 진수이며 꽃이라 할 수 있다. 따라서 보통 사람은 어쩌다 구경은 할 수 있어도 굉장히 비싼 제품으로 만져볼 기회조차 없는, 그런 트랜싯이란 측량기를 둘러메고 다니거나 들여다보는 사람 열 명 중 아홉은 모두 측량 자격증을 갖춘 정식 측량 기사들이 틀림없다는 것이다. 따라서 그러한 측량사들은 해박한 학문적 지식은 물론, 실제 사용함에 있어 고도의 측량 기술과 많은 경험이 있는 사람들이라 해도 좋을 것이다. 예외가 있다면 삼촌 같은 사람이다.

일반적인 측량기는 초점을 맞추면 수백 m까지 대상 목표지점을 mm의 오차 없이 정확히 측량할 수 있다. 그렇다면 그들은 과연 어떻게 그 트랜싯이란 측량기기를 설치하고 사용할까? 그 내용은 대략 이렇다. 우선 그들은 수직 측량을 할 땐 대상물의 정면에서 알맞은 거리에 그 기기를 차리고 측정하며 만약 빌딩이나 아파트의 위치나, 높이 방향을 시공하기 전 측량할 땐 분명 가까운 어딘가 존재하는 벤치마킹에서 따온 기준마킹 위에 그 기기를 차리기 마련인데, 그때 그들은 그 기준점을 중심으로 삼각대를 적당한 각도와 자신의 눈높이로 차려놓고 그 트랜싯을 장착한 후 조작한다. 그들은 숙련된 솜씨와 요령으로 쉽게 조작을 마친다. 만약 문외한이 손재주가 있다며 나도 한번 해보겠다고 대들어 상식적인 방법으로 아무리 조작해봐야 맞출 수가 없다.

왜냐하면 그 기기는 수평도 맞춰야 하지만 동시에 밑바닥에 있는 기준점도 조준경의 +자 정중앙과 정확히 일치해야만 하기 때문이다. 따라서 수평을 맞추면 기준점의 위치가 틀리고 기준점을 맞추면 수평이 틀리는 등 아무리 애써봐야 도무지 동시에 맞출 수가 없다. 물론 어쩌다 동시에 맞는 경우도 있다. 그러나 우연일 뿐이며 그 우연도 이리저리 돌려가며 확인 해보면 미세하게라도 틀려있기 마련이다.

그렇다고 이쯤이야 하는 생각은 있을 수 없는 일이다. 그 미세한 오차가 수백 미터로 확장된다면 그 확장된 오차는 용납될 수 없기 때문이다. 결국은 그 측량기를 집어던지고 싶을 만치 짜증나고 신경질 나 포기하게 될 것이다. 따라서 그들에게 도움이나 가르침을 받아야만 하며 그 후에도 오랜 시간을 연습해야만 비로소 제대로 차릴 수 있을 것이다.

참고로 그들은 먼저 수평을 정확히 맞춘 후 조임 나사를 풀곤 그 트랜싯을 두 손으로 잡곤 조준경을 들여다보며 그 기준점과 조준경의 십자 정중앙을 섬세한 손놀림으로 옮겨 맞춘 후 그때 수평인지 확인 한 후 다시 나사를 조인 후 그 기기를 사방으로 돌려가며 조금이라도 틀리면 다시 재조정한다. 사실 그들은 재조정이 필요 없을 정도다. 그 시간은 20여 분 정도면 충분하다.

그리고 나면 실측에 들어가는데 그 기준점은 보통 말뚝에 박혀있는 못대가리다. 이미 매끈하게 쳐진 아파트 콘크리트 기초 바닥의 주변, 아니면 정중앙이거나 한 귀퉁이다, 때문에 중앙일 경우 방향만 맞추고 나면 그대로 콘크리트 바닥끝에 마킹한 후 180도 돌려 역시 바닥끝에 마킹한 후 90도로 꺾어 역시 앞뒤로 양쪽 끝에 마킹한 후 열십자 먹줄을 때려 놓으면, 나머진 목수들이 알아서 그 열십자 기준 먹줄에서 줄자로 거리를 재며 기둥이든 방이든, 화장실이든, 계단이든, 뭐든 이차, 삼차 먹줄들을 때려가며 그 아파트는 꼭대기까지 세워질 것이다. 물론 기준 높이도 말뚝에 마킹해 놓는다. 그밖에도 수많은 고난도의 측량들이 있지만 그 정도만 할 줄 알아도, 자칭 측량기사 행세는 할 수 있다. 삼촌은 바로 그 정도 수준이었던 것이다.
도면대로 높이도 '레벨'기나 물 수평으로 3~4m간격으로 마킹 '실'을 띄어 맞춰 공사한다.

삼촌은 스물일곱 살 때쯤 분당의 아파트 공사 현장에서 일을 하고 있었다. 그때 그 아파트의 목공 공사를 맡아 하고 있던 목수 오야지의 직속인 젊은 목수가 있었다. 삼촌처럼 다양한 목공 기술이나 경험은 없었지만 아파트 공사만큼은 빠삭 인 전문 목수였다. 아파트의 기초 공사는 참으로 요란하다. 일층 30평짜리 4세대 25층 아파트 한 동의 기초 공사는 다음과 같다.

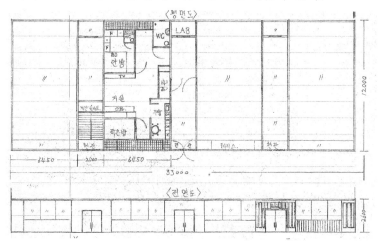

■ 평면도 / 전면도

내가 살고 있는 아파트가 어떻게 시공되는지 알아두는 것도 좋을 것이다. 우선 몇 동, 수십 동의 대단위 아파트 단지라면

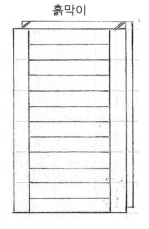

흙막이

평야 같은 터파기를 하겠지만 여기선 한 동 만을 예로 들겠다. 벤치마킹을 기준으로 한 측량에 의해 사방 16mx37m의 넓이를 지하 3.5m 깊이로 터파기를 한다. 그 다음 지상 크레인이 두께 40cm에 직경 1m의 원형 무쇠통을 매달아 땅바닥을 내려치며 다진다. 다음으로 롤러 장비차가 땅바닥을 돌아다니며 골고루 판판하게 다진다. 물론 그 땅바닥은 몇 cm의 오차는

있지만 전체적으로 수평이다.

그 다음으론 3.5m높이의 사방흙벽에. 5m짜리 I 강철빔을 최소한 1.5m이상 깊이와 2m간격으로 때려 박는다. 그리곤 2m x 18cm x 12cm의 목재를 I 빔 사이에 끼워 물막이를 한다. 다음 역시 측량에 의해 땅바닥에 아파트의 규격대로 외부, 내부, 벽체 마다 실이 떨어지고 '실'을 중심으로 폭 1m에 역시 1m의 간격으로 짧은 철근에 빨간 리본이 달린 이른바 꽃이 심어진다. 그 꽃심은 아파트 한 동에 무려 500여 개가 심어진다.

그때 등장하는 것이 마치 미사일이나 로켓 발사대와 같은 10m 높이의 탑을 앞세운, 특수 장비 차다. 그 탑의 상부엔 직경 40cm에 길이 3m의 검은 원통형 무쇠기둥이 장착 돼 있다. 밀차로 무쇠 기둥에 직경 20cm에 길이 3m의 나선형 드릴이 장착돼 500여 곳의 꽃심 자리마다 최소 2m이상 깊이로 구멍을 뚫는다. 이후 드릴은 제거. 다음 지상 땅바닥에 쌓여 있는 직경 30cm에 길이 7m의 콘크리트 전봇대 기둥, 한쪽은 뾰족하다.

한 개를 뾰족한 쪽을 밑으로 발사대와 같은 탑의 상부 쇠기둥 사이에 세워 고정 시킨 후, 드릴 구멍에 끼워 맞춰 몇 번 쿵, 쿵, 그 쇠기둥으로 때려 박은 후, 본격적으로 그 쇠기둥으로 오르내리며 때려 박기 시작한다. 참으로 볼만하다. 그렇게 여러 차례 또는 수십 번 내려치면 7m짜리 콘크리트 전봇대는 거의 땅바닥까지 또는 지하 암반에라도 닿으면 더 이상은 박히지 않는다. 그렇게 박힌 500여개의 콘크리트 전봇대 기둥들은 상부가 30cm~50cm 또는 1m정도로 들쭉날쭉 남아있다. 갯벌 공사일 경우는, 그런 7m짜리 기둥이 두 개 혹은 세 개까

<지상>

상·하수도
<지하주차장>
단면도

3m.

땅속

7m.

지도 연결 박힌다.

　다음 원형 이빨과 주둥이를 가진 또 다른 특수 장비차가 등장, 솟아 있는 기둥들의 땅바닥 높이로 물곤 조여 바스러트리면 약 20여cm의 원형 공간이 생기며 그 사이로 강철로 꼬아 심은 강철심들이 보인다. 기둥 속은 공동이다. 동시에 용접사가 따라다니며, 산소기로 그 강철심들을 절단 상부기둥을 떼어낸다. 그렇게 모든 상부기둥이 제거되면 기둥 토막과 잔재들은 깨끗이 치워진다. 마침내 전체적으로 철근들이 이중으로 바둑판처럼 깔리고 나면, 30cm 두께로 콘크리트가 쳐지며 그때 장차 기둥들과 벽체 속에 들어갈 철근들도 최소한 60cm 높이로 남아있다.

　단, 2~3층짜리 일반주택 건물들은 땅바닥만 다진 후 기초 시공한다. 모래바닥 역시 마찬가지다. **참고** : 가장 단단한 기초 바닥은 바로 백사장이다.

　바로 아파트의 지하 주차장 바닥 시공이 끝난 것이다. 한마디로 바닥 전체가 30cm두께의 콘크리트와 500여 개의 7m깊이 기둥 속마다 콘크리트로 채워져 25층 아파트의 전체 무게를 떠받히고 있다는 얘기다.

　시공은 사방, 외부, 내부의 기둥들과 벽체들 속에 들어갈 수많은 철근들이 이미 심어진 60cm의 높이의 철근들마다 3m 60cm의 철근들이 연결되고 3m의 높이로 기둥형틀과 벽체형틀, 그에 따르는 '보'의 형틀이 설치되고 슬라브 바닥이 깔리고 역시 바닥 철근들이 깔리고 나면 물론 그 시공 과정에서 전기배선이나 상, 하수도 배관이 함께 설치됨은 말할 것도 없다. 지하 주차장 진입로이자 출구로인 '램프' 형틀과 함께 비로소 거창한 지하 주차장 형틀엔 통째로 콘크리트가 쳐진다.

다만 후에 직경 20cm 정도의 하수도 원형 주물 통들과 40cm x 60cm 규격의 냉, 온방, 닥트들은 은박지로 포장된 인슈렌스로 감겨진 채 지하 주차장 콘크리트 천정 외부에 노출 시공된다. 그 사통팔달로 시공되는 길이는 나도 알 수 없다. 설계도면에는 나와 있겠지만. 이제 지상에서 보이는 것은, 아파트 한 동 면적의 콘크리트 바닥과 여섯 군데 뚫린 엘리베이터 구멍과 비상계단 구멍, 두 줄로 솟아나와 있는 60cm 높이의 사방 외부와 내부 벽체의 철근들과 출입구만 남겨 높은 3~4m 높이의 사방 외부를 가리는 공사 현장의 조립식 펜스 패널뿐이다. 다만 공사현장 주변엔 함바집과 인부들의 숙소로도 쓰이는 컨테이너들도 그 아파트 공사가 끝날 때까지 상주할 것이다.

사실 1980년대 초까지도 건설과 건축의 형틀공사는 제작(형틀)에 있어서도 목재와 일반 합판, 또는 코팅 합판으로만 제작되고 멍에와 네다, 삿보도 역시 모두 목재였다. 시공도 그에 합당한 방법이었다. 그러나 오늘날은 다르다. 역시가 말해주듯 인류 문명은 발전해왔고 건설. 건축에도 적용되어 많은 변화를 가져왔고 형틀 공사도 마찬가지다. 그 대표적인 변화가 형틀과 그에 따른 시공법이다. 우선, 형틀 자체가 조립식으로 규격화되고, 아예 공장에서 대량 생산돼 보급되었으며 시공도 조립식으로 바뀌었다. 그에 따른 멍에와 네다. 삿보도, 부속자재들도 '철' 제품으로 바뀌었다. 심지어 슬라브의 합판까지도 설계에 따른 특수시공법에 따라, 건물 벽체와 슬라브가 통째로 강철판 형태로 자체 제작돼, 시공되기도 한다. 그렇게, 공장에서 대량 생산돼 보급되는 규격화된 조각 형틀 판들이 이른바 바로 유니폼이다. 조각 유니폼과 원형철통 삿보도의 표준 규격과 모양은 옆 그림과 같다. '셋트' 부속자재, 타이, 핀, 갈고리, 철봉 등 이러한 '철' 자재들은 아파트는 물론, 일반 건물과 가정집 공사에도 보급, 시공되고 있다.

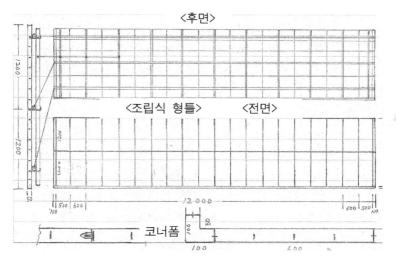

따라서 일반형 지상 아파트의 형틀 시공은 다음과 같다. 유니폼시공 고층 아파트의 형틀 시공 시 세팅 층이 있다. 즉, 세팅 층에 설치된 모든 형틀은 그대로 꼭대기 층까지 반복 사용된다

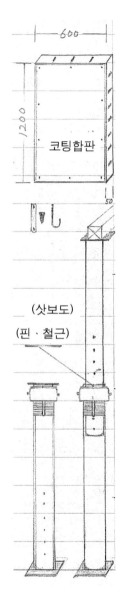

코팅합판

(삿보도)

(핀 · 철근)

는 얘기다. 세팅 층은 이층이다. 따라서 사방 외벽에 설치되는 형틀 판은 측면인 경우, 목재와 코팅 합판으로 통째로 디자인에 따라 올록볼록한 철판이 부착돼 현장에서 제작되며 전, 후면 형틀판도 개별적으로 제작된다. 마찬가지로 계단 내부도 계단 구조 특성상 별도로, 목재와 합판으로 제작 시공된다. 나머지 내부 형틀 판들은 기본 적으로 600 x 1200짜리 '폼'으로 조립 시공되며 모자라는 사이는 맞춤형 폼으로 공장에서 제작 보급된다. 그렇게 보급된 맞춤형 '폼'들은 설계에 따라 길이는 같지만 폭은 다양하다.

그렇게 제작된 외부 형틀 판들은(야기리) 두 명의 목수가 맡아 전문 시공한다. 야기리조 두 명의 목수에겐 3m높이 철봉 사다리 두 개와 역시 두 개의 체인 크레인이 있다. '야기리' 시공은 이렇다. 일단, 슬라브 측면 12m 양쪽 끝에 철봉사다리를 수직으로 세워, 반생으로 바닥 고리에 잡아 묶고 지지목으로 받친다. 다음으로 사다리 꼭대기에 체인 크레인을 걸고, 체인을 내려 바닥에 있는 아래층 형틀 상부에 나와 있는 양쪽 끝의 철근 고리에 걸어 체인 사슬을 팽팽히 당

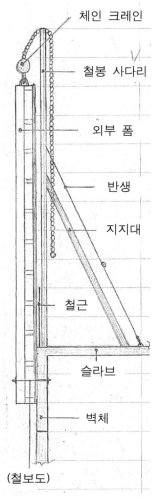

체인 크레인

철봉 사다리

외부 폼

반생

지지대

철근

슬라브

벽체

(철보도)

겨 놓으면 시공 준비가 끝난다. 그 때 아래층 외벽에 달라붙어 있는 (길이 12408 x 높이 3200) 측면 형틀 판의 모든 '철' 보도는 제거된 상태다. 따라서 빠루로 군데군데 벌리면 벗겨져 허공에 매달린다. 상당히 위험한 작업으로 그럴 일은 없지만 만에 하나라도 반생이 끊어지기라도 하면 그야말로 난리가 난다. 그 상태로 양쪽에서 체인 사슬을 당기기 시작하면 그 거창한 형틀은 조금씩 올라온다. 양쪽이 수평으로 목표 높이까지 올라오면 한명은 아래층으로 한 명은 바깥으로 나가 발판을 타고 양쪽에서 자동으로 맞게 돼 있는 구멍으로 60cm간격 철보도를 끼워 단단히 조여 고정시킨다. 그때 측면 형틀의 높이는 정확한 수직이자 양쪽 수평이어야만 한다. 그래도 오차가 생긴다. 완벽이란 있을 수 없다. 그래서 설계에도 +'-' 3mm의 오차는 허용된다. 전 후면 개별 형틀판 역시 높이 3,200 x 폭 최소 1,000에서 최대 4,800 시공은 마찬가지다.

다음은 계단 시공이다. 계단조 역시 두 명으로 계단시공은 의

외로 복잡하고 까다롭다. 따라서 나이 지긋하고 경험 많은 숙련된 목수들이 대부분이다. 비교적 안전한 작업이다. 그러나 항상 조심해야 한다. 그 어디에도 안전한 곳은 있을 수 없다. 그 다음이 내부 '폼' 조립과 슬라브를 까는 슬라브조로 보통 6명이다. 그렇게 열 명의 목수들은 한 팀으로 보통 아파트 3개동을 맡아 돌아가며 책임지고 일정한 시간 내에 시공을 해낸다.

일종의 돈내기 작업이다. 회사에 소속 돼 날일을 하는 형틀 목수의 일당이 당시 6만 원이라면, 그들의 일당은 최소 10만 원은 된다. 따라서 그들에게 쉬는 날은 비오는 날일뿐, 피치 못할 사정이 없는 한 빠질 수도 게으름을 피울 수도 없다. 어느 한조 한 사람이라도 펑크 나면 공정에 차질이 생기기 때문이다. 한 팀인 열 명의 목수가 한 개 층을 며칠에 어떻게 시공하는지는 굳이 언급하지 않겠다. 다만 이틀이면 한 개 층을 해치운다. 따라서 6일이면 3개동 3개 층을 해치우는 셈이며, 30층짜리 아파트 3개 동을 열 명의 목수가 180일, 즉, 6개월에 형틀 시공을 끝내준다는 얘기다.

그러한 아파트의 외벽과 계단, 슬라브 형틀 작업을 삼촌은 수없이 한 사람이다. 특히 외벽작업은 제 아무리 뛰어난 목공기술이 있다 할지라도 고소 공포증이라도 있다면 엄두도 낼 수 없는 작업이다. 말이 20층, 30층이지 60m~80m 고공에서 그것도 1m폭도 채 안 되는 발판에서 형틀 벽에 달라붙어 더군다나 발판과 형틀 사이엔 20cm 정도의 공간도 있다. 작업한다는 것은 아무리 고소 공포증도 없고 강심장이라 해도 그리 쉬운 일이 아니다. 설사 안전 걸이를 허리에 차고 있다 할지라도.

그런데도, 삼촌은 그 발판을 그 고공에서 평지 걷듯 돌아다니며 일했다는 것이다. 삼촌이 일했던 가장 높은 곳은 35층 아파트 그것도 옥상, 옥탑 상부로 지상에서 무려 100여 미터 높이였다. 한마디로 100여 미터 절벽에 매달려 일했었다는 얘기다. 보통 사람이라면 서 있지도 못할 것이다. 참으로 실로 놀라울 뿐이다.

〈참고〉 일반 아파트 내부 높이는 층마다 2.4m. 단, 층과 층 사이 슬라브 마감 두께는 12+5=17cm.

삼촌은 이런 말도 했다. 아파트의 형틀 시공은 기술보단 경험이 중요하다. 따라서 사지가 멀쩡하며 눈썰미와 손재주가 있고 머리까지 좋다면 몇 달만 따라 다니며 배우면 당당한 형틀 목수로 행세할 수도 있다. 그러나 아무리 똑같은 반복 작업이라 할지라도 항상 예기치 못한 일들과 위험은 도사리고 있어, 언제 어느 때라도 그와 같은 상황에 대처 할 수 있는 기술 능력과 경험이 필요하며 그러한 능력과 경험을 겸비한 최소한 10년 이상의 숙련된 목수들은 마땅히 그에 걸 맞는 대접과 존경을 받아야만 한다.

덧붙여, 아마도 언젠간 그런 반복 작업이라면, 나도 한번 해보겠다고 치마를 벗어부치고 작업바지로 갈아입고 대드는 당찬 여장부들도 나타날지 모른다. 시간문제 일 뿐이라는 말도 했다. 다만, 걱정되는 것은 같이 일하는 남자목수들이 한눈팔다 망치로 손가락을 때리거나 실족할지도 모른다. 어머! 저를 어째 일 끝나면 만나 줄 텐데~ 일할 땐 꼭 여자 목수 때문이 아니라도 한눈팔거나 딴 생각을 해선 안 된다. 어쨌든 그와 같이 아파트는 목수들은 물론 수많은 여타 직종 작업자들의 피, 땀과 눈물 한숨의 결정체인 것이다. 명심하고 기억해야 할 것이다.

또한 그와 같은 놀라운 아크로바터는 비단 삼촌만이 아니다. 공들은 물론이고 곤봉이나, 횃불, 심지어 칼까지도 몇 개씩 잡아 돌리는 저글링이나 접시돌리기, 커다란 고무공을 타고 굴리며 그릇을 머리위로 던져 올려 그릇 탑을 쌓으며 동시에 경사길을 올라가는 묘기들은, 아슬아슬함의 극치를 보여준다. 과연 인간의 능력이 어디까지인지 상상을 넘어 경이롭기만 하다. 여기서, 서커스의 묘기들을 예찬하고자 하는 게 아니다. 그들은 누구보다 소용돌이와 같은 회전과 원운동의 물리적 현상과 원리를 터득하고 적응한 사람들이란 얘기다. 보통 사람들은 동시에 두 가지 독립된 동작이나 행위를 할 수 없다. 그런데 그들은 온몸으로 동시에 여러 가지 동작들을 해낸다. 한 가지만 해도 놀라운 묘기들을, 가히 신기라 아니 할 수 없다.

쌍검술의 달인이 되기까지엔

'검성'인 미야모도 무사시가 쌍검술의 달인이 되기까지엔 그만의 독특한 수련방법이 있었다. 양손으로 동시에 네모와 원을 그리는 일이다. 해보면 알 것이다. 과연 가능할지 만약 수많은 수련을 통해서라도 동시에 정확한 네모와 원을 그릴 수 있다면 그 양손은 두 가지의 검술을 구현해낼 것이다. 무사시가 긴 검의 소유자인 당대최고의 검객이면 '사사끼고지로'를 이길 수 있었던 것도 그러한 수련 끝에 터득한 "이도류"란 쌍검술 때문이었다. 말하자면 '사사끼고지로'는 두 명의 무사시를 상대해야만 했던 것이다. 그가 외딴 섬 백사장에서 '무사시'와 대결하기 전 받은 종이엔 두 개의 똑같은 원이 그려져 있었다. 그는 죽기 직전에야 그 의미를 깨달을 수 있었다. 오늘날에도 '이도류'란 말이 여러 분야에서 인용되고 있다. 같은 종목에서 두 가지 뛰어난 재주와 능력을 겸비했을 때. 이를테면 야구에서 명투수이자 홈런 타자일 경우다.

그런데 그 젊은 목수는 그 오야지에게 배웠는지 자기 말로도 측량 자격증은 없는데도 그 트랜싯을 사용하며 그 아파트의 기초부터 모든 측량을 하고 있었다. 삼촌은 그 젊은 목수와 친구가 되었는데, 그 친구는 세 살 더 많은 삼촌을 형이라고 불렀다. 그때 삼촌은 그 트랜싯 측량에 관심을 갖고 그 친구가 측량을 할 때면 쫓아가서 따라다니며 조작법과 요령을 배우고 실측도 수신호에 따라 찍으라면 찍고 도와주며 배웠다.

또한 측량이 끝나면, 그 친구의 양해를 얻어 한 시간이고 두 시간이고 그 트랜싯의 조작법과 요령을 수없이 연습했다. 그렇게 한 달쯤 지났을 때 그 친구는 삼촌에게 그 트랜싯의 설치를 맡기며 자기도 "처음엔 오야지의 꾸지람을 들어가며 애를 먹었는데 이렇게 빨리 훌륭하게 숙달할지 몰랐다며 형! 정말 대단한데?", "네가 많이 도와줬잖아" 하자 "아마 형은 내가 도와주지 않았어도 마찬가지였을걸?" 그러나 그 후론 목공일을 하면서도 그 트랜싯을 사용할 기회는 사실 상 없었다. 그런데 그 제다에서 그렇게 배운 측량 일을 뜻하지 않게 하게 되었던 것이다.

제다 현장에 도착했을 때 목수 반장이 삼촌에게 처음 한 말이 바로 혹시 레벨 좀 볼 줄 아느냐는 말이었고, 삼촌도 무심코 좀 볼 줄 안다고 하자 그럼 잘됐다며, 그때까진 다른 목수가 보고 있었지만 일주일 후면 귀국하는지라 그때까진 함께 일하며 인수인계를 하라는 것이었다.

어찌됐든 힘든 목수일 보단 솔직히 측량은 신선놀음과 마찬가지인지라, 그럼 레벨만 보면 되느냐고 하자, 그럼 또 볼 줄 아는 것도 있느냐 하기에 트랜싯도 좀 볼 줄 안다고 하자 목수

반장은 놀라며, 그럼 공구장 좀 만나고 오겠다며 갔다 와선 그럼 트랜싯도 함께 보라는 것이었다. 그때까진 레벨을 보던 목수는 트랜싯은 능력이 없어, 회사의 정식 직원인 기사가 바쁜 가운데서도 트랜싯 측량 일까지 귀찮고 짜증났지만 어쩔 수 없이 틈틈이 보고 있었다는 것이다.

사실 토목, 건축 회사에 입사하는 기사들은 기본적으로 측량 기술들을 공과대학에서 이론과 실습을 통해 배워 나온다. 다만 전문 측량사가 아니라는 사실만 다를 뿐이다. 원래 정식 측량기사가 있었지만 고도의 측량을 요하는 중요한 측량 등은 모두 끝내고 귀국해 그때는 건물이 들어설 자리마다, 또는 2~3층 올라갈 때마다 필요한 기본 측량만을 한다는 것이었다.

그 정도는 삼촌도 충분히 할 수 있었다. 말하자면 삼촌은 누이 좋고 매부 좋은 격으로 자격증도 없는 측량 트랜싯, 레벨 기사 노릇을 하게 된 셈이다.

물론 목수들에게도 트랜싯의 수직, 레벨의 수평을 측정하는 물리적이며 이론적으론 완벽한 참으로 간편한 도구들이 있다. 다만 사용은 간편하지만 짧은 거리만을 측정할 수밖에 없다는 한계성이 단점이다. 따라서 넓고 긴 거리와 십여 m이상의 높이는 측정도 어렵거니와, 한다 해도 번거롭고 시간도 많이 걸릴 뿐만 아니라, 실제 정확성도 의문이 따른다. 하지만 가정집 한채 정도는 그러한 도구들로도 충분하다. 그 도구들은 속칭 '사게 불이'와 호수물이, 길고 짧은 수평 대다.

'사게 불이'는 실에 매달린 역, 원추형 금속도구로 수직만을

측정하는 도구다. 기둥이나 벽체에 걸어놓고 실이나 원추형 뾰
족한 끝이 같은지만 확인하면 된다. 마찬가지로 '호수물'이 역시
칠 팔 m 길이의 새끼손가락 굵기의 맑은 비닐 호스에 수돗물이
든 시냇물이든 공기 방울이 모두 빠질 때까지 집어넣으면 바로
훌륭한 수평 측량기가 된다.

그 비닐 호스 양 끝을 수평 측정 대상의 필요한 곳에 기둥이
든, 벽이든 대고 잠시 동안 가만히 있으면 그 호스 속의 오르락
내리락 하던 물이 멈추는데 그 물이 멈춘 양쪽 지점이 바로 수
평이다. 목수들은 그렇게 옛날부터 중력과 물을 활용해 돌멩이
대신 '사게 불이'로 눈대중이나 물대신 호스를 이용한 호스물이
로 수직과, 수평측량을 해왔고 지금도 하고 있고 앞으로도 할
것이다. 삼촌에겐 그중 웃기는 애기지만 해외 취업 선발 과정에
서 목수들이 실기선발 중엔 물 호스로 수평 측정하는 테스트도
있다. 즉, 목수로서 기본능력이다.

그럴 수밖에 없는 것이 사용하고 나면, 사게 불인 그냥 연장
가방에 쳐 박으면 그만이고, 호스 물이 역시 물을 빼곤 둘둘 말
아 챙기면 되고, 없거나 걸어두었다 잊어 먹어도 빌리거나 필요
하면 가까운 철물점에서 몇 천 원이면 살 수 있고 물은 공짜니
까. 그처럼 값싸고 간편한 또한 완벽하기까지 한 수직, 수평 도
구는 없기 때문이다. 또한 아주 짧은 간격은 그에 못지않은 조
금 더 비싸긴 하지만 수평대도 있다.

기능면에선 그럴지 몰라도 다만 시간적인 효과와 사용하기에
따라 미세하게라도 정확성이 부족해 상황에 따라 애물단지가

될 수도 있다는 게 문제다. 또한 시험장에서는 형틀 판을 제작시키기도 한다. 정말 목수인지 확인하는 목적도 있지만 손 안대고 코풀려는 얄팍한 술수이기도 하다. 그래도 양심은 있는지 교통비와 점심값을 주긴 한다.

쓸 수도 안 쓸 수도 없는, 따라서 현명한 목수 오야진 중고 레벨기를 갖고 다닌다. 누가 훔쳐가도 별로 충격 받지 않을 값도 싸기 때문이다. 그래서 공사 차량에 '레벨기'는 빼버린 노란 삼각대가 짐칸에 쳐 박혀 있는 모습을 우린 가끔은 볼 수 있는 것이다.

삼촌은 그와 같은 상황에 처한 일도 한 적이 있었다. 그 일은 고등학교 신축 공사 때 체육관의 내부 공사였다. 그 체육관 바닥의 넓이는 관람석 말고도 20m x 40m였다. 보통 일반적인 체육관 바닥은 대게 농구장 마감 판재만 폭 3인치 x 두께 1인치다. 1인치는 2.54cm이다. 가정집의 마루는 좀 더 좁고 얇다. 반면 국제 규격의 체육관이나, 농구장 바닥은 그에 반해 폭 1인치 x 두께 3인치로 시공한다. 즉 바닥 두께가 3인치란 얘기다. 이미 말했듯이 나무는 수축하고 팽창한다. 따라서 일반적인 학교 교실 복도나 가정집의 마루는 아무리 붙여 깔았다 해도 오래되면 수축과 팽창을 반복하며 결국 틈이 벌어지고, 바닥도 오목오목 바가지가 되기 마련이다. 많이 보았을 것이다.

따라서 국제규격의 체육관 바닥이나 농구장 바닥은 폭은 좁고 두께는 두껍게 깔아 바닥을 갈아내곤 코팅 마감해 그러한 부작용을 방지한다. 만약 일반적으로만 시공했다간 농구공이 어디로 뛸지 모를 것이다. 당시 고등학교 체육관 바닥 공사를 하려면 우선 그 바닥 전체의 높이를 수평측량, 가장 높은 곳을 기준으로 해야 한다. 작은 교실 정도라면 몰라도 그와 같이 넓은 체육관 바닥은 애기가 다르다. 왜냐하면 종래의 물 호스론 기준 높이를 찾기가 쉽지 않다. 굳이 찾자면 못할 것도 없다. 방법은 이렇다. 여러 가지 방법이 있지만 그래도 가장 합리적인 방법은 삼촌은 당시 그 내부 공사를 칠팔 명의 목수와 함께 하고 있었다. 물론 오야지는 따로 있었다. 따라서 그들이 할 수 있고 해오던 방식은 최소한 4m 간격으로 쪼그려 앉아 잴 수도 없어 사방팔방 1.2m 길이의 막대로 사방 벽은 제외하더라도 역시 최소한 36개는 세워 물 호스로 1m 높이로 수평 측정 후 각 기둥마다 바닥까지 높이를 재, 가장 높은 곳을 그나마 찾을 수가 있다. 참으로 여러 명이 시간이 걸리며, 번거롭고 날 새는 작업일 수밖에 없다. 하지만 그들로선 그 방법밖엔, 그 체육관 콘크리트 바닥의 수평을 확인할 수밖엔 없다.

그때 삼촌은 좋은 방법이 있다며, 현장 사무실을 찾아 사정을 애기하곤 '레벨' 측량기를 빌려와 체육관 콘크리트 바닥 중앙에 차려놓고, 먼저 한 명의 목수에게 눈금 표시가 돼 있는 뽑아 늘리고 줄일 수도 있는 막대, 즉 측량기와 세트로 돼 있는 정확한 용어는 "폴"(POLE)이지만 뽈대로 부른다. 폴의 상부엔 프리즘 소자가 있어 트랜싯으로 거리와 방향 측정 시, 트랜싯의 조준경 +에 맞춰 폴의 프리즘소자에서 반사된 빛의 왕복시간을 측정, 거리와 방향 측정을 하기도 한다. 짧은 거린 워낙 찰나의 시간인지라 대게 장거리 측정일 경우 활용한다. 따라서 "광파기"로 불리기도 한다. 그에 반해 레벨 측량기는 오직 수평만을 측정하는 단순 수평 측량기기라 할 수 있으며 조작도 의외로 아주 쉽다. 손재주만 있으면 한나절에도 배울 수 있다. 물론 레벨측량도 분야에 따라 상황에 따라 다양하게 적용되며 사용하는 방법도 다양하다. 이를테면 육상이나 해저 터널을 굴착할 때 수십 km의 구간을 몇 년씩 걸려, 양쪽에서 파 들어가다 마침내 관통되는 역사적인 순간을 우리는 볼 수 있다. 과연, 어떻게 캄캄한 지하에서, 해저에서 마치 양쪽의 바늘 끝이 서로 마주치 듯 정확하게 굴착 할 수 있을까? 모두 GPS와 초정밀 측량기기인 트랜싯과 레벨 덕분이다. 그에 비하면 일반적인 건축의 레벨측정은 어린애 수준일 뿐이다. 그런대도 목수들은 등한시하며 관심도 없다. 적어도 건축목수라면 반성하고 레벨 측량만이라도 배워둬야 할 것이다. 그 효과가 어떠한지는 사용해보면 여실히 알 수 있을 것이다. 따라서 목수 오야진 신품이든 중고든 레벨 측량기는 필수다. 없고 사용할 줄도 모른다면 오야지 자격도 없고 돈도 벌 수 없다.

삼촌은 그 뽑대를 2m쯤 뽑아 그 목수에게 주곤, 수신호로 가리키는 곳에 뽑대를 바닥에 똑바로 세워 들고 있으라고 한 다음 그렇게 66곳을 측정 가장 높은 곳을 확인, 그 높이를 기준으로 양쪽으로 고무쐐기가 들어갈 최소 1cm와 멍에 두께 9cm, 네다 두께 9cm인 19cm의 상부에 마킹시킨 다음 그 마킹높이로 사방 벽에 4m간격으로 그 정도 간격이면 나일론 줄을 팽팽히 당겨 묶었을 때 직선이라 할 수 있다. 〈참고〉 뿔대가 없어도, 아무 긴 막대만 있어도 뿔대로 활용 할 수 있다. 마킹한 후, 사방 벽에서 마주보는 벽 끝까지 나일론 줄을 당겨 묶게 한 후, 역시 4m간격으로 나일론 줄의 늘어진 높이를 수정 고정시킨 후, 이제 다 됐으니, 도면대로 90x90 mm 멍에를 80cm간격으로 깔고, 그 멍에 위에 격자로 30x90의 네다를 역시 30cm의 간격으로 깔고 못으로 고정시킨 후 마지막으로 나일론 줄 높이에 맞춰 고무쐐기를 끼우면 된다고 했고, 목수들도 그때부턴 많이 해본 일들이라 알아서 했다는 것이다. 마감 판은 두께가 일정함으로 확인 할 필요가 없다.

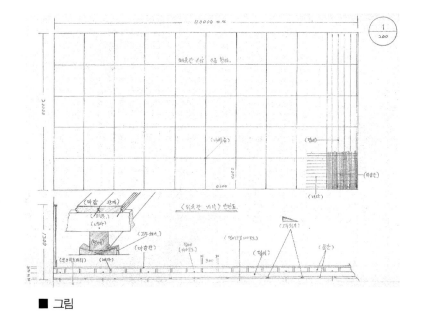

■ 그림

삼촌이 레벨 측정을 시작해 나일론 줄을 매기까지 걸린 시간은 말은 길었지만 세 시간 정도였다. 아마도 레벨 없이 그들이 하던 대로 했다면 그 수평 작업만도 여러 명이 하루 종일 해도 모자랐을 것이다. 그때, 고정되는 멍에는 콘크리트 바닥에 심어진 강철나사 봉에 맞춰 구멍을 뚫어 끼워져 볼트로 조여 고정시킨다. 그래야만 그 바닥에서 많은 사람들이 경기를 하든, 춤을 추든 바닥은 고무쐐기로 탄력이 있고 들뜨지도 않는다.

지켜보던 목수 오야지와 목수들은 삼촌을 다시 보았다는 것이다. 목수 오야진 그 즉시 어디론가 사라졌는데 돌아왔을 땐 중고 레벨을 둘러메고 있었다. 그리곤 삼촌에게 체면이고 자존심이고 뭐고 레벨의 조작법과 사용법을 배웠다. 아마 그 오야진 그 중고레벨 값이 얼마였던 그날 절약된 인건비만으로도 충분했기 때문에 하나도 아깝지 않았을 것이며 그 후로도 돈을 많이 벌 것이라 했다. 또한 그때 목수들 중 한 젊은 목수도 그 레벨의 조작법과 사용법 좀 가르쳐 달라고 사정해 기꺼이 자세히 가르쳐 주었다며 그 젊은 목수는 훗날 틀림없이 일류 목수가 될 것이라 했다. 나 역시 그 젊은 목수라면 타고난 능력이야 어떻든 그렇게 알고자 함과 나아가 앎을 즐길 수만 있다면 그렇게 되겠지, 또는 측량 기사가 돼 있을지도 모른다. 시작은 원래 그런 것이다. 삼촌의 말에 동감했다. 배움이란 그 자체만으로도 중요하지만 그에 못지않게 나눌 줄도 알아야만 한다. 자신만의 기술로 밥그릇만 챙긴다면 참으로 아전인수 격인 속 좁은 인간이 아닐 수 없다. 장인들은 오히려 수제자가 없어 안타까워한다.

제다에서 삼촌이 했었던 측량 일은 건물들의 기초 콘크리트 바닥과 매 층 콘크리트 바닥마다 같은 위치와 방향으로 '십자' 먹줄과 동시에 기준 높이 먹줄을 콘크리트 벽체에 수평으로 때

려주는 일이다. 그래야만 건물 시공을 시작할 수 있다. 말하자
면 삼촌은 건물 시공에 있어 선두 주자인 셈이다. 따라서 삼촌
에게 필요한 것은 삼촌의 수신호에 따라 사인펜이나 연필로 마
킹해주며 먹줄도 잡아주는 파트너와 그에 따른 먹통과 사다리
두 개, 뽈대 대용인 두께 6mm x 폭 30mm x 길이 900mm의
막대기가 반드시 필요하다. 파트너는 사지만 멀쩡하면 누구나
가능하다. 즉 잡부였단 얘기다. (아래의 그림은 백여 동의 건물
평면과 전면, 후면, 측면, 단면도이다.)

■ 평면도 (단위mm)

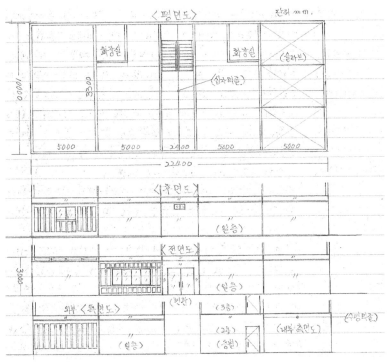

그 중 십자 먹줄은 신선놀음이란 말 그대로 편한 일이다. 공
사 진행에 지장 없도록 건물이 들어설 기초 콘크리트 바닥을

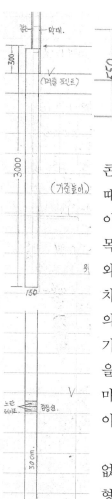

순서대로 돌아다니며 자리마다 이미 박혀있는 기준 말뚝의 못 대가리 위에 트랜싯을 차려놓고 측정, 건물의 기초 콘크리트 바닥이나 2층, 3층 바닥에 십자 먹줄을 때려주며 동시에 벽체 철근 밑에 건물의 기준 높이도, 사인펜이나 철사로 묶어 놓는다. 그 다음은 목수들이 알아서 그 십자 먹줄을 기준으로 벽체와 출입구, 창문, 통로, 계단 등을 줄자로 재며 2차, 3차 먹줄을 치며 형틀을 설치한다. 물론 형틀의 높이도 그 철근 밑의 사인펜이나, 철사 줄을 기준으로 한다. 그때 파트너가 하는 일은 트랜싯을 들여다보며 하는 수신호에 따라 마킹을 하며 마킹에 따라 +먹줄을 칠 때 먹줄을 잡아주는 일이다.

그러나 수평 먹줄 작업은 신선놀음일 수만은 없다. 사방 외부 벽체 형틀과 칸칸이 내부 벽체 형틀이 설치되고 콘크리트가 쳐진 후 이틀이 지나면 그 형틀은 모두 벗겨지고 매끈한 콘크리트 벽체만이 남는다. 그 벽체들의 상부 30cm 아래에 내부 칸칸이 같은 높이로 수평 먹줄을 쳐준다. 그와 같은 수평 먹줄을 치려면 다음과 같은 작업이 따른다. 1층일 경우 우선, 주변 똑같은 건물 2층 바닥에 '레벨'을 앉은뱅이로 차려놓는다. 보통 측량기는 눈높이로 차려 서서 보지만 경우에 따라선 60cm~70cm높이로 차려 앉아서도 볼 수 있다. 그 다음은 파트너에게 미리 표시해놓은 벽체의 기준 높이 상부 30cm 아래 자리에 사다리를 타고 올라가 들고 올라간 6 x 30 x 900 막대 밑을 그 표시에 정확히 맞춰 똑바로 세우게 한 다음 레벨의 조준경을 막대에 맞춰 초점을 맞추면 막대 상부가 또렷이 보인다. 그 상태로 조준경의 정중앙에 맞춰 마킹시킨 후 그 막대의 마킹자리에 검정테이프를 감고, 1mm의 간격만 남겨놓고 위, 아래를 노란 테이프로 감고, 다시 기준 높이에 맞춰 들게 한 다음 조준경을 들여다보면 역시 노란 테이프와 가운데 검정선이 선명하고 또렷이 보인다. 그렇게 벽체 상부들마다 3m 간격으로 막대 밑에 마킹한 다음 삼촌도 사다리를 타고 올라가 마킹에 맞춰 수평 먹줄을 때려놓는 것이다. 3m 정도 간격이라야 먹줄이 직선이랄 수 있다. 더 이상은 곤란하다. 먹줄을 때릴 때도 정면으로 당겨 때려야만 한다. 아무렇게나 비스듬히 때렸다간 그 먹줄은 결코 직선이 될 수 없다. 여기서 먹줄이 기본적으로 1mm의 편차도 없어야만 하는 데는 다 그럴만한 이유가 있다.

다음 시공이 그만큼 정밀해야만 하기 때문이다. 재래식 공법이라면 슬래브도 함께 콘크리트가 쳐졌을 것이다. 그러나 말했듯이 그 건물들은 반, 조립식으로 '슬래브'는 공장에서 생산된 콘크리트 패널들이 슬래브로 벽체에 얹혀 시공된다. 그 패널들의 '수'만해도 무려 한 동 47쪽 x 100동, 4,700판이다. 또한, 조립식으로 시공 되는 육중한 계단 콘크리트 덩치들도 600개나

된다. 따라서 그와 같은 수평먹줄이 쳐지고 나면, 공장에서 트레일러로 실려 온 47쪽의 슬래브와 6개의 계단 덩치와 크레인이 대기한 가운데 먼저 시공 팀원들이 각자 사다리를 타고, 허리엔 마치 거지들 마냥 0.5mm~10mm 두께의 화투짝만한 철판 조각들을 깡통에 잔뜩 담아 차고 올라, 역시 각자 가지고 있는 30cm 길이의 막대를 벽의 먹줄에 맞춰 세워 1m간격으로 그때 15cm 두께의 벽체 꼭대기 바닥과 막대 끝과는 약 평균 4cm의 간격이다. 따라서 그 평균 4cm의 높이를 철판 조각들로 꼭 맞게 겹겹이 쌓는다. 그러한 철판 조각 무덤들이 한 층에 110 무덤은 된다.

그때 파트너가 하는 일은 트랜싯을 들여다보며 하는 수신호에 따라 마킹을 하며 +먹줄을 칠 때 먹줄을 잡아 주는 일이다.

자리마다 이미 박혀있는 기준 말뚝의 못대가리 위에 트랜싯을 차려놓고 측정, 건물의 기초 콘크리트 바닥이나 2층, 3층 바닥에 십자 먹줄을 때려주며 동시에 벽체 철근 밑에 건물의 기준 높이도 사인펜이나 철사로 묶어 놓는다. 그 다음은 목수들이 알아서 그 십자먹줄을 기준으로 벽체와 출입구 창문, 통로, 계단 등을 줄자로 재며 2차, 3차 먹줄을 치며 형틀을 설치한다. 물론 형틀의 높이도 그 철근 밑의 사인펜이나 철사줄을 기준으로 한다.

그때 벽체 꼭대기에 철근들이 나와 있기 때문에, 슬래브 패널들이 실제 벽체위에 얹히는 면적은 양 폭 6cm정도다. 마침내 크레인에 의해 가로 5,000 x 세로 3,300 x 두께 100의 슬래브 판이 들려져 벽체 위 10cm 위에 놓이면 사방에서 붙잡고 정확한 위치에 맞춰 신호하면 크레인 기사는 참으로 기술자답게 그대로 철판 무덤 탑 위에 살포시 내려놓는다. 그러나 그 작업은 책상 바닥에 종이 한 장 내려놓는 작업이 아니다. 제 아무리 크레인 기사의 기술이 좋다 해도 그 과정에서 애써 쌓아놓은 공든 철판 탑을 잘못 건드려 여기저기서 공든 탑이 무너지는 참사가 벌어지곤 한다. 결코 크레인 기사를 원망할 수도 없다. 할 수 없이 그 사이를 다시 채워야만 한다. 또한 1~2mm의 공간이 있는 부분도 많아 그 사이도 빠듯하게 채운다. 보고 있노라면, 참으로 안쓰럽고 눈물겹기 조차하다. 그렇게 슬래브가 모두 얹히면 그 바닥에 철근들이 깔리고 전체적으로 콘크리트가 쳐진다. 한 층의 콘크리트 시공이 끝난다.

여기서 그들만이 안쓰럽고 눈물겹지만은 않았다는 것이다. 따라서 이러한 이야기도 아니 할 수가 없다. 삼촌에게도 7개월 동안이나, 데리고 다녀야만 했던 '파트너' 때문에 속이 부글부글 끓었다. 세상일은 상식이 통하지 않는 일이 비일비재하다. 따라서 앞서 언급했듯 측량 일에 반드시 필요한 파트너는 사지만 멀쩡하면 된다고 했지만, 이 경우엔 상식적인 사고의 소유자란 말도 추가하겠다. 초등학생에게 1m의 막대를 주고 벽에 똑바로 대고 수신호의 강, 약에 따라 오르내리다 멈추라면 멈추고 막대 밑에 연필로 바짝 '금'을 그으라면 그 초등학생은 바보가 아닌 한 문제없이 해낼 것이다. 그게 상식이다.

그런데 그 파트너는 그렇지가 못했다. 아무리 굼벵이도 구르는 재주가 있다지만 도대체 무슨 재주로 잡부라지만, 해외취업을 할 수 있었는지 도무지 알 수 없는 한마디로 바보 멍청이였다. 그렇게 주의를 주고 가르쳐 주는데도 소귀에 경 읽기로 번번이 막대를 삐딱하게 들어, 좌. 우로 수신호를 해 바로 잡아주고 높이도 조준경 속에서 너무 높이 올라가 있거나 아예 막대 끝이 보이지도 않아, 그때부터 울화통이 터진다.

할 수 없이 막대 밑에서 26cm에 표시를 하곤, 그 표시를 벽체 꼭대기에 맞춰 똑바로 한 다음 레벨의 조준경을 들여다보자 그나마 노란 테이프가 보였다. 그러나 막대는 또 삐딱한 채 그 사실도 모르고 쳐다보고 있었다. 거기다 손가락으로 조금씩 오르내리라 신호해도 들쭉날쭉 하는지라 도무지 막대의 그 라인이 조준경의 십자 라인에 맞춰주질 못했다. 야속하다 못해 두들겨 패고 싶고 울고 싶어진다.

삼촌이 전임자와 인수인계를 할 땐 서로 번갈아가며 레벨을 보고, 막대를 들고 마킹을 할 땐 알아서 맞춰줘, 십초도 안 걸려 마킹을 했지만, 그 바보 멍청인 최소한 5분 이상은 씨름을 해야만 겨우 조준경의 십자라인에 맞춰주었다. 그때 전임자는 삼촌에게 이런 말을 했다. '앞으로 속 좀 썩을 거라'고 그것도 다가 아니었다. 그렇게 천신만고 끝에 찍힌 마킹도 믿을 수가 없었다. 측량도 완벽할 순 없지만 최대한 오차를 줄여야만 한다. 그런데 확인해 보면 1~2mm는 꼭 틀리게 찍혀있다. 원인은 이렇다. 막대 밑은 6mm긴 하지만 직각이다.

연필심은 잘 알다시피 비스듬히 깎여있다. 당연히 연필을 밑으로 내려 연필심만으로 막대 밑에 대고 "금"을 그어야 한다. 이것도 상식이다. 그런데 그 바보는 해보라고 하자 연필을 벽에 직각으로 대고 그렸다. 당연히 연필심은 막대 밑보다 1~2mm 아래 그어지기 마련이다. 측량에 있어 근접거리에서 1~2mm의 오차는 용납될 수가 없다. 더욱이 그러한 오차가 층마다 겹친다면? 건물 자체가 잘못 시공되는 것이다. 그 바보가 그러한 심각성을 알 리가 없다. 하다 하다못해 결국 목수 반장에게 파트너 좀 바꿔달라고 하자, 한다는 소리가 목수들에게도 애물단지이자 구박덩어리로, 그렇다고 쫓아 보낼 수도 없고 불쌍하지 않냐며 어떻게 잘 좀 가르쳐 데리고 다니라며 자기도 어쩔 수 없다는 것이다.

그게 삼촌이 7개월 동안이나 열불 나고 울화통이 터지고 속이 썩을 대로 썩은 사연이다. 그러나 어찌됐든 삼촌의 끗발은 대단했다. 삼촌이 십자 먹줄과 수평 먹줄을 제때 쳐주지 않으면 공사가 진행될 수 없었기 때문이다. 따라서 목수 반장이나 공구장도 삼촌의 눈치만 살피며 함부로 대하질 못했다. 수틀리면 측량기만 세워놓은 채 어디론가 사라져 버리기 때문이다. 어디론가는 그늘 속이다. 차라리 잘됐다며 담배 피우며 그늘 속에서 고향생각하며 노닥거리는 일꾼들을 목수반장과 공구장은 눈에 불을 켜곤 도대체 뭣들 하냐며 호통 치지만 그들은 주인 없는 측량기를 가리키며 우리도 일이 하고 싶어 죽겠는데 어쩌라고.

뒤늦게 나타난 삼촌은 급한지라 화장실에 배가아파 의무실에 하는 새빨간 거짓말을 해도 목수반장과 공구장은 알면서도, 이 사람아 저 놀고 있는 일꾼들이 보이질 않나? 좀. 빨리 좀 해주게. 사정한다는 것이다. 함부로 성질부렸다간 삼촌의 또 다른 보복조치를 감당할 수 없기 때문이다. 조직 사회에서 계급이 우선

이지만 계급보다 우선은 독보적인 보직과 기술이기도 하다. 삼촌에게 있어, 계급은 계급일 뿐 통하지 않았던 것이다. 반장이나 공구장 따위에겐 부장급인, 현장소장이나 회사 사장이면 몰라도.

〈참고〉 은하계는 천억 개의 별들이며 우주엔 천억 개의 은하계가 존재한다. 우리 은하계는 별이 2천억 개다.

측량의 본질이자 정의와 개념은 삼차원의 위치와 위치로부터의 방위, 거리다. 물론 높이, 깊이도 있다. 그러나 엄밀히 말해 높이 깊이도 거리다. 따라서 기준 위치와 높이가 있어야만 한다. 지구상엔 그러한 기준 위치와 기준 높이가 존재한다. 태양을 중심으로 공전하며, 자체 자전하는 지구상에서 천체를 상대로 관측할 수 있는 고정된 위치가 있단 말인가? 결론은 있다다. 우리 은하계는 위에서 보면 원형이며 옆에서 보면 중심 구형은, 직경 3만광 년, 수평 거리는 10만광 년으로 전체가 수평으로 회전하며 가운데가 볼록하다.

프랑스의 수학자 프로엘(1881~1966)의 부동점 정리는 다음과 같다. 원판에서 원판 위로의 연속 사상에는 반드시 부동점이 있다. 커피를 스푼으로 저으면 소용돌이가 생긴다. 그 중심점이 부동점이며, 태풍의 눈도 마찬가지로 부동점이다. 역시 마찬가지로 자전하는 지구의 자전축인 북극점과 남극점도 부동점이라 할 수 있다. 그러나 기준 위치는 잘 알다시피 두 곳이면 불편해 곤란하다. 따라서 기준 위치를 북극점으로 통일 한 것뿐이다. '북'이란 방향도 우주에서 기준 방향이 있을 리 없어 거기를 '북'으로 하자고 한 것뿐이다. 북극성과 북두칠성도 북극위에 존재하기 때문에 붙여진 이름이란 얘기다. 마찬가지로 태양이 동

쪽에서 떠서 서쪽으로 지는 게 아니라, 뜨고 지는 곳이 동, 서
란 얘기다. 그게 그거인 소리지만.

재미있는 것은 남반부에 살고 있는 우리는 싱크대에 물을 가
득 담고, 하수도로 빠져나가는 모습을, 관심 있게 지켜보면 물
이 회전하며 회전하는 방향이, 시계 방향임을 볼 수 있다. 하지
만 정반대쪽인 북반부, 즉, 아르헨티나에선 반대다. 그렇다면 과
연, 북극점과 남극점에선 어떨까? 물리학 책엔 회전 없이 그대
로 빠진다고 쓰여 있다. 자전에 의한 자연현상이다. 자, 이제 지
구상에서 고정된 기준위치는 북극점으로 정해졌다. 그러나 어디
까지나 이론상으로 실제로 북극점을 찾고 확인 한다는 것은 더
군다나 당시로선 쉬운 일이 아니었다. 잘 알다시피 남극지대는
대륙으로 오늘날 여러 나라의 연구기지가 자리 잡고 우리의 세
종기지(킹조지섬)와 장보고 기지(남극 본토)엔 태극기가 꽂혀
있으며, 북극에도 다산과학기지가 있다.

신기한 것은 우리의 태양계와 은하계는 구형이자 평형이란
동시형이란 사실이다. 왜 전체가 구형이 아닌지 도무지 알 수가
없다. 그런 점에서 동서남북이 우주엔 있는지도 모른다. 참고로,
중국에선 방향 개념이 동·남·서·북으로 돌아간다.

남극지대는 북미 대륙의 한 '주'로 알래스카 산맥과 그 중 최
고봉인 맥킨리산(6191m)과 더불어 캐나다에서 알래스카의 페
어뱅크스에 이르기까지 도로 2680km에 이르는 대륙으로 해역
은 펭귄들의 천국이기도 하다. 반면 북극지대엔 덴마크령, 북미
동쪽 세계 최대의 섬인 '그린란드', '일루리셋'엔 원주민인 '이누
이트' 인들의 도시 형태의 거주지로 관광객들과 북극연구 관계

자들의 관문인 일루리셋공항도 있다. 이누이트족은 에스키모인들이다. 역시 '이누이트'인들의 마을인 '낙산' 지대는 여름엔 푸른 초원으로 바뀌며 야생화들이 피어나기도 한다. 따라서 순록과 사향소의 천국이기도 하다. 또한 이 두 지역에선 1953년부터 하우스 채소 재배가 시작돼 1990년대에 이르러선 산업화 되었다. 하지만 매년 한겨울의 그린란드는 평균 영하 32도로 가장 추울 때는 영하 70도가 넘는 눈과 얼음으로 뒤덮이는 혹한의 동토다. 따라서 여름의 변화는 자연적이긴 하지만 지구 온난화의 결과이기도 하다.

그러나 북극지대의 진정한 주인은 누가 뭐래도 북극곰들이다. 북극곰들이 다 컸을 때는 수컷 300~800kg에 이르는 거구다. 북극곰들의 생존 수단은 바다표범을 사냥해 잡아먹는 일이다. 그러기 위해선 얼음과 얼음사이 해역을 헤엄쳐 다녀야만 한다. 하지만 그마저도 점차 지구 온난화로 말미암아 얼음덩어리들은 점차 작아지고, 그 사이 해역도 넓어져 북극곰들의 생존은 그만치 위협 받기에 이르는 실정이다. 더욱이 여름엔 그러한 북극해역에 얼음덩어리들이 없어 겨울이 되어 얼음이 얼기만을 기다리며, 먹을 것을 찾아 이누이트 인들의 마을을 찾아 쓰레기통을 뒤지기도 한다. 그런데도 먹을 것을 주고 싶어도 북극곰들의 본성을 침해 한다는 미명하에 그러한 행위를 금하고 있다. 여름엔 몇 주씩 굶기도 한다.

결국 북극곰들은 겨울이 되어서야 더욱 넓어진 해역을 헤엄쳐 역시 더욱 작아진 얼음덩어리에서 하염없이 바다표범이 나타나기만을 기다린다. 그때 한두 마리의 새끼 곰은 그토록 귀엽고 천진난만한 모습으로 눈밭을 뒹굴며, 재롱을 떨다가도 쓰레기통이나 바다 속을 죽기 살기로 어미 곰을 따라 다닌다. 참으로 안쓰럽기만 하다.

그 모든 주범과 원흉은 인간들이 무분별하고 무책임하게 쏟아내는 일산화탄소 배출량 때문이다. 뒤늦게 UN에선 그 배출량을 줄이자고 호들갑을 떨지만 잘 알다시피 인간들은 믿을 수가 없다. 결국 지구 온난화가 계속된다면 북극곰들은 갈 곳이 없어지고 사라질 수밖에 없다. 인류도 마찬가지일 것이다. 지금이라도 죗값을 치르며 북극곰들과 더불어 살아가려면 최선을 다해 노력해야만 할 것이다. 참고로 북극의 빙하는 7~8년간 예전과는 비교도 안 되는 빠른 속도로 녹아내리며, 내륙에서 바다로 15km나 이동하고 있다. 자연보호 지역으로 유네스코가 지정하고 있지만. 소용돌이가 흥미로운 것은 그 자체이기도 하지만 경사면에 작용하는 원심력 때문이기도 하다. 스포츠의 슬로건은 보다 빨리, 높이, 멀리 던지기다. 따라서 육상 트랙은 직선, 원형이지만 수평이다. 하지만 400m이상은 선수들이 달릴 때, 곡선에선 원심력이 작용하지만 선수들의 속도에 비하면 그 힘은 미미하다. 신체를 조금만 안쪽으로 비스듬히 세우면 최대 속도를 발휘 할 수 있다. 때문에 빙상 종목인 스피드 스케이팅이나 쇼트 트랙 경기에선 선수들은 코너를 돌 때 거의 바닥에 닿을 정도로 손까지 빙 바닥에 대며 돈다. 원심력을 극복하기 위해서다. 따라서 '벨로드롬'의 경륜트랙은 사이클이 코너에서도 전속력으로 돌 수 있도록 경사져 있다. 마찬가지로, 고속도로의 직선주로는 수평이지만, 자연과 구조물을 돌아가는 곡선주로나 인터체인지와 같은 원형주로도 그 크기와 규정 속도에 맞게 경사져 있다.

　마찬가지로 높은 산을 올라가는 고갯길도 굽이굽이 경사져있다. 만약, 그 고갯길을 너무 빨리 또는 느리게 오르내린다면 절벽으로 추락하거나 안쪽으로 미끄러질 것이다. 눈길이나 빙판길이라면 말할 것도 없다. 그런 빙판 고갯길은 아예 오르지도 말아야 할 것이다. 만수무강하려면, 설사 곧은 수평 도로라도 블랙아이스가 문제다. 수평 도로라 할지라도 결코 수평이 아니다. 따라서 추운 겨울, 수평 도로의 블랙아이스를 조심해야만 한다. 규정 속도를 지킨다 해도 어디로 미끄러질지 모르기 때문이다. 뒤따르던 차들도 날벼락을 맞을지도 모른다. 어쨌든 그 모든 경사들은 측량에 의해 건설 된다는 얘기다.

　북극점은(the north pole) 바다와 얼음뿐으로 찾을 수가 없다. 설사 얼음에 꽂았다 할지라도 얼음도 떠다녀 북극점이라 할 수 없다. 따라서 북극점은 개념상으로만 존재 할 뿐이다. 그자리가 맴 돌리도 없고. 나침반의 N침도 다른 곳에선 항상 북극을 가리키곤 있지만, 정작 북극점 근처에선 제정신이 아닌지라 제멋대로 맴돈다. 정신없는 나침반만으론 북극점을 찾을 수 없다는 얘기다. 사실 그러한 위치와 방향, 높이, 거리 기준은 어디까지나 지구상에서의 기준이다. 무한한 우주에서 볼 땐 아무 의미 없는 웃기는 얘기일 뿐이다. 도대체 무슨 근거로 위치와 방향, 높이니, 깊이가 있을 수 있단 말인가? 우주의 크기와 나이가 200억 광년이란 말이 있지만, 그것도 어디까지나 빅뱅이란 가설에 의한 가설일 뿐이다.

탐험일지에도 북극점과 남극점에 도달한 것으로

노르웨이의 탐험가이자 국민영웅 '로알 아문젠'(1872~1928)과 미국인 로버트 E 피어리(1856~1920)는 토목기사이자 미합중국 해군 장교로 공병 소장을 거쳐 제독까지 된 인물로, 서로 동시대에 경쟁하며 그들의 탐험일지에도 북극점과 남극점에 도달한 것으로 기록되어 있다. 그 중 아문젠은(1911년 12월 14일) NYT 기사에서 단독으로 1,448km를 횡단 인류 최초로 남극점에 도달한 것으로 발표했으며, 피어리는 그린란드를 거쳐 (1898~1902) 북위 84°17′, (1905~1906) 북위 87°6′에 도착 1909년 4월 6일 마침내 북극점에 도달했다고 주장했으며 주장 내용 중엔 며칠 사이 70km를 헤엄쳐갔다는 주장도 있지만 당시 탐험 일지엔 며칠에 3~4km씩 전진했다는 기록도 빈번해, 의심을 받기도 했다. 〈참조〉 여기서 단독이란 국가적 차원이나 내셔널지오그래픽의 조직적인 지원 없이 원정대를 이끌고 갔다는 얘기다. 따라서 대원들과 함께 노르웨이 깃발을 꽂은 눈과 얼음뿐인 허허 벌판이었던 그 자리엔 지금은(미국령) 미국이 1억 6천 200만 달러를 들여 건설한 '아문젠, 스콧기지' 연구 기지(돔)가 건설 돼 있다. 어쨌든 1996년 발견된 새로운 탐험 일지를 검토한 결과 북극점에서 40km 못 미친 지점까지만 도달한 것으로 밝혀졌다. 나중 내셔널지오그래픽의 재검토 결과 북위 89도 57분으로 밝혀졌다. 북극점은 북위 90도이며, 1도는 60초이다. 비록 북극점에서 3초가 모자라는 거리지만, 실제론 꽤 긴 거리다. 한번 계산해 보자 (89°57′)은 90°인 북극점에서 3초 즉, 1°의 3/60이 모자라는 각이자, 거리다. 따라서 360° x 60을 3/21,600으로 약분하면 1/7,200이다. 따라서 지구의 지름 12,800km x 3.14 x 1/7200 = 5.582222. 즉, 5,582m 22cm 2mm 다. 우리말론 '십사리' 길로 멀리 떨어진 마을쯤 되는 거리다. 이봉주 같은 마라톤 선수였다면, 15분 만에 달려갔을 것이다. 하긴 거기가 북극점인 줄 알아야 달려가던지 말든지 했을 것이다. 피어리도 아문젠도 몰라서 못 갔을 것이며, 설사 갔다 할지라도 그 자리가 북극점인지 몰랐을 것이다.

특히 피어리는 여기가 북극점이라는 생각만으로 얼음 바닥에 성조기를 꽂고 미국 영토임을 선포, 국제사회의 비난을 받기도 했다. 알다시피 피어리는 토목기사 즉, 측량기사다. 당연히 나침반은 물론 측량 장비도 갖추었을 것이며, 아문젠의 원정대 역시도 마찬가지였을 것이다. 그럼에도 개들이 이끄는 썰매를 타고 그 혹독한 추위와 눈보라를 뚫고 그 고난을 무릅쓰고 원정대를 이끌고 북극과 남극에 도달했지만 북극점을 찾지도 확신하지도 못한 채 그저 짐작만으로 성조기를 꽂았다는 사실은 그만큼 북극점 찾기가 까다롭고 어려웠다는 반증이기도 하다.

오늘날은 헬리콥터나 비행기, 쇄빙선을 타고 갈 수 있고 북극점도 내비게이션이자 GPS로 쉽게 확인 할 수 있지만, 당시로선 내비게이션과 GPS의 도움도 받을 수 없는 시대였다. GPS의 모태인 인공위성도 1957년~1985년에 발사되었으며 그와 같은 최첨단 과학 기술과 장비들이 총동원된 뒷받침으로 인류 최초로 달 표면에 착륙 성조기를 꽂은 것도 1969년에 이르러서다. 닐 암스트롱, 버즈 알드린, 물론 당시에도 그렇게 갈 수도 있었을 것이다. GPS, 위성항법장치, 우리나라도 오늘날 아라온호란 쇄빙선이 있다. 그러나 탐험은 그런 게 아니다. 훗날 소련은 북극 1호로 최초 북극점에 비행기로 도달, 나중엔 해저에 위치한 북극점에 티타늄으로 만든 자국 국기를 박아 미국과 외교적 갈등을 겪기도 했으며, 미국도 잠수함으로 최초로 북극점에 도달한 나라다. 그와 같이 탐험가들과 열강들이 북극점과 남극점에 집착했던 것은 그만큼 양극이 중요했다는 의미이기도 하다. 또한 그 모든 탐험에 있어 측량이 얼마나 중요한지도 새삼 일깨워 준다.

다만 영광 뒤엔 그늘이 있듯 그러한 탐험에도 인간의 영욕으로 아픈 역사가 있다. 매튜핸슨(1866~1955)은 미국 국적의 흑인으로 어릴 때부터 개썰매 조종과 이누이트어 에스키모인들의 언어도 잘해, 피어리의 조수로 활약 안내인들이었던 이누이트인들과 함께 피어리 보다 1시간이나 먼저 북극점에 도달했지만, 인종 차별주의자이기도 했던 피어리에게 무시 배척당하고 말았다. 그러나 흑인들에겐 존경 받기도 했다. 따라서 매튜핸슨은 사후 1988년이 돼서야 진정한 북극 최초 도달자임을 인정받고 알링턴 국립묘지로 옮겨졌고 2000년 '내셔널지오그래픽'으로 부터 영예의 메달을 사후, 수여 받았다. 어쨌든 그렇게 원정대와 측량 장비를 갖추고도 북극점에 확실히 도달했다는 증거는 없으며 지금도 인정받지 못하고 있다. 그러나 그 당시 아문젠과 피어리 두 사람은 어찌됐든 결과적으로 북극과 남극을 모두 도달한 탐험가로 기록돼 있다. 다만 피어리는 여러 가지 분명치 않은 문제들로 결국 피어리의 북극탐험은 취소되고, 최초 북극점 도달자로 가장 확실한 사람으로 기록된 자는 로알 아문젠이다.

〈참조〉 아문젠이 최초 남극점에 도달한 것은 1911년 12월 14일.

다음은 기준 높이다. 누가 뭐래도 지구에서 기준 높이가 제로 '0'인 점은 지구 중심이다. 따라서 지상에서 높이 측량을 하려면 역시 그로부터의 평균거리 즉, 높이가 필요하다. 그러나 잘 알다시피 구형인 지상은 따지고 보면 울퉁불퉁하다. 그러나 광속으로 2.5초 75만km 떨어진 달에서 육안으로 지구를 보면 지구는 푸르고 매끈한 공이다. 전혀 울퉁불퉁하지가 않다. 하지만 만약 지구상의 바닷물을 모두 없애고 본다면, 지구의 참 모습은 굳이 고배율의 망원경을 사용치 않더라도 육안으로도 지구의 미세하게나마 굴곡지고 울퉁불퉁함을 볼 수 있을 것이다. 왜냐하면 해수 표면 즉 해발에서 가장 낮은 해저는 '마리아나 해구' 10,916m이며 가장 높은 곳은 '에베레스트' 약 8,848m봉으로 합치면 19,764m로 그 '마리아나해구'의 태평양 상의 범위는 에베레스트 봉을 거꾸로 쳐 박아도 흔적도 없을 것이다.

따라서 그만한 범위와 깊이를 가진 골짜기는 달에서 육안으로도 볼 수 있다는 얘기다. 좀 더 비교해 보자면 달에서 지구가 직경 1m 크기의 공으로 보인다면 그 골짜기는 직경 1.6mm 쌀한 톨이 들어 앉을만한 크기로 보일 것이다. 다시 말하면 지구 표면엔 쌀 한 톨이 들어 갈만한 골짜기나 또는 쌀 한 톨이 군데군데 박혀 있는 모습으로 보인다는 얘기다.

사실 참 모습은 물리학에서 이론적으로 볼 수 없다. 동시성이 보장되지 않는다는 것이다. 달의 참 모습도 어디까지나 2.5초전의 모습이다. 마찬가지로 우리가 매일 같이 보는 서산마루에 걸려있는 태양도 이미 8분전에 사라진 허상 일뿐이다. 지구와 태양간의 거리는 약 1억 5천만km 광속으로 8분이다. 따라서 우리가 현재 관측할 수 있는 천체도 이미 사라졌거나 폭발해 존재하지 않는 천체일 수도 있다는 얘기다. 참으로 진실을 알 수가 없다. 그와 같은 지상에서 지구 중심으로부터의 평균 높이는 이론적으로나 실제로도 구할 수가 없다. 그러나 해수면 즉 해발은 이론적으론 불가능하지만 근사치인 평균값은 구할 수 있다. 바로 지구 중심에서 해수면까지의 평균거리인 '지구의 반지름' 약 6,400km다. 측량의 높이 기준이자 지점인 것이다. 당연히 무수히 많다.

다만 정확치는 않다. 인간에겐 참으로 어쩔 수 없는 고질병이 있다. '왜는 왜냐'라는 호기심이다. 특히 수학자들은 호기심 덩어리 그 자체다. 그들은 원주율인 파이의 값을 구하고자 평생을 머리가 희도록 무척이나 고뇌한 사람들이다. '원'에 내접하는 최소한인 정 삼각을 6각, 12각, 24각, 제곱 확장 해나가며 점차 짧아지는 꼭지점, 꼭지점 사이의 직선거리의 합을 구하며 '원'에 접근해 가는 방식이다. 그러나 잘 알다시피 원은 결코 직선이 아닌 원이다. 아무리 직선이 짧아진 다해도 직선일 뿐이다. 설사 원자 하나가 된다 할지라도 원자 자체가 원이다. 또한 그 원자를 쪼갠다 할지라도 쪼개진 입자도 원형이다. 아직까지 그러한 입자가 직선, 세모, 네모라는 말은 들어본 적이 없다. 결국 원이 될 수 없다는 얘기다. 그럼에도 그들은 기어코 파이 값의 끝을 보겠다며 3.소수점 이하 백만 자릿수까지 계산해 보았다지만 그러한 정신력도 한계 수명이 있어 한계가 있을 수밖에 없다.

기하학의 원조라 할 수 있는. 피타고라스(기원전 582~500) 탈레스(기원전 640~546) 유클리드(기원전 330?~275?) 헤론 (기원전 150~) 아르키메데스(기원전 287~212) 등은 모두 2000년 전 사람들이다. 그 밖에 불가사의 10의 64와 무량대수 10의 68란 상상이 잘 안 되는 큰 수를 상상하고 이름까지 붙인 사람들도 2000년 전의 동양 사람들이다. 옛날 사람들이라고 결코 우습게 볼 일이 아니다. 그 중 지금도 놀랍기 만한 유클리드의 기하학 원본이 그때 집대성 되고 적용되고 있었다는 얘기다. 따라서 한계 수명이 120년에 불과한 인간이 대를 이어 파이의 값을 구하고자 했다 할지라도 100년씩 20번 고작, 3이하 천만대 자릿수에 불과하다. 차라리 10÷3=3.333. 논리적으로 이 영원히 계속되는 무리수였다면 그들도 일찌감치 쓸데없는 계산을 하진 않았을 것이다. 그러나 파이 값은 얄궂게도 논리적으로 같은 수가 계속 되지도 않고 각기 다른 수들도 일정자리의 수가 계속 반복되는 패턴도 아닌지라 그들은 혹시나 하며 그 골머리를 앓았던 것이다. 결국 2000년 동안 들고 팠지만 지친 나머지, 현존하는 최고 성능의 슈퍼컴퓨터에게 물어보기에 이르렀다. 그 결과 슈퍼컴퓨터가 계산해낸 소수점이하 자릿수는 2조 5천억이 넘는 자리 수였다. 그러나 그 이상은 슈퍼컴퓨터도 불가해 버그가 나고 말았다. 그 값 속에서도 수학자들은 무리수란 결론을 얻진 못했다. 할 수 없이 수학자들은 더 이상 생각 했다간 머리가 돌아버린다는 사실을 깨닫곤 이제 그만하자며 변명거리로 무리수로 하자고 입을 맞췄다는 것이다. 뒤늦게나마 주제 파악을 했다는 얘기다. 그러나 역시 그들은 대책 없는 사람들이다. 내심으론 '그래도 지구는 돈다.'라는 식으로 무리수로 받아들이지 않을 것이다. 확인할 때까지 한마디로, 그들의 삶은 자고, 먹고, 숨쉬며, 하는 일은 계산뿐이다. 아마도 꿈속에서도 계산을 하고 있을 것이다. 따라서 정확하지는 않지만 지구 중심에서 약 6,400km인 그 정도의 평균 해수 표면, 즉, 해발이 지상 측량의 높이 기준이 된 것이다.

보통, 지상에서의 인공 구조물의 높이는 그 자리, 그 지역에서의 높이다. 그러나 공식적으로 높이 앞에 해발 약 자가 붙으면 국제적으로도 통용되고 인정받는 높이다. 따라서 유념해두면 에베레스트봉, 그 어느 가장 낮은 산자락에서라도 왜? 에베레스트봉의 높이가 8,800m도 안되지 하는 멍청한 소리를 하지 않게 될 것이다. 에베레스트봉은 잘 알다시피 해발 약 8,848m로 표기 돼있다. 사실 에베레스트봉의 높이는 옛날엔 15,000m였다는 설도 있다. 그동안 지진 등으로 현재의 높이로 낮아졌다는 설이 있는가 하면, 매년 몇 mm씩 융기하고 있다는 얘기도 있다. 그로 말미암아 네팔 정부는 새로 측량한다는 말도 있지만, 지지부진하다. 훗날이지만 2015년 네팔 대지진의 여파로 그 높이도 의문시 되어 네팔 정부는 재 측량을 서두르고 있으며 그 결과는 2년 후 발표한다고 한다. 기대된다.

2015년은 조카인 필자에게는 미래다. 여기서 의문이 생길 것이다. 솔직히 고백하자면 이글은 거의 전부가 사실인 자서전이기도 하지만 소설적인 형식으로 쓰고 있다. 따라서 글속에서의 필자는 조카란 이름으로 어릴 때도 있고, 현재라 해도 실제론 20년 후 이야기의 대상인 삼촌이 조카를 내세워 쓰는 것으로 납득하고 받아들여도, 시인하고 인정하겠다. 말하자면 이 글의 진정한 필자는 20대의 조카인 '나'라기 보단 2018년 현재 70세의 삼촌이란 이야기다. 시대적인 딜레마를 피하고자 고백한다. 아무쪼록 이해 해주셨으면 한다. 다시 조카로 돌아가서.

참고로 에베레스트봉의 높이는 인도의 측량국장이었던 '앤두루, 워'가 1846~1855년까지 9년에 걸쳐 히말라야산 계에서 대 삼각측량을 통해 확인한 사실높이다. 또한 에베레스트봉을 최초 등정한 등반가도 영국의 애드먼드 힐러리와 셀퍼다. 에베레스트는 티베트어로 어머니를 뜻하는 '초모랑마'다.
앞서 소용돌이를 언급했다. 소용돌인 토목 측량과도 밀접한 관계가 있다. 소용돌이는 인위적인 것도 있지만 대부분 자연

현상이다. 찻잔에서부터 개울물이나, 강물, 바다에서 발생하는 크고 작은 수중 소용돌이와 지상에서 기상학적으로 발생하는 회오리바람과, 용오름, 토네이도, 태풍 등이다. 그와 같은 모든 소용돌인 위에서 보면 '원'이며 옆에선 삼각형이며 입체적으론 역, 원추형 뿐이다. 동시에 전체적으로 깔때기와 같은 모양으로 발생하면 처음엔 회전 속도는 느리며 깔때기의 모양도 완만하지만 점차 빨라지며 절정에 이르면, 그 뿔끝은 송곳처럼 예각을 이룬다. 그러나 그 절정의 순간이 지나면 그 회전 속도는 줄어들며, 역으로 그 깔때기는 점차 수면으로 떠오르며 둔각으로 변하며 이윽고 수평이 되어, 그 소용돌인 흔적도 없이 사라진다. 그때 깔때기의 경사면엔 회전 속도에 따르는 원심력도 발생한다.

우리는 서커스에서 커다란 구형의 철망 속에서 '아크로바터'가 그 구형 속으로 오토바이를 타고 고속으로 사방팔방 쌍곡선으로 회전하는 쇼를 볼 수 있다. 아슬아슬하고 위험천만하기 짝이 없지만 그는 결코 밑으로 떨어지지 않는다. 그러나 그 회전속도가 조금이라도 빠르거나 느리면, 그 오토바이는 철망 벽에 달라붙거나 밑으로 떨어질 것이다. 모두가 원심력과 중력 때문이다. 따라서 그 구형 철망 벽을 타고 회전하는 아크로바티는 그 원형 벽면에서 항상 수직이며 평지를 달리는 것과 마찬가지의 평형감과 안정감을 느낀다고 한다.

인공위성도 마찬가지다. 지구를 중심으로 도는 인공위성은 절대적인 공전궤도와 속도 여만 한다. 그 속도와 공전궤도가 맞지 않으면 그 인공위성은 원심력에 의해 궤도 밖으로 벗어나거나 지구로 떨어진다. 따라서 같은 이론으로 인공위성의 속도를 지구의 자전속도와 그에 맞는 공전궤도에 올려놓으면 그 인공위성은 지구상에서 볼 때 정지위성이 되는 것이다. 한반도 상공에도 '천리안'이란 우리의 정지위성이 존재한다.

유념할 것은 인공위성에겐 로켓에 실려 원하는 공전궤도에 올려 진 후 그에 맞는 발사속도가 주어지면 그때부턴 가속도나 동력이 필요 없다는 사실이다. 관성과 원심력, 중력에 의해 공전할 뿐이다. 다시 말하면 인공위성은 공전궤도를 달리는 게 아니라 떨어진다는 얘기다. 따라서 인공위성 속에선 무게도 없어진다. 즉 무중력 상태란 얘기다. 참으로 흥미롭다.

마하는(1838~1916) 오스트리아의 물리학자이자 철학자로 음속을 초속 340m 나타내는 '마하수를' 도입한 것으로 유명하지만 그의 '마하의 원리'는 '아인슈타인'이 상대성 이론을 발견한 데에서 큰 영향을 받은 것으로 알려져 있다. 마하의 원리는 공간이라는 용기는 물질이라는 그릇에서 그 성질이 결정된다. 그 원리는 뉴턴의 물통의 실험으로 설명되고 있다. 지구 위에서 태양을 향해 물이든 통을 회전시키면 물통의 수면은 포물 선상이 된다. 따라서 마하는 태양 쪽을 물통의 주위로 회전시켜서 상대적으로 같은 상태를 만들면 역시 물통의 수면은 포물선상이 된다고 주장했다. 그러나 뉴턴은 수평인 채로 있다고 생각했다. 이 두 사고방식 중 어느 쪽이 옳은가는 실제로 실험 할 수 없는 탓도 있겠지만, 지금까지도 이론적으로도 해결되지 못한 문제로 남아있다.

에드거 앨론 포(1809~1849)의 작품들 중에도 '소용돌이 속에서'란 단편이 있다. 바다에서 발생한 거대한 소용돌이를 모티브로 그 소용돌이가 발생하기 직전, 폭풍 전야의 음울하면서도 괴이한 상황과 공포스런 분위기를 마치 자신이 직접 겪은 것처럼 참으로 너무나 사실적으로 묘사하고 있다.

때만 되면 그러한 거대한 소용돌이가 발생한다는 사실을 잘 알고 있는 그 해역 해안가의 형제어부는 그날도 고기를 잡기위해 바다로 나간다. 위험한 줄 알면서도 난류와 한류가 만나는 그 해역은 워낙 고기들이 많아 조심하긴 했지만 고기잡이에 열중하다 그만 소용돌이가 발생하는지도 모른다. 어느새 거대한 소용돌이의 테두리를 넘어 깨달았을 땐 이미 벗어날 수 없는 지경에 이르러 속수무책으로 소용돌이에 휩쓸리고 만다. 그때부터 '포우'는 인간이 살고자하는 극한의 처절한 모습과 정신력을 참으로 잘 보여준다. 처음엔 그 거대한 소용돌이의 회전도 빠르지 않았으며 깔때기의 경사면도 완만했다. 그러나 얼마 후 그 소용돌이의 회전 속도는 점차 빨라지고 깔때기의 경사면도 점점 가팔라지고, 깊어져 급기야 경사각도는 바다 수면대비 직하 30도에 이르고 회전 속도도 눈이 핑핑 돌아갈 정도로 빨라진다. 그때 형제 어부와 어선은 원심력에 의해 경사 수면에선 수직으로 서있다. 두 형제는 어선의 아무데나 붙잡고 절규하며 울부짖고 있다. 마찬가지로 또 다른 난파선도 소용돌이를 따라 돌고 있었으며, 그밖에 통나무와 같은 유형의 물체들과 수많은 크고 작은 물고기들, 심지어 난파선에서 튕겨나갔는지 돼지도 따라 돌며 괴성을 질러대고 있을 뿐만 아니라, 고래까지도 소용돌이에 휘말려 헤어나질 못한 채, 몸부림치며 돌고 있었다. 그야말로 아비규환이자 생지옥이 따로 없었다.

그런데 그 와중에도 동생 어부는 주변을 살펴보다 이런 사실을 깨닫는다. 그렇게 따라 도는 물체들 중 비교적 각지거나 날카로운 물체들은 둥글거나 밋밋한 두리뭉실한 물체들보단 좀 더 빠르게 낙하한다는 사실을, 따라서 동생 어부는 자신의 직관과 판단을 믿고 결단을 내려, 배에 있던 커다란 나무술통에 자신의 몸통을 밧줄로 단단히 잡아 묶곤 형에게도 그렇게 하라고 소리친다. 그러나 형은 미친 듯이 그 말을 듣지 않고 배의 남아 있는 돛대 기둥만 움켜잡고 울부짖고 있을 뿐이다. 일촉즉발의 순간, 동생 어부는 그대로 경사진 수면으로 뛰어든다. 잠시 후 주변에 있던 모든 물체들은 맹렬하게 회전하는 깔때기 속에서 마침내 형이 탄 어선과 함께 심연으로 빨려 들어갔고, 좀 더 위에서 술통에 몸을 매단 채, 체념하며 정신을 잃을 지경에 이르렀던 동생 어부는 어찌된 일인지 더 이상은 낙하 하지 않고, 그 거대한 깔때기의 회전 속도도 점차 줄어들며 모양도 완만해지며 떠오르고 이윽고 수면까지 떠올라와 그 직경 수 km에 이르던 거대한 소용돌이도 흔적도 없이 사라졌다. 남아 있는 것은 수많은 찢어지고 깨지고 할퀴어진 채 떠올라 떠도는 부유물들과 실신한 채 술통에 밧줄로 묶여있는 동생 어부였다. 해안까지 밀려와 기적같이 구사일생 뭍에 오른 동생 어부의 모습은 그 동생 어부를 잘 아는 해안가 마을의 어느 누가 봐도 알아볼 수 없는 머리가 하얗게 센 늙은이였다. 동생 어부가 형과 함께 바다로 나갈 때의 모습은 머리가 새까만 장년의 사나이였다.

포우가 마지막에 동생 어부를 그렇게 머리가 하얗게 세어버린 늙은이로 묘사 한 것도 어찌 사람이 몇 시간 만에 그렇게 변할 수 있단 말인가? 의문이 들기는 한다. 그러나 한편으론 그와 같은 극한의 상황에서 오로지 살고자 하는 본능 속에 처절하게 몸부림치며 죽음 직전에 이르렀을 때, 그 온몸의 세포가 곤두서는 소름끼치는 공포심 속의 동생 어부로선 어쩌면 그렇게 변할 수도 있지 않을까? 하는 생각이 들긴 한다. 물론 상상력의 산물이겠지만, 그래도 보다 사실적임을 위해 물리적 현상들을 고찰 참고 자료들을 확인했을 것이다. 그렇다 해도 참으로 놀랍다. 이 작품의 형식은 그 같이 머리가 하얀 늙은이가 '화자'를 절벽 위로 안내해 바다를 가리키며 자신이 겪은 일을 이야기 하는 형식이다.

잘 알다시피 '시인'이기도 한 포우의 작품들은 하나 같이 기상천외하며 괴이하고 공포스런 작품들이 많다. 또한 허무맹랑하기조차 하다. 그러나 자세히 뜯어보면 작품들의 구성들은 우선 신선하다. 또한 치밀하고 용의주도할 뿐만 아니라, 시대성과 현실성에서도 모순되는 점이 없다. 무엇보다 그의 날카로운 직관력과 분석력, 과학적인 논리적 추론은 놀라움을 넘어 가히 경이롭다. 비록 작중인물이긴 하지만, 도둑맞은 편지나 모오르가의 살인 등에서 듀팽이란 인물이 잘 대변해준다. 특히 그의 걸작으로 꼽히는 검은 고양이에서도 인간 정신과 심리의 본질이 무엇이며, 어떠한지도 유감없이 잘 묘사한다. 소름이 돋을 정도다.

에드거앨런포는 19세기 미국 낭만주의를 대표하는 소설가이자 추리소설의 선구자로, 1809년 보스턴에서 태어났으며, 1832년 단편 '병속의 수기'가 당선됨을 시작으로 왕성한 창작을 펼쳤다. 1838년 장편 '아서고든핌 이야기'가 출간, 각종 잡지의 편집자로 활동, 단편을 꾸준히 발표하며 1845년 '검은고양이', '붉은 죽음의 가면', '어셔가의 몰락' 등 대표작을 모은 단편집을 출간했다. 그가 생애에 발표한 작품들은 모두 58편에 이른다. 또한 '시'들도 많다. 그러나 알려진 바로는 알코올 중독과 정신 착란 등으로 시달리며 방황하다 1849년 워싱턴대학병원에서 40세의 나이로 사망했다.

옛날 로마 속담에 '책에는 각기 운명이 있고, 때로 작가의 운명은 그가 쓴 책의 운명을 따르기도 한다는 말이 있다.' '애드거앨런포'는 1849년 10월 7일 볼티모어 거리에서 의식 불명 상태로 발견되어 인근병원으로 옮겨졌다. 그날 아침 일찍 40세의 이른 나이에 갑자기 생을 마감했다. 사인은 지나친 음주로 알려졌지만 정확하지 않다. 그의 대부분의 작품 내용이 현실화 된 샘이다.

나 역시 서울대 국문과를 나와 지금 글을 쓰게 된 것도 '포우'의 영향을 받았음을 부인치 않겠다. 오죽하면 일본의 유명한 추리소설 작가인 '에도가와 란뽀'란 이름도 '포우'를 너무나 존경해 만든 본명이 아닌 필명이었을까? 한 번쯤은 '포우'의 전 작품들을 읽어볼 것을 간곡히 권한다. 흥미진진할 것이다. 더불어 아쉽다면 '포우'의 작품들 중엔 '측량'을 주제로 한 작품이 없다는 점이다. 물론 '황금충'이란 작품 속엔 '황금충'을 활용한 측량 내용도 있긴 하다. 작품 속에선 그 묵직한 '황금충'을 마치 장난처럼 측량용 수직추로 사용하고 있다. 나는 '포우'의 열렬한 팬이다. 이참에 '황금충'이란 단편 내용도 요약해 소개하겠다. '황금충'은 천연기념물이자 집게벌레와 같이 생긴 곤충이다.

몰락한 귀족 가문의 사람으로 '쥬피터' 검둥이 하인과 개 한 마리와 함께 해안과 이어진 외딴섬에서 살고 있으며 그에겐 가끔씩 왕래하는 '화자'인 친구가 있다. 따라서 화자는 친구가 한동안 찾아오지도 소식도 없어 궁금해 찾아갔을 때 주인공인 그는 화자에게 해변에서 우연히 발견한 '황금충'을 신기해하는 또 다른 친구에게 잠시 빌려 주었다며, 주머니에 아무렇게나 넣어 두었던 양피지에 그 황금충의 모양을 그려 보여준다.

양피지는 황금충을 잡을 때 모래사장에 박혀 있어 사용한 후, 그때 화자는 그 양피지를 넘겨받아 마침 날씨가 쌀쌀했던 탓으로 난로 가에 앉아 반갑다고 대드는 개를 뿌리친 후 그 양피지를 살펴본다. 그때 양피지는 그 바람에 난로에 닿을 듯 말듯 한 상태였다. 잠시 후 화자가 양피지를 살펴보았을 때, 이상한 그 그림은 친구가 설명해준 황금충의 모양과 비슷하긴 했지만, 결코 황금충 모양은 아니었고, 차라리 해골 모습이었다. 그런 사실을 얘기하자 친구는 그럴 리가 없다며 화까지 낸다. 모두가 우연의 연속인 결과였다. 화를 내며 양피지를 다시 건네받은 친구는 양피지를 살펴보다. 심각해진 얼굴로 양피지를 뒤집어 보고는 한동안 깊은 생각에 잠긴 후, 화자에겐 그만 돌아가 달라며 아무 말도 없이 방으로 들어간다. 여기까지가 처음 장면이다.

며칠 후 검둥이 하인과 함께 화자의 집을 방문한 친구는 그날은 정신없어 미안 했다며 사과한 후 자기 집으로 같이 가자고 간청한다. 그때 검둥이 하인의 손엔 삽과 곡괭이, 낫, 부대자루가 들려 있었다. 그 후 화자는 아무래도 그 친구가 쇠약해져 제정신이 아니라 생각했지만 할 수 없이 그 친구가 가자는 대로 검둥이하인과 개까지도 대동하고 따라나선다. 그때 그 친구는 그 황금충을 회수해, 줄에 매달아 빙빙 돌려가며 장난치듯 걸어간다. 화자가 볼 때 영락없는 보물찾기에 정신 나간 실성한 모습이었다.

한 시간쯤 섬의 숲을 헤치고 간 후 숲속에서 가장 큰 나무 밑에 도착한 후, 그 친구는 검둥이 하인에게 실에 매달린 황금충을 주며 나무로 올라가 일곱 번째 가지를 살펴보라고 명한 후, 가지 끝에 허연 물체(해골)가 있다고 하자 다가가 해골의 왼쪽 눈으로 황금충을 내려뜨리게 한 다음 그 지점에서 가장 가까운 나무와 연결해 다시 직선상으로 15m를 확장 그 지점을 중심으로 반경 1.5m의 원을 그린 후 그 원을 2m 깊이까지 세 사람은 파내려간다. 그 나무와 최초 지점의 거리는 1m였다. 즉, 이 차이자 마지막 지점은 직선 16m란 얘기다.

다시 말하면 직경 3m의 원을 2m 깊이까지 팠다는 얘기다. 그러나 기대했던 보물은 결국 발견하지 못한다. 세 사람은 허탈한 채 돌아가고 있었고 화자는 그나마 이제 정신 차렸겠지 하면서 위안을 삼는다. 그때 묵묵히 돌아가던 친구는 돌연 검둥이 하인을 두들겨 패며, 땅에 나뭇가지와 해골을 그려 놓고 어느 쪽 눈으로 황금충을 내려뜨렸냐며 다그친다. 검둥이 하인은 울상을 지으며, 오른쪽 눈을 가리킨다. 왜냐하면 검둥이 하인은 왼손잡이로 그에겐 오른쪽이 왼쪽이었기 때문이다. 여기서도 의문이 생긴다. 과연 그 해골이 처음 그 나무, 그 가지에 박힐 때와 현재위치가 같을 수 있겠느냐다. 그러나 포우는 그 점까지 감안 그 나무를 이미 죽어버린 오래된 고목으로 묘사하고 있다.

소설이나 드라마든 영화든 반전이 있기 마련이다. 그래서 더욱 극적이다. 검둥이 하인은 영문을 몰라 했지만, 친구는 흥분한 상태였고 화자도 좀 전과는 달리 흥분하기 시작한다. 오른쪽 눈과 왼쪽 눈의 차이가 무엇을 의미하는지 알 수 있었기 때문이다. 또한 상황으로 볼 때 결코 장난이나 제정신이 아닌 사람이 생각해낼 수 있는 논리적 추론이 아니었기 때문이다. 다시 나무로 되돌아가 검둥이 하인이 이번엔 반대쪽 눈으로 내려뜨린 지점은 처음지점과 8cm의 오차 지점이다. 하지만 다시 확장된 두 번째 지점은 1m 60cm의 오차로 벌어졌다. 즉, 처음 판 구덩이 밖이었던 것이다. 둘레에선 10cm에 불과했지만 처음 중심에선 1m 60cm 벗어나 있었던 것이다.

검둥이 하인은 그렇다 쳐도 친구와 화자는 흥분 속에 미친 듯이 파내려갔고 마침내 개가 짖어대는 가운데 뼛조각들과 곡괭이 끝이 무언가에 부딪치는 소리와 더불어 궤짝의 모서리와 테두리가 드러났을 때 그 크기는 길이 1m 폭 90cm이었으며 완전히 파냈을 때, 궤짝의 깊이도 60cm였다. 양쪽으론 쇠고리가 3개씩 6개가 달려 있었다. 즉, 6명이 그 궤짝을 들었었다는 얘기다. 어둠의 숲속에서 달빛 속에 눈을 부릅뜨고 지켜보는 가운데 쇠 빠루로 녹슨 자물쇠를 제키고 뚜껑을 열었을 때, 궤짝 속에 가득한 금은보화들이 달빛 속에 찬란히 빛나는 모습은 넋을 잃기에 충분했다. 보물들의 종류도 작품에서 자세히 열거한다.

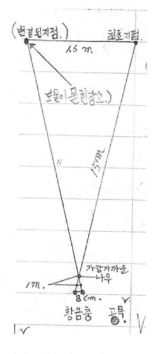

겨우 정신들을 차린 후에야 세 사람은 힘을 합쳐 그 궤짝을 들어보려 했지만 어림도 없었고 그날 밤은 준비한 자루가 하나뿐인지라, 1/3정도만 겨우 자루에 담아 서로 번갈아 끙끙대며 그나마 친구의 집으로 운반할 수 있었다. 한동안 쉰 후, 다시 자루를 준비해 두 번 더 운반하고 나서야 그 금은보화들을 모두 옮길 수가 있었다. 그때 그 보물들의 총무게는 300kg이 넘었다. 이제 보물찾기는 다 끝났다. 마지막으로 친구이자 주인공은 '포우'의 그 특유의 화법으로 보물을 찾기까지의 전 과정을 다음과 같이 설명한다.

사실 처음 그 희한한 황금충을 잡은 것은 친구의 하인이었다. 검둥이란 말은 생략하겠다. 그때, 그 황금충은 살아 있었기 때문에 그 찍개 같은 주둥이로 물려고 했기 때문에 하인은 쩔쩔맸고,

넘겨받던 친구도 뭐 적당한 싸개가 없을까 주머니를 뒤져보았지만 없었던 터라 주변을 둘러보다 모래사장에 박혀 삐죽하게 드러나 있던 종이(양피지)를 발견, 그 종이로 황금충을 싸잡아 갖고 가다 또 다른 아는 사람을 만나 신기해하며 하도 하루만 빌려 달라해 종이 채 주려했지만 그 아는 사람은 싸개는 필요 없다며 그냥 주머니에 넣고 갔다. 남은 종이를 그냥 버릴까도 생각했지만 그랬다면 이 이야기는 있을 수 없다. 인과관계에 있어 그랬었다면 이런 말은 결과론적으로 하나마나한 소리다. 어쨌든 주머니에 쑤셔 넣곤 돌아왔을 때, 마침 화자가 찾아왔던 것이다. 따라서 황금충을 설명하다 그림으로 보여주고자 종이를 찾던 중에 주머니에 넣어둔 종이가 생각나 꺼내, 결과적으로 양피지에 황금충의 모양을 그려 화자에게 넘겨주었던 것이다. 여기까지 세 번의 관련된 우연히 겹친다. 황금충을 잡은 것과 그로인해 양피지를 발견 한 것, 아는 사람을 만나 빌려줌으로써 화자에게 그림 그릴 필요성이 생긴 것은 순전히 우연이다.

따라서 역으로 카지노에서 주사위 게임과 같은 숫자가 연속해서 세 번 나온다면 네 번째는 99% 나오지 않을 것이다. 그와 같은 요령으로 베팅 한다면 돈을 잃지는 않을 것이다. 확률 자들은.

한 번의 우연은 비일비재하며, 관련된 두 번의 우연은 있을 수 있으며 세 번의 우연은 있을 수도 없을 수도 있는 한계라며, 따라서 네 번의 우연이 한꺼번에 연속해서 일어날 확률은 차라리 로또복권 1등 당첨 확률이 있으면 있지, 제로라는 것이 결론이다. 그런데 황금충에선 우연이 계속된다. 그날 날이 추워 난로를 피웠고 화자는 필연적으로 난로 가에 앉는다. 날씨도 우연이다. 그다음 우연은 '개'다. 개가 없었다면 그 양피지는 난로에 밀접하지 않았을 것이다. 벌써 우연이 다섯 번이나 그것도 연속해서 겹친다. '포우'도 아마 그러한 연속적인 우연히 있을 수 없다는 사실을 잘 알고 있을 것이다. 그러나 소설은 쓰기 나름이다. 갖다 붙이면 그만이다. 한마디로 엿장수 마음대로다.

그렇게 우연에 의해 양피지에 해골 그림이 나타남으로써 친구는 그 불가사의함을 며칠 동안 방에 틀어박혀 전후사정을 심사숙고한 끝에 다음과 같은 결론을 얻었다는 것이다. 또한 있지 말라는 법도 없고 우연이긴 하지만 극히 자연스럽다.

양피지는 해변 모래사장에 박혀있었다. 양피지에 황금충을 그릴 때 해골의 모습은 결코 없었다. 그러나 해골의 모습은 나타났다. 그 이유는 열, 즉 난로밖엔 없다. 숨겨진 글이나, 그림은 열에 의해 복원이, 화학적이며 기술적으로 옛날에도 가능했다. 해골표시는 해적의 상징이다. 그 지방 해역에는 옛날에 해적들이 설쳤으며 따라서 해적들이 탈취한 보물들을 숨겨 놓았다는 소문이 돌고 있었다. 그러나 그 보물을 찾았다는 소문은 지금까지 없다.

포우란 사람에 대하여

'포우'는 내 개인적으로도 참으로 놀랍다 못해 경이로운 사람이다. 그의 작품들은 언뜻 보면 너무도 기상천외하고 황당무계한 괴기스럽고 공포스러울 뿐만 아니라 비현실적이다. 그러나 그지없이 매료되어 열광하지 않을 수가 없다. 자세히 뜯어보면 작품구성과 전개, 결말이 그렇게 치밀하고 용의주도할 수가 없다. 무엇보다 그 내용들이 현실에선 결코 있을 수 없는 허무맹랑한 내용인 것 같으면서도 사실은 아니 원인이나 전개, 결말이 너무나 우연인 것 같으면서도 필연이란 사실에 공감할 수밖엔 없다. 무엇보다 사람은, 인간은 그 자체로 한계가 있다는 사실들을 사람들은 인간들은 알고 있고, 인정하고 절감들을 하고 있다. 평소에는~ 그러나 '포우'는 그런 것들을 단호히 부정하고 거부한다. 그리고 그 가능성과 가능함을 결과로 결말로 증명해 준다.

인간은 대부분은 절망적인 상황에 처하면 버티기는 하지만 결국은 그 한계를 이겨내지 못하고 극복하지 못하고 포기하게 된다. 그러나 이런 말도 있다. "운명아 비켜라, 내가간다!" 그러나 그렇게 부르짖고 갈 수 있는 사람과 인간은 극소수다. 즉, 갈 수 있느냐. 못 가느냐. 가기도 전에 운명이라고 포기하게 된다. 따라서 가서 이겨내고, 극복한 사람, 인간들을 우리는 스타, 영웅, 나아가 슈퍼스타라고 부른다. 따라서 '포우'의 경우 듀팽이나 사건의 주인공들은 스타, 영웅, 슈퍼스타라 할 수 있다. 열광할 수밖에 없다.

사람에겐 인간에겐 무한한 가능성이 있다고 나는 믿는다. 그러나 사실상 '포우'의 그와 같은 기상천외하고 황당무계하고 괴기스럽고 공포스럽고 항거할 수 없다는 자연의 현상에 맞닥뜨리면 과연 '나'도 그와 같이 대처하고 해결하고 이겨내고 극복할 수 있을까? 그러나 그 주인공들은 초인적인 능력으로 해결하고 이겨내고 극복해낸다. 여기서도 '포우'의 천재적인 발상과 인간성, 철학을 엿볼 수가 있다. 포우는 그러한 사건들 속에서의 인간의 모습을 단순히 능력에만 치부하지 않고, 근본적인 원초적인 인간의 본성과 본능을 강조하고 있다.

즉, 인간이 타고난 본성과 본능은 무한함을 강조하고 주장하는 것이다. 한계란 인간의 나약한 관념일 뿐 한계가 있을 수 없다는 것이다. 한계가 있고 없고는 자신이 아니라, 할 수 있는데까지는 하고 그 이상은 하늘에 맡기라는 얘기다. 내가 볼 때 '포우'는 신도 믿지 않는 사람이다. 사람들은 인간들은 너무 스타나, 영웅, 슈퍼스타에 열광하고 의존하는 경향이 있다고 본다. 물론 자신은 할 수도 될 수도 없다고 생각하고 믿기 때문이다. 스타, 영웅, 슈퍼스타가 되려면 타고 나야만 하고 그만한 조건이 있어야만 하고 천운도 따라라만 한다고.

그런 점에서도 포우는 인정하지 않고 있다.

포우의 작품 속 인물들은 평소엔 그리 대단하지도 특별하지도 않은 그저 우리들의 자화상이다.

그런데 그들은 그와 같은 절망적인 상황을 해결하고 이겨내고 극복해낸다. 그것도 자연을 상대로, 결론적으로 '포우'는 어찌됐든 놀라운 별종인 것만은 틀림없다,

다만 아쉬운 것은 사람들은 포우를 높게 평가하면서도 한편으론 정신병자로 취급하기도 한다는 사실이다. 하긴 그렇게라도 치부해야만 그나마 자존심을 잃지 않을 테니.

물론 사람들은 인간들은 그렇게라도 자신을 믿고 자신을 사랑해야만 할 것이다. 잘났든 못났든.

인간이 특별하고 위대하다는 것은 고양이는 결코 호랑이가 될 수 없고 뱁새는 황새를 따라갈 수 없지만 인간은 그 무엇이든 할 수가 있고 될 수도 있다. 다만 명심할 것은 고양이든 뱁새든 존재해야만 인간도 존재할 수 있다는 사실이다. 따라서 인간적인 것만 추구해야 할 것이며 돼야할 것이다.

양피지의 암호가 실재였다면 그 누구도 해독 할 수 없었을 것이다.

설사 포우라 할지라도 그러나 역학적으로 미리 암호를 만들어 놓고, 꿰맞춘다면 얼마든지 가능할 것이다. 그런 점에서 보통 사람들도 그리 절망할 필요도 이유도 없을 것이다. 인간이 만든 모든 문제들은 '결자'들은 인간이 '해지' 할 수 있다는 것이 내 소신이자 지론이다.

작품 속에선 암호를 풀은 내용도 자세히 설명한다. 그렇다면 소문이 사실이라면 아직도 어딘가엔 숨겨져 있을 것이다. 또한 숨긴 당사자라 할지라도 아무데나 숨길 수 없었을 것이며 필시 자신 만에 아는 곳에 그것도 우연으론 결코 발견 할 수 없는 장소에 숨겨야만 하며 훗날 자신의 기억도 확신할 수 없어 필시 자신만이 알 수 있고 해독할 수 있는 암호로 보물지도를 만들었을 것이다. 친구는 그와 같은 추론 끝에 자신이 얻은 양피지가 보물지도임을 확신했다는 것이다.

문제는 양피지엔 해골 그림 외엔 아무것도 없다는 것이 문제였다. 고심 끝에 양피지를 난로 불에 좀 더 가까이 쪼여보던 결과 해골상단에 작은 숫자와 부호들이 희미하게 나타남을 확인할 수 있었으며, 그 결과에 힘입어 다음으론 뜨거운 물에 담가 깨끗이 닦아내며 계속 문질러대자 마침내 작은 숫자들과 부호들이 똑똑히 보이게 되었다는 것이다.

작품 속에선 친구가 화자에게 그 또렷한 해골 모습과 숫자들과 부호들을 보여준다. 그러나 화자는 무슨 뜻인지 도무지 알 수 가 없다. 친구는 다시금 그 숫자와 부호가 뜻하는 내용을 논리적 추론을 통해 풀어낸 내용을 설명과 함께 정리한 내용을 일목요연하게 보여준다. 그 후 친구는 일차 답사한 다음, 모든 준비를 마치고 화자를 찾아와, 이미 언급한 바와 같이 함께 보물을 찾으러 갔던 것이다.

그 내용 중 측량에 관한 내용은, 해골을 찾을 때로 나뭇가지에 박혀있던 해골의 위치는 어느 특정 장소, 특정 자세로 야만 관측할 수 있었으며, 그 특정 장소는 해독한 내용인 절벽에 튀어나온 한사람이 겨우 앉을 수 있는 그것도 특정 자세로 '악마의 의자'란 암석이었으며 그 자리에서 그 자세로 '좋은 안경' 망원경으로 전방위각과 좌, 우각을 암호대로 맞춰야만 관측할 수 있는 측량 장소였다. 두 번째 측량이라면 해골의 왼쪽 눈에서 수직으로 추를 내려 1차 지점을 확인하는 것으로 '추' 대신 황금충을 사용했던 것이다. 어쨌든 측량은 측량이다.

측량 애기를 하다 보니 소용돌이 애기가 나왔고 핑계 삼아 황금충 애기까지 하게 되었다. 자세한 내용은 직접 읽어보길 권한다. 도서관에 가면 '포우'의 작품들이 기다리고 있을 것이다. 그러나 내친김에 이 글을 다 쓰고 나면, 측량을 주제로 한 글을 한번 써볼 생각이다. 이를테면 측량을 활용해 완전 범죄를 한다든가 측량기를 둘러매고 용의주도하고 기상천외한 교묘한 사건들을 해결하는 측량 기사이자 명탐정을 만들어 종횡무진 활약하며 그러다 꼭 등장하는 늘씬한 미녀로 여자 측량사를 등장시켜 주인공을 따라 다니며 사랑도 나누는, 말하자면 듀팽이나 홈즈, 007은 저리가랄 정도의 불사신으로 스릴 넘치는 이야기들 말이다. 잘만 되면 시리즈로도 써볼 생각이다. 떼돈도 벌며, 안되겠다. 너무 옆길로 새고 말았다. 이만 꿈 깨고, 다시 '제다' 현장으로 돌아가겠다.

마지막으로 화자가 구덩이에 있던 뼈 조각들이 도대체 무언지 모르겠다고 하자 친구는 그 보물궤짝을 운반했던 해적들로 보물의 주인이자 해적 선장이었던 '키드'가 비밀유지를 위해 그냥 두었을 리 없다는 설명으로 마무리 짓는다.

　삼촌의 전성시대는 목수로서의 일대기이기도 하다. 그러나 그것이 전부는 아니다. 평범치만은 않은 어린 시절과, 군대 시절도 있었으며 앞으로도 얘기하겠지만 바둑 고수로서, 바둑 세계에 몸담았던 세월과 춤 도사로서 춤 세계를 누비기도 했으며 명색은 목수이면서도 건설, 건축과 관계된 일들이긴 하지만 원했든 않든 또는 어쩔 수 없었든 엉뚱한 이를테면 하역부 일이라든가 측량, 나아가 내게도 삶에 지대한 영향을 끼쳤으며 직접 겪기도 했던 유별난 일등을 모두 합치면 목수일 못지않은 또 다른 전성시대라 할 수 있다. 그 모두가 아무나 할 수는 없는 뛰어난 능력과 재주로 가능했기 때문이라 생각하기 때문이다.

　따라서 이제는 삼촌의 전성시대도 별 볼일 없고, 끝났다는 생각과 판단의 시점에선 이 이야기도 끝낼 것이다. 그러나 삼촌은 알다시피 엉뚱하고 종잡을 수 없는 사람이다. 썩어도 준치고, 고목나무에도 꽃이 핀다는 말이 있듯, 혹시 또 모른다. 말 그대로 그 이후에도 썩은 줄로만 알았던 준치가 펄떡 거리고, 고목임에도 꽃을 피울지도 모른다. 만약 그렇게만 된다면, 삼촌 스스로 아니면 지금처럼 내가 대신으로라도 삼촌의 제이, 제삼의 전성시대 이야기는 계속 될 것이다. 허지만 어디까지나 나중일로 두고 볼일이다. 다만 그 시점까지는 아직 반도 쓰지 못했다.

부지런히 써야겠다.

제다 현장에서 그렇게 큰소리치고, 끗발 부리며 신선놀음인 그 잘난 측량일도, 바보 멍청이 파트너 때문에 속은 썩었지만, 7개월쯤 되자 모두 끝나고 끈 떨어진 연이 되어 화무는 십일홍이요, 권불십년이라고 삼촌도 찬밥 신세가 되고 말았다. 그나마 건물들의 내장 공사에 필요한 내부의 방들과 화장실, 내부 벽, 마감, 칸막이 출입문 틀들과 창문틀을 시공할 수 있는 먹줄들을 층, 층마다 때려 놓은 십자 먹줄과 벽체마다 천정에서 30cm 아래 역시, 때려 놓은 수평 먹줄들을 기준으로 천정과 바닥에 마킹한 후, 먹줄 치는 작업을 하며 목에 힘주고 버틸 수는 있었지만 그마저도 두 달 뿐이었고, 어쩔 수 없이 토사구팽 당하듯 하게 된 일이 '코킹' 작업이었다.

할 일이 그것뿐이라며 하기 싫으면 집에 가라는 식으로 하라는 대로 삼촌도 울며 겨자 먹기로 그 기가 막힌 코킹 작업을 3개월만 버티자며 감수했다. 더부살이라도 찬밥 더운밥 가릴 것 없이 눈칫밥이라도, 도대체가 공사 자체가 화재 발생과 예방을 위한 설계였기 때문에 내장 공사도 합판이나 나무라곤 찾아볼 수 없어, 목수들이 할 일이나 설 자리가 없었다. 한마디로 일류 목수로서의 자존심 따위를 내세울 때가 아니었다는 얘기다. 출입문 틀과 창문틀도 모두 스틸 제품으로 이미 시공돼 있었다. 따라서 하게 된 코킹 작업은 옆 그림과 같은 창문틀 사방 테두리와 출입문 틀의 삼면 테두리를 코킹으로 쏘아 틀어막는 작업이다. 그 코킹 작업 내용은 다음과 같다.

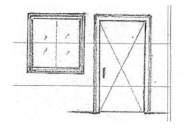

'코킹'은 회색깔 고무액으로 화공 약품이 함유돼 공기에 노출되면 30분쯤 후 탄력 있는 고무로 변한다. 또한 유리 공들이 유리를 창문에 끼운 후 테두리를 코킹으로 고정 마감하는 전문 작업이지만, 그 밖에도 다양하게 쓰인다. 숙련된 코킹공일 경우, 먼저 꼭 떡가래와 같은 하얀 비닐 스펀지를 1cm폭의 테두리 속에 돌아가며 떡가래를 똘똘 말아가며 빠듯하게 쑤셔 넣는다. 그때 1cm의 깊이를 일정하게 남겨 놓는다. 물론 벽체 두께 15cm와 문틀의 측면 넓이(폭)도 똑 같다. 그 다음으로 종이테이프를 벽체 가장자리와 문틀 가장자리에도 돌아가며 맞춰 붙인다. 그러면 1cm의 폭과 깊이의 코킹 라인만 남는다.

코킹기에 코킹통을 장착하면 마치 기관단총 같다.

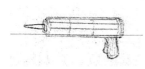

그 라인 속에 코킹 쏠 준비가 끝난 것이다. 집 한 채 정도라면, 직경 5cm에 길이 30cm의 원통형 플라스틱 제품을 필요한 만큼 구입해 사용하면 되지만, 건물들 공사의 코킹은 말 통으로 구입해 쓴다. 따라서 좀 번거롭다. 우선 빈 코킹 통이 여러 개 필요하며 작업자수와 같은 코킹기(틀)도 필요하며 말 통의 코킹액도 드릴에 스쿠류를 끼워 골고루 저어 주어야만 하며, 코킹 통 끝에 달린 주둥이 끝을 빈 통이라면 이미 잘려 있다. 코킹 통 주둥이를 말 통에 담가 반대쪽에 있는 압축기(마개)로 코킹액을 빨아들여 코킹기(틀)속에 장착, 마지막으로 코킹통의 주둥이 끝에 뾰족한 고깔모자 같이 생긴 작고 하얀 플라스틱 제품을 끼운 후, 그 뾰족한 끝부분을 코킹 라인에 맞게 비스듬히 타원형으로 잘라낸다. 비로소 코킹 쏠 모든 준비가 끝난 것이다. 코킹기에 코킹 통을 장착하면 마치 기관단총 같다.

그리곤 출입문 틀의 경우 코킹 라인 한쪽밑 부분에 대고 한번에 일사천리로 절묘한 손과 손가락 놀림으로 모자라지도 넘치지도 않게 반대쪽 끝까지 매끈하게 쏘아댄다. 말이 쉽지 어디까지나 코킹에 도가 튼 숙련공에 한해서다. 제 아무리 손재주가 좋다 해도 초보자라면 흉내도 낼 수 없다. 적어도 수천 번은 온갖 망신과 시행착오를 겪고서야 가능하다. 삼촌도 애를 먹은 끝에 보름이 지나서야 겨우 흉내 낼 수 있게 되었을 정도다. 처음엔 아무리 신경을 써서 해봐도 제대로 되지가 않았다. 코킹기의 손잡이 방아쇠를 당겨대도 코킹액이 제대로 나오지도 않고 나와도 폭폭 거리며 띄엄띄엄 나오는가 하면 너무 많이 나와 처치곤란이라 긁어내 모자라거나 빈 구멍에 채워 넣느라 그 코킹 라인은 매끈하긴커녕 코킹으로 범벅이 되어 꼴사납고 가관이었다. 그야말로 숙련공이 열 틀을 쏘는 동안 한 틀 갖고 씨름해야만 했다. 차라리 집어 치우고, 심부름이나 하는 게 나았다. 물론 그런 초보자는 삼촌뿐만이 아니었다. 칠팔 명 중 그와 같은 도튼 숙련공은 단 한 명이었고 그것도 평생 밥 먹듯이 유리만 끼고 코킹만 쏘아댄 유리 공이었다. 나머진 삼촌과 같이 찬밥 신세가 된 형틀 목수들이었다. 그러나 삼촌은 삼촌이었다. 남들은 한 달이 돼도 헤매고 있었지만 삼촌은 그 숙련공만큼은 따라갈 수 없었지만 보름 만에 그 숙련공도 놀랄 정도로 코킹을 쏠 수 가 있게 되었다. 그러나 그게 다가 아니었다.

그렇게 매끈하게 쏘아댄 숙련공의 코킹 라인 표면에도, 어쩔 수 없이 불가항력적인 좁쌀 같은 기포나 미세한 구멍들이 생긴 다. 국내 공사였다면 그 정도로 충분했을 것이다. 그러나 국제 공사는 얘기가 다르다. 그 조차도 용납하지 않는다. 감독들은 그 기포도 없애고 구멍도 메꾸라는 것이었다. 결코 어깃장이 아 니었다. 하지만 방법은 있다.

첫째는 양쪽 종이테이프를 벗겨내고 손가락을 물에 적셔가며 코킹 표면을 살살 문질러대면 그 기포와 미세한 구멍들은 없어 지고 구멍도 메꿔진다. 물론 가장 자리의 까칠까칠한 라인도 그 와 같이 다듬는다. 그렇게 다 큰 어른이 손가락에 물을 적셔가 며 혹은 침을 묻혀가며 코킹 라인을 들여다보며 다듬고 문지르 는 모습을 보고 있으면 참으로 웃어야할지 울어야할지 기가 막 히기만 하다.

두 번째는, 더욱 기가 막히고 한심하기만 하다. 아이들이 더 잘 알 것이다. 여름날 시원한 아이스 바를 깨물어 먹거나 빨아 먹고 나면 길이 10cm, 폭 1cm, 두께 1mm의 아이스 바 가 남는다. 양쪽 끝은 반달 모양이다. 그 아이스 바를 역시 물에 적셔가며 손가락 대신 반달 모양 끝으로 살살 문질러 대 는 일이다. 코킹 표면은 좀 굳으면 졸아들어 약간은 옴폭 들 어간다. 따라서 반달 모양을 약간 눕히면 딱! 들어맞는다. 그런데 그 아이스 바로 한참 문질러대다 보면 자연스럽게 입에 물게 된다. 쉬기도 할 겸 그야말로, 영락없이 아이스를 빨아 먹고 난 모습이다. 삼촌 역시도 자기도 모르게 그렇게 아이스 바를 입에 물고 있다 문득 깨닫곤, 도대체 내가 지금 무슨 짓을 하고 있나, 아이스 바를 입에 문채 천정을 쳐다보며 한숨 짓곤 했다. 천하의 삼촌도 별 수 없었나 보다. 그러한 코킹 작업도 두 달 동안 한 후, 마지막 한 달 동안은 얄궂게도 화장실의 타일 시공을 하게 되었다.

타일 시공은 결코 아무나 할 수 있는 일이 아니다.(종래대로라면.) 목수들이 나무를 다루는 기술자들로 전문가들이라면, 미장장이들은 시멘트와 모래자갈, 흙(황토) 물을 다루는 기술과 전문가들이라 할 수 있다. 지금은 시멘트와 모래, 자갈을 물과 섞어 각종 벽돌과 블록, 보도블록, 기와까지도 공장에서 대량으로 찍어내고 구워 생산하지만, 예전엔 미장장이들이 순전히 수작업으로 모두 배합해 틀에 비벼 넣어 찍어내곤 했다. 콘크리트 반죽도 미장공들이 일일이 수작업으로 넓적한 철판에 시멘트, 모래, 자갈, 물을 섞어 삽으로 비벼 콘크리트를 쳤다. 다만, 벽에 발라 미장 마감하는 세멘 물탈이나 황토 반죽은 지금도 수작업으로 비벼 만든다. 미장장이들만이 할 수 있는 전문분야다. 또한 황토 담장이나 건물벽도 황토를 짚과 섞어 반죽, 큼직한 황토 벽돌로 찍어내 쌓고 역시 황토 반죽으로 미장 마감한다. 따라서 미장장이들은 최소한 다년간의 조적, 미장의 그러한 경험과 기술들을 두루 갖춘 기술 전문가라 할 수 있다. 그러나 지금은 콘크리트 타설공, 조적공, 미장공, 기와공, 황토공, 타일공

등으로 전문 세분화 되어있다. 특히 황토는 예전엔 초가집, 한옥, 기와집, 대궐, 궁궐 등에 담장과 더불어 필수 재료로 쓰였지만 오늘날 다시금 환경 친화적으로 각광 받으며, 일반 주택은 물론 각종 건물 등에도 다양하게 활용되고 있다.

결국 타일 시공은, 그와 같은 경험과 기술을 갖춘 숙련된 미장공이자 조적공인 타일 공들만이 시공할 수 있다는 얘기다. 지금도 그와 같이 예전처럼 일반적인 가정집 건물들에 시공되고 있지만 현대적인 건물이나 아파트의 타일시공은 시공법이 좀 달라졌다. 좀 더 자세히 말하면, 예전엔 가정집이나 연립주택의 벽체나 복도 화장실의 경우 2m 40cm 정도 높이의 거친 시멘트 벽돌에 1m 50cm정도 높이로 세멘 몰탈로 3~4cm 두께로 타일을 시공 한 후 상부의 나머지 부분은 역시 세멘 몰탈로 미장마감 후 도색 처리했지만 지금은 아파트의 구조 자체가 매끈한 콘크리트 천정과 벽체들이기 때문에 화장실이나 복도 등에 타일을 접착제로 콘크리트 벽이나 복도에 그대로 붙인다는 얘기다. 시공도 간편하고 빠르며 경제적이다.

다만 바닥 타일 시공은 콘크리트 바닥 자체가 애당초 마감 바닥 높이보다 평균 5cm정도 낮기 때문에, 공용 복도들이나, 역시 공용인 옥상 바닥은 세멘 몰탈 마감 후 방수를 겸한 녹색 폴리우레탄으로 매끈하게 도색 마감하지만 공용 복도들은 역시 세멘 몰탈로 마감 높이인 5cm 두께로 미장 마감 후, 옥상과 같이 처리하거나, 타일을 접착제로 붙여 깔아 마감한다. 단, 화장실 바닥이나 테라스, 공용 복도가 타일일 경우 시공법은 두 가지다. 알아둘 필요가 있다.

첫 번째는 콘크리트 바닥이든 땅바닥이든 또는 무슨 바닥이든 5cm정도 두께로 찰진 세멘 몰탈로 미장 마감 후, 굳은 후 접착제로 타일을 붙여 까는 시공이다.

두 번째는 세멘 몰탈을 푸석푸석하게 만들어 깐 후 그 상태에서 타일을 까는 시공이다. 두 가지 다 장단점이 있다. 첫 번째의 장점은 공공건물이나 빌딩 같은 큰 건물 바닥을 그와 같이 시공하면 타일은 물론 고무판 같은 '아스' 타일도 마음대로 접착제로 시공할 수 있다는 점이다. 또한, 공공건물의 경우 대민 창구나 복도 화장실들도 그러한 타일 바닥에 그대로 칸막이만 설치하면 된다는 점에서 편리하다. 굳이 단점이라면, 그 타일 바닥에 많은 물건들이나 동물이든 사람들이 밟고 다니기 때문에 금이 가거나 깨진다는 점에서 안정성이 완벽치 못하다는 점이다. 왜냐하면 타일 뒷면은 알다시피 격자 형태로 음각돼 있다. 따라서 접착제로 시공되었을 때 미세하게라도 공간이 생기기 때문이다. 따라서 공장 바닥들이 타일 바닥이 아닌 것은 미끄럽기도 하지만, 그런 이유로 설명된다.

반면, 두 번째의 장점은 가정집이나, 개인 건물, 아파트의 화장실들은 독립된 공간일 뿐 아니라, 대부분 수없이 사용하는 물들이 잘 빠지도록 배수구를 중심으로 경사져 있거나 바닥이 오목하다. 따라서 화장실 바닥 타일들을 그러한 모양으로 얼마든지 쉽게 시공할 수가 있다. 왜냐하면 타일들을 그 부분에선 좀 더 알맞게 눌러가며 시공하면 되기 때문이다. 또한 푸석푸석한 수평 세멘 몰탈 위에 타일을 그 상태로 가볍게 얹어 톡톡 두드리며 시공해도 그 상태로 내려앉지도 않고 타일은 중력에 의해 뒷면의 격자 음각 전체가 공간도 없이 달라붙어 세멘 몰탈이 굳으면 그야말로 일심동체 한 덩어리가 된다. 웬만큼 두드려도 금이 가거나 깨지지도 않는다. 부서질망정 그런 점에서 첫 번째 보다 오히려 완벽하다 하겠다.

역시 굳이 단점이라면, 시공이 귀찮고 번거롭고 까다롭다는 점이다. 그러나 아무리 귀찮고 번거롭고 까다롭다 할지라도 아파트의 거실이나 방들도 평균 5cm의 바닥 공간을 동 파이프를 깔아 세멘 몰탈로 미장마감 후, 천년이 간다는 전통 한지 장판을 깔거나 아니면 일반 장판, 비닐 장판, 또는 가공된 목재, 목재와 같은 패널 제품들로 시공마감 한 후, 카페트든 융탄자든 돗자리든 깔고 겨울엔 보일러, 여름엔 에어컨을 틀면 만사 OK 이다.

제다 현장의 화장실 시공이 그와 같은 시공이었다는 얘기다. 따라서 굳이 숙련된 타일공이 아닐지라도 삼촌같이 눈썰미 있고 손재주 좋고 머리까지 좋은 더욱이 일류 목수에겐 그러한 타일 시공은 그렇잖아도 옛날 옛날부터 목공일을 하며 수없이 어깨 너머로 봐두었던 타일시공은 목공일과 마찬가지로 누워서 떡먹기였다는 것이다. 즉, 타일을 합판 조각 붙이듯 할 수 있었던 것이다. 오히려 숙련된 타일공들 보다 더욱 깔끔하게 시공해 까다로운 감독들도 엄지를 쳐들고 무조건 OK, OK 했다는 것이다. 다만 바닥타일 시공을 할 때만큼은 숙련 타일공에게 세멘 몰탈 배합의 비법을 배웠다.

삼촌이 그 화장실 타일 시공을 어떻게 했는지도 소개하겠다.

우선, 조건이 좋다. 타일은 사방 15cm에 두께 5mm의 정확한 규격과 정사각형으로 색깔도 아랍인들이 좋아한다는 핑크 색깔로 타일 BOX엔 공기에 노출되면 30분쯤 후, 굳는 강력한 된 반죽 접착제와 타일과 타일 사이를 정확히 띄울 수 있는 도움 제품인 길이 2cm x 폭 2mm x 2mm인 1+형 하얀 플라스틱 제품과 알루미늄 판도 세트로 들어있다. 그러한 타일 BOX와 시멘트 포대, 모래, 물도 바닥용 잡부들이 공급해 준다. 또한 화장실의 구조도 천정과 사방 벽체도 매끈한 콘크리트이며, 전체규격도 비교적 정확하다. 따라서 타일을 조각으로 자를 필요 없이 원장이 꼭 맞게 설계 시공돼있다. 천정은 타일 시공과는 관계없어 논외다.

먼저 바닥에서 기준 높이인 5cm 높이로 사방 밑 벽에 수평으로 먹줄을 치고 폭 4cm x 두께 1cm의 기다란 목재 쫄 대나 합판을 콘크리트 못으로 먹줄에 맞춰 박는다.(그때 못대가리는 남겨 놓는다.) 다음으로, 사방 벽 코너마다 두 줄씩 수직으로 역시 먹줄을 친다. 그때 수직, 수평 먹줄은 직선이면서도 1mm의 오차도 없이 정확해야만 하지만 일류 목수인 삼촌에겐 전공이자 주특기로 일도 아니다.

그러나 타일 공들은 보통, 먹줄 대신 실을 띄운다. 작업 특성상 먹통이 없기도 하지만, 예전처럼 울퉁불퉁한 벽돌 벽엔 먹줄보단 '실'을 띄우는 것이 사실상 벽에서 수직이자 수평면을 확보하기 위해선 보통 평균 4cm정도는 공간 확보를 위한 '실'을 띄우는 것이 효과적이기 때문이다. 하지만 실은 분명 먹줄보단 정확치가 못하다. 또한 그렇게 공간을 번거롭게 확보할 필요도 없어, 타일 공들도 먹줄로 바꿀 것이다. 다이렉트로 벽에 타일을 접착제로 붙이는 새로운 시공법에선.

　그렇게 타일시공 준비가 끝나면 한 벽면을 타일 12장 x 15cm+11칸 x 2mm인 182.2cm 높이로 접착제를 발라 톱니 같은 알루미늄 판으로 고르게 긁어대면 접착제는 일정한 두께로 칠해진다. 그 상태로 타일들을 첫 단은 1자형 제품을 끼워가며 눌러 붙인다. 다음 단부턴 +를 끼워가며 12단을 붙이면 벽체 한쪽 타일 시공이 끝난다. 타일과 타일 사이의 간격과 수직, 수평라인은 자동으로 일직선의 수직과 수평임은 말할 것도 없다. 먹줄만 정확하다면 그렇게 사면 타일시공이 끝나면, 그 상태에서 비어 있는 2mm의 라인 틈들을 접착제에 회 가루를 섞어 반죽 고무장갑을 끼고(회 가루와 고무장갑도 세트로 들어 있다.) 비벼대며 전체를 메꾼 후, 꼭 짠 물수건으로 깨끗이 닦아낸 후, 마른 수건으로 여러 차례 닦아내면 그 세라믹 타일은 모든 이물질들이 제거되어 하얀 라인들과 마치 도자기처럼 제품 그대로 매끈하며 찬란하게 빛난다.

　마지막은 바닥으로 그때쯤은 접착제가 굳어 사방 밑에 박혀 있던 목재를 빼낸 후 배운 비법대로 세멘 몰탈을 만들어 벽타일의 밑에 맞춰 골고루 수평으로 간다. 그때 세멘 몰탈의 정지작업은 곧은 막대로 사방팔방 대보며 간다. 그리곤 타일을 가볍게 얹어놓고 역시 가볍게 눌러 깔아나간다. 물로 1+를 끼워가며 그렇게 깔고 나면 라인 틈을 메꾸는 마감 작업은 최소한 하루는 보류한다. 바닥 세멘 몰탈이 굳어야만 가능하기 때문이다. 날씨가 더워 잘도 마른다. 여기서 화장실엔 욕조나

변기, 세면대, 거울 등이 있기 마련인데 타일시공엔 걱정할 필요가 없다. 나중, 다른 시공팀들이 욕조는 꼭 맞게 설치한 후 꼭 맞게 되어있다. 욕조와 타일의 접촉 부분은 코킹으로 마감하며 욕조의 배수구도 알아서 뚫어 시공한다. 변기, 세면대, 거울도 마찬가지다.

그렇게 남은 한 달을 그런 타일 시공을 하며 화장실 구석에서 역시 가끔은 타일을 한 장 들고 물끄러미 쳐다보며 도대체 이게 무슨 꼴인가 한숨 쉬다 말년 병장처럼(1982년 8월) 미련 없이 만기 제대 아니 만기 귀국했던 것이다. 비록 제대 현장에선 이렇다 할 업적이나 작품을 남겨 놓진 못했지만 그래도 코킹 기술과 새로운 타일 시공 기술은 배운 셈이다.

더불어 측량하다 심심하면 측량기의 조준경으로 망원경이나 마찬가지다. 다만 관측 망원경처럼 고배율로 확대 하거나 당겨 올 순 없지만 초점을 맞추던 수백 m의 장거리도 선명하게 볼 수 있다. 따라서 근처의 풍물이나 거리 대저택 안을 몰래 훔쳐 보면 수영장에서 비키니 차림으로 물놀이 하는 아랍 여자들이나 외국 여자들도 구경할 수 있고 거리의 까마귀 여자들의 모습이나 표정도 훔쳐볼 수 있어 쏠쏠한 재미도 맛볼 수 있긴 했다. 다만 행여라도 그러한 여자들과 조준경 속에서 눈이라도 마주쳤다간 언제 잡혀갈지 모르기 때문에 조심했음은 말할 것도 없다. 사우디란 나라는 음주를 엄격히 규제하고 있다.

따라서 무슨 대가를 바랬는지 아니면 한 번 본때를 보여줄 속셈이었는지 휴일 날 제다의 경찰들이 현장 숙소를 급습, 숙소의 관물들을 뒤져 물병이든 무슨 병이든 술병으로 보이고 판단

되면 귀걸이, 코걸이 식으로 숙소에 남아 있던 30여 명의 근로자들을 무조건 잡아갔다. 일부는 실제 술을 사다 먹기도 했지만 대부분은 영문도 모른 채 잡혀갔다. 삼촌은 그때 시내로 놀러가다 덤터기를 쓰진 않았다. 회사 관계자들은 놀라 현지 경찰서로 달려가 구명 활동을 한 끝에 보름 만에야 곤욕을 치른 끝에 풀려날 수 있었다. 그런 가운데서도 삼촌은 역시 수백여 명의 근로자들에게 독보적이나 전설 같은 존재로 남아 있을 것이다.

비록 자격증은 없지만 목수인데도 선망 받는 측량 기사였을 뿐만 아니라 추석과, 구정 날 그곳에서도 자체적으로 가설무대가 꾸며지고 노래자랑과 묘기, 장기자랑 등이 벌어졌을 때, 바둑 대회의 우승은 말할 것도 없거니와, 그 가설무대에서 그때는 춤 좀 출 줄 아는 근로자를 물색해 여자로 분장시킨 다음 연습과 리허설을 거쳐 가설무대에서 수백여 명의 관중들이 열광하는 가운데, 차차차, 지루박, 탱고 등을 환상적이며 멋들어지게 추어댔기 때문이다. 그로 말미암아 춤 좀 가르쳐 달라고 근로자들이 쇄도 했지만 나중에 알아서 배우라며 춤 선생 노릇은 안 했다는 것이다. 가르쳐 주었다간 그로 인해 그들 본인은 물론 마누라와 자식들이 어떻게 될지는 불 보듯 뻔했기 때문에 삼촌은, 그들에게 원망의 대상이나 원흉이 될 수는 없었기 때문이다. 그래도 수단껏 배워 춤 도사가 되던 제비가 되던 집안이 풍비박산이 되던 그것은 그들의 팔자소관으로 돌리면 그만이기 때문이다.

다만, 일찍이 바레인과 담만에서 아라비아의 풍물과 생활 모습들을 구경할 만큼은 했고 그들과도 어울림만큼 어울렸던지라, 제다에선 휴일 날 놀러나가도 그리 별스럽거나 신기할 것도 없었지만 역시 제다만의 흥미롭고 신기한 볼거리는 많긴 했다. 엉뚱하고 극적이며 몸살 나는 사연만 없었을 뿐.

군이 볼거리로 내세울게 있다면 앞서 언급했듯이, 제다는 사우디의 제1, 제2의 성지인 '메카'와 '메디나'로 가는 길목이다. 따라서 5월 하지, 라마단 시즌이 되면 제다는 세계 각처에서 몰려오는 이슬람교도들인 순례자들로 그야말로 난리 통이자 북새통으로 인산인해를 이룬다. 말이 200여만 명이지 낙타를 타고 가거나 버스들과 트럭, 승용차의 지붕에 짐을 싣고 타고 가거나 함께 걸어가는 등 장사꾼들까지 어울려가는 수많은 사람들의 한도 끝도 없는 행렬들은 6.25 당시의 난리 통이 어땠을 진 잘 모르겠지만 참으로 볼만하다.

어찌됐든, 이제 삼촌이 직접 집을 짓는다면 타일 시공과 코킹도 직접 할 것이다. 가만히 생각해 보니 거기다 전기 기술까지 배운다면, 혼자서도 내가 데모도(조수)로 좀 거들어 준다면 집을 지으리라. 따라서 나 역시 집을 짓게 되면 삼촌이 열일 제쳐 놓고 득달같이 달려와 초정밀 측량을 통해 목공일은 물론이거니와, 나머지 모든 일들도 직접 해줄 것이다. 공사비를 바가지 쓸 일도 없을 것이며, 그 어느 한 곳 한 부분도 부실시공이 있을 리 만무다. 그렇게 손 안대고 코풀며 지을 수 있는 완벽하고 멋들어진 집이 어디 있겠는가? 하루라도 속히 돈을 벌어 그런 내 집을 지어야겠다. 삼촌이 또 어디론가 도망가기 전에.

제5부 승부사들의 세계(바둑 편)

바둑고수

삼촌의 전성시대에 있어 바둑을 빼놓을 순 없다. 삼촌은 제 다에서 귀국한지 한 달쯤 후 난데없이 집에서 가까운 번동 대 로변 이층에 기원을 차렸다. 목공소도 아닌 기원을 차렸다는 것은 한마디로 그 살인적인 중동의 무더위에 질렸거나, 아니 면 그러한 방랑 생활에도 지쳤거나 어쨌든 그 잘난 목공일과 도 담을 쌓겠다는 애긴데, 도무지 종잡을 수가 없었다. 어쨌 거나 삼촌은 이미 얘기했듯이 한국기원 공인 아마 6단인 바 둑 고수다. 따라서 기원 벽엔 바둑에 있어, 금과옥조이자, 명 언들인 위기십결, 기도오득과 같은 글귀들과 한국기원 공인 아마 6단 인허증을 액자에 담아 걸어놓고, 진열장과 진열대에 도 많은 바둑책들과 기보집, 그동안 각종, 전국바둑대회와 지 방, 지역 대회에도 참가, 우승, 준우승한 트로피들과 입상한 상패, 상장들을 진열해 놓아 그야말로 사랑방 기원이 아닌, 번듯한 기원이었으며 비록 병원 원장은 아니었지만 명실상부 손색없는 기원 원장으로 행세하기 시작했다.

그 기원 이름은 신진기원이었다. 또한 기자재도 바둑판이나 바둑 탁자들도 직접 만들 수도 있었지만, 배보다 배꼽이 크다며 기원용 기자재 전문의 6형제 바둑 용구점에서 세트로 일괄 구입했다. 아울러 두께 6치(18cm)에 네 발 달린 상자 같은 바둑판도 한 벌 구입해 별실에 특별 대국용으로 차려 놓았다. 지금은 내 방에 있지만.

그 바람에 나도 그 기원에 틈만 나면 방앗간에 참새 드나들 듯 쥐구멍에 생쥐 들락날락하듯 뻔질나게 드나들며 바둑도 배웠다. 삼촌의 특별지도 아래 일취월장, 일 년쯤 지났을 때 삼촌으로부터 이젠 아마 초단(기원 3급)은 충분히 된다는 소리를 듣게 되었다. 그때 나는 '中 2'였다. 그럼에도 기원의 만년 7~8급들이신 아저씨들과 할아버지들에게 얼굴을 붉히시며 내키지 않으신 표정이시면서도 그놈 참 하시며 마지못해 상수라는 소리까지 듣기에 이르렀다.

그러나 나는 그러신다고 인정사정 두질 않았다. 몇 점 살리고자 줄줄이 키워가며 전판으로 쫓겨 다니시다 포도송이가 되어 결국 대마가 잡혀 내가 회희낙락하며 양손으로 한 움큼씩 따내며 그렇게 일찌감치 포기하시지, 이죽거리면 아이고, 손자 같은 녀석에게 이게 무슨 개망신인가 천정만 쳐다보시며 탄식하시는 모습과 그런가하면 난데없이 애기를 들쳐 업은 아줌마가 나타나 "아이고 이 원수야 오늘 너 죽고 나 좀 살자"며 귀를 붙잡고 끌고, 끌려 나가는 모습도 여러 번 보았다.

삼촌이 왜 그때까지도 혼자 사는지 알 것만 같았다. 그런데 어쩌다가는 웬 끝내주는 묘령의 여자들과 한눈에 보기에도 귀부인이 찾아오기도 했다. 아무래도 말로만 들었던 춤 세계 여인들이 분명했다. 그러나 쌍과부는 보지 못했다. 그때 나는 원장님이 삼촌인데 누구세요? 또는 당황해 하는 삼촌 옆에서 부러, "삼촌!" 내가 조카임을 과시했다. 그때, 그 가슴이 벌떡거리는 끝내주는 누님들과 그 엄청난 거물 귀부인도 어쩌면 이리도 귀엽고 잘생겼을까 당연한 말로 내게 아부했음은 물론이다. 만약 삼촌이 처음 만난 과부와 쌍과부였다면 마치 숙모라도 돼는 양 어쩌면 나를 꼭 끌어안고 뽀뽀라도 해주었을지도 모른다.

어쨌든, 나는 학교 바둑 동아리에선 자칭 아마 3단으로 큰소리쳤고, 아마 5단인 젊은 지도사범님 외엔 바둑 동아리 돌대가리 녀석들 중 어느 누구도 나를 이기지 못했고 꼼짝 못했다. 그로 말미암아 바둑 동아리 돌대가리 녀석들에게도 만장일치로 등 떠밀려 회장이 되었다. 그때 내 눈엔 뵈는 게 없었다. 또한 지도사범님의 간곡한 요청과 나의 명령에 따라 삼촌은 일주일에 한번 학교의 바둑교실을 방문, 한 시간가량 바둑을 가르친다기 보단 주로, 바둑을 통한 인격 수양과 바람직한 가치관과 마음가짐을 갖출 수 있는 의미 있는 내용인 한, 중, 일의 바둑 역사와 그와 관련된 재미있고 신기하며 흥미진진한 믿기지 않는 많은 일화들을 강의해주곤 했다. 그때마다 지도사범님은 한편에서 경청했고 나 역시도 많은 영향을 받았다.

사실 젊은 지도사범님은 알고 보니 한때 삼촌에게 넉 점, 석

점을 깔고서도 항상 지기만 하던 한마디로 밥이었다는 것이다. 그러나 그러한 실전을 통해 나름대로 깨달아 그나마 아마 5단 이 될 수 있었다고 실토했다. 말하자면 지도사범님에게 삼촌은 하늘같은 스승이자 사부였던 것이다. 지금도 삼촌을 보면 존경 은 하지만 하도 혼이 나서 떨리고 오금이 저린다는 것이다.

나는 물어보았다. "사범님 하지만 그땐 그랬을지 몰라도 삼촌 은 한동안 바둑도 두지 않고 나이도 들어 한물 가, 지는 해 일 수도 있지만 사범님은 젊고 한창 뜨는 해, 지금 대결 하면 이길 수도 있지 않겠냐"고 하자 "그건 뭘 몰라서 하는 소리라며, 썩 어도 준치 듯이 한번 배운 기량은 어디 가지 않으며, 무엇보다 병아리 때 쫓기면 장닭이 돼서도 쫓기기 마련으로 삼촌에게 하 도 혼이 나서 보기만 해도 떨리고 오금부터 저린 다며 벌써 진 거나 마찬가지로 삼촌이 그야말로 져주거나 치매라도 걸리지 않는 한 결코 이길 수 없다"며 자신이 삼촌에 두 점 치수로 버 티게 된 것만도 영광이라며 한숨을 내쉬었다.

입신들

　여기서 당시는 우리나라의 바둑 인구는 300만 명 정도였다지만 지금은 천만 명 정도인 점을 감안하면 삼촌의 바둑 강의 내용과 바둑에 관한 한 모르는 것이 없을 것만 같은 삼촌도 모르는 것이 많음으로 참고 자료들을 찾아 확인하고 알게 된 사실들을 이야기해 보는 것도 의미 있는 일이라 여겨 바둑 발전을 위해서라도 소개 하겠다.

　먼저 중국이다. 중국은 현재 14억의 인구로 바둑 인구가 몇억인지는 확실치 않지만 최소한 일억 명은 넘을 것이다. 또한 고대 신화 같은 삼황오제 시대로부터 바둑이 두어지기 시작했다는 설도 있지만 요, 순 시대에 이르러 성왕인 요, 순이 아들 안주와 성균을 가르치기 위해 창안했다는 설이 지배적이다. 따라서 중국이 바둑 종주국인 것만은 전해지는 고전명작들이나 역사적 사료 등을 볼 때 확실한 것 같다.

　그러나 대륙적인 '만만디, 만만디(서두를게 뭐있나?)' 하는 여유로움과 기질로 말미암아 바둑은 발전치 못하고 바둑 종주국으로서의 전통과 위상을 지켜내지 못한 것이 사실이다. 반면 일본은 어떠한 경로로든 들어온 바둑을 '에도' 시대 때부터 '도'로 승화시켜 불세출의 기사들인 본인방 도사쿠(도책) 슈사쿠(수책)에 이르러 꽃을 피우고 현대적인 바둑으로 체계화시켜 수백 년간 전성기를 누리며 오히려 자국이 바둑 종주국이라며 기고만장, 큰 소리를 치며 중국도 안중에 없었고 한국은 아예 바둑 변방국으로 심하게는 멸시하기 조차했음은 주지의 사실이다.

사실 그들은 세계 여러 나라에도 바둑지부를 두어 바둑 보급도 하며 그렇게 큰소리를 칠만도 했다. 그러나 불세출의 기사는 일본에만 있는 것이 아니었다. 침체 돼 있던 중국 바둑계에도 '오청원' 본명 '천泉'이란, 1914년 복건성에서 태어난 천재소년은 9세 때, 청나라초기 당대 고수들인 범초경, 장요산, 완연경에게 기예를 전수받아 국수에 오른 신 중국 초기 고수였던 "고수여(1892~1971)"에게 바둑을 배운 후 1928년 14세 때 도일 '세고에 겐사쿠' 문하에 입문 일취월장대성, 당대 기라성 같은 일본 기사들을 연파, 모든 타이틀을 휩쓸며 평정, 일본 바둑계를 경악케 했으며 그들로선 절치부심 바둑사에 있어 그 너무도 유명한 치수고치기 십번기에 도전했으나 줄줄이 사탕으로 참패, 그들로서도 어쩔 수 없이 엎드려 기성이란 칭호로 받들며 참담함을 맛보며 오만했음을 깨달아야만 했다. 그 후, 살아있는 기성으로 추앙 받으며 적수가 없었던 오청원 9단은 1933년 기타니 미노루 9단과 신포석(당시로선 혁신적인)을 창안, 현대 바둑 발전에 큰 밑거름이 되었으며 1983년 은퇴했다. 그의 바둑 생애는 개인적인 성취감은 물론, 한, 중, 일의 바둑 발전과 오늘날 현대적인 바둑으로 한 차원 승화 시켰다는 점에서도 가히 불세출의 기사라 할만하다. 그로 말미암아 중국 바둑계도 걸출한 기사들이 나타나며 부흥기를 맞게 된다.

　그 대표적인 기사들이 바로 임해봉 9단, 진조덕 9단, 섭위평 9단, 마효춘 9단 등이다. 그 중 이중 허리 임해봉 9단은 오청원 9단의 제자로(1942년) 상해 출신으로 일본에서 1955년 입단, 23세 최연소 명인에 등극, 60년대 후반 면도날 사카다 에이오의 뒤를 이어 1인자에 올라 1980년대까지 각종 타이틀을 휩쓸며 일세를 풍미한 기사다.(일본) 뒤이어 진조덕 9단은 1944년 역시 상해 출신으로 1970년대 중반의 1인자로 중국식 포석의 창시자이기도 하다. 반면 철의 수문장 섭위평 9단(1952)은 하북성 출신으로 장복전, 뇌부하, 과척생에게 배웠고 1970년대 중반(중, 일) 교류전에서 발군의 기량을 발휘, 중일 바둑 전쟁의 영웅이 되었으며 중국의 바둑 수준을 한 차원 올려놓는 인물로 평가받고 있다. 그러나 마효춘 9단은 1964년 제1기, 8~10기 천원전 4회 우승, 제2~8기 명인전 8연패, 제3~7기 기왕전 5연패, 제1~2기 대국수전 우승 등 진조덕, 섭위평에 이어 중국 바둑 1인자에 오른 후 제8회 후지쓰배 우승 세계 최강자로 각광을 받았으나 그는 이창호 9단에게 번번이 분패한 후, 왜 하늘은 나를 낳으시고 이창호를 낳으셨는가, 한탄한 비운의 기사이기도 하다. 그런가하면 이세돌 9단과의 십번기로도 우리에게 잘 알려진 구리 9단과 현재 중국 바둑을 대표하는 커제 9단 등이라 하겠다.

　또한, 중국의 바둑 고수들은 고대에도 많았다. 거슬러 올라가면 중국의 가장 오래된 기서인(망우 청락집)도 북송 휘종 때

펴냈으며 기성이라 일컫는 '유중보'를 비롯, 진사명, 양중은, 곽범, 왕각 등 당대 명인들의 대국보가 실려 있다. 당나라 현종 때의 바둑 명수였던 '왕적신'도 '기대조 : 황제의 바둑 상대, 관리인'이다. '고사언' 역시 당나라 제일의 국수이자 기대조였으며 진신두란 양축머리 묘수를 둔 것으로 유명하며 고기경에 실려 전해진다. 중국 고전인 '관자보'도 명나라 고수 과백령이 처음 수집 편찬 청나라 성조 때 도식옥이 집대성 했다.

아울러, 중국 고전이자 명작인(현현기경)도 원나라 순제 7년 (1347년) 우집이 서문을 쓰고 1349년 당대 고수 '안천강', '엄덕보'가 완성 집대성된 수천 년의 유산으로 불후의 명작이라 할 수 있다. 청나라 '왕얼천'도 중국 바둑사상 최고의 명인이자 기성으로 일컬어지며, 본명은 '하일' 자는 '월천'으로 104의 기보가 문헌으로 전해진다. '만수도'로 알려진 대국보도 송나라 시대의 고수였던 '곽범'과 이백상의 대국보다. 그러한 대륙인들의 저력이 잠에서 깨어나 서서히 힘을 발휘하기 시작한 것이다.

다음은 일본이다. '종주'라는 말은 즉, 바둑의 주인이라 할 수 있는 말이다. 그런 점에서 고대로부터 근세에 이르기까지는 중국이 바둑 종주국이었다는 사실을, 인정치 않을 수 없다. 그러나 현대 바둑에 있어서도 종주인지는 받아들이기 좀 애매모호하다. 알다시피 중국의 전통 바둑은 진자기다. 진자기 바둑은 바둑판의 사귀 화점인 대각선 양쪽에 백돌 2개, 흑돌 2개를 미리 두어놓고 두기 시작한다. 따라서 지금으로부터 400여 년 전인 '에도'시대 때부터 두어지기 시작한 일본 바둑은 그와는 달리 자유로운 발상으로, 어느 한 곳도 미리 두어

놓지 않고 마음대로 두기 시작해 오늘날 현대 바둑의 모태가 되었음은 주지의 사실이다. 즉 진자기 바둑에선 일본이 400여 년 전부터 두기 시작해 오늘날 그리고 앞으로도 두게 될 소목은 아예 둘 수 없었을 뿐만 아니라, 소목정석, 고목정석, 외목정석 또는 화점에서 날 일자 한 칸, 두 칸, 눈 목자, 심지어 대고 목정석 등이 탄생할 여지가 진자기 바둑에선 원천적으로 없었다는 얘기다. 다시 말하면 그만치 바둑 발전이 이루어질 수 없었다는 얘기다. 그런 점에서는 한국의 고유 바둑인 순장바둑도 마찬가지라 할 수 있다.

무릇, 제약이란 필요하기도 하지만 근본적으로 발전과 혁신을 가로막는 가장 큰 해악이기도 하다. 그러나 일본은 그러한 제약을 타파하고 혁신함으로서 당시 불세출의 기사라 할 수 있는 도사쿠(도책) 슈사쿠(수책)에 의해 그러한 자유로운 발상의 바둑과 정립된 정석들에 의해, 일본 바둑은 꽃이 피고 수백 년간 그들만의 전통 바둑가문을 이루며 그 가문에서 수많은 기라성 같은 천재 기사들을 배출해 내며 전성기를 누렸으며, 그에 그치지 않고, 한, 중 바둑계에도 그러한 바둑을 전수하며 세계 각국에도 바둑지부를 두어 일명 일본의 '고(바둑)'를 보급하며 중국은 안중에도 없고 한국은 아예 바둑의 변방국으로 멸시조차하며 자기네들이야 말로 바둑의 종주국이라며 되레 주장하며, 기고만장 큰소리를 쳐온 것이 사실이다. 그럼에도 당시로선 그러한 일본 바둑을 중국과 한국은 타파와 혁신을 통해 현대 바둑으로 발전시켜온 혁신의 주체로 인정치 않을 수 없었음도 또한 사실이다. 물론 한, 중 양국에서도 진자기와 순장바둑에 있어서의 제약을 타파 혁신하고자 했던 선구자들도 있었을 것이다.

　그러나 전통은 바둑뿐만 아니라, 무시할 수 없을 뿐더러 일조일석에 바뀌지도 않는다. 하지만 '설사 그렇다 할지라도 타파와 혁신은 할 수 있다 없다'의 대상이 아니라, 하느냐 마느냐의 문제로 과연 누가 먼저 하느냐의 대상일 뿐이다. 따라서 하면 되는 것을 일본은 바둑에서 만큼은 결과로 증명해낸 셈이다. 그러나 고인 물은 썩기 마련이다. 한중 양국이 절치부심, 와신상담 칼을 갈고 있는 동안 일본 바둑계는 현실에 만족, 자만 속에 안주한 결과로 오늘날 상황은 바뀌었다.

　중국은 마침내 서서히 용트림을 하기 시작했지만 승천하기 일보 직전 그때마다 번번이 한국의 천재 기사들은 매운 고추 맛을 선보이며 찍어 누르며 한때는 한, 중, 일 바둑 최강국으로서의 위상을 드높이며 큰 소리를 치기도 했지만 지금의 중국 바둑은 14억이란 절대적인 수적 우세를 앞세운 인해전술로 다시금 바둑 종주국으로써의 위상과 한, 중, 일 바둑 삼국 중 최강국은 물론 맹주가 되고자 날뛰기 시작했다. 그러한 용들 중 이미 승천한 용들이 여럿 있기에 한국의 매운 고추들도 실로 버겁게 버티며 맹주국 자리를 놓고 치열하게 쟁패 중이다. 그런 두 고래 싸움에 일본은 새우가 되어 등 터지고 있는 것이 오늘날 한, 중, 일 바둑의 현실이다. 한 마디로 14억대 5천만의 골리앗과 다윗의 싸움인 셈이다. 일본은 얼쩡거리기만 할 뿐.

　오죽하면 얼마 전 일본 바둑 역사상 '나까무라 스이레(10세) 최연소 소녀 프로 기사'가 탄생 했다며 일본 전 국민과 바둑계가 호들갑을 떨며 그럼에도 보호하고 뒤 받쳐 주지 못하고 잘 좀 배워 오라며 우리 한국으로 유학을 다 보냈을까? 한창 고무줄놀이나 응석과 재롱을 떨 나이의 소녀를 그들은 물론이려니와 무엇보다 그 천재소녀가 안쓰럽고 측은하기 조차 하다. 책임을 다 하지 못한 그들의 희생양이 되지 않기만을 바랄뿐이다. 일본으로 바둑 유학을 가야만 했던 시절을 뒤돌아보면 참으로 격세지감이 아닐 수 없다.

그러나 말했듯이, 역시 400여 년에 걸친 전통과 저변의 저력과 DNA는 결코 무시할 수 없다. 일본이 어떠한 나라이며 민족인가? 그들도 분명 절치부심, 와신상담 할 것이다. 따라서 언제 어느 때 또 다시 도사쿠, 슈사쿠와 같은 불세출의 기사가 나타날지 모른다. 아니 이미 탄생했는지도 모른다. 잠룡은 어디에나 있기 마련으로 때만 되면 나타나기 때문이다. 바둑 발전을 위해 속 좁은 마음을 버리고 기대해 본다. 중국과 우리 한국 역시도.

이제 한국이다. 한국의 바둑 역사는 기원전 '한'족과 문화적 교류 속에 한반도에 들어와 일본으로 전파된 것으로 추정하고 있다. 일본의 고도 나라현의 도오다이지(동대사) 정창원에 소장돼 있는 '목화자단기국'엔 순장바둑이 그려져 있으며, 백제의 제26대 성왕 30(552)년 바둑 고수였던 기승 '노리사치게'에 의해 바둑이 본격적으로 전해졌다고 한다.

'목화자단기국' 현존하는 최고(最古)의 바둑판 서기 740년경 성무제 사용.

열여섯 개의 꽃*무늬가 그려진 화점에 같은 수 같은 모양으로 흑, 백돌을 배치한 후 중앙 복점(천원)에 흑을 잡은 사람이

의무적으로 흑, 돌을 놓으면, 그때부터 백이 어느 곳이든 착점하며 순장바둑이 시작된다. 즉, 흑이 선수이긴 하지만 실질적인 선수는 백이 된다는 얘기다. 조선바둑, 화점 바둑이라고도 한다. 조선시대에 이르러 말기까지 성행했으나, 일제치하에 들어온 현대적인 일본 바둑의 영향으로 단절되고 말았다. 그러나 순장바둑이 단절된 것은 꼭 그러한 이유 때문만은 아닐 수도 있다고 본다. 사실 순장바둑은 이미 포석이 완료돼 있어, 포석에 내포돼 있는 깊은 수들의 오묘함을 추구함에 있어 제한적일 수밖에 없었음은 물론, 소위 말하는 정수들로 이루어지는 정석변화 자체가 성립될 수 없는 한계성과 무엇보다 세밀한 수읽기를 바탕으로 한 아기자기하고 변화무쌍한 바둑역시도 제한적이었다는 점에서도 원인이 있었지 않았나 하겠다.

다만 시작부터 포석은 물론 정석이고 뭐고 없고, 치고 박는 싸움이 벌어질 수밖에 없어 순장바둑은 그야말로 쌈 바둑 그 자체라 할 수 있다. 따라서 웬만큼 힘이 없으면, '화초바둑' 선비 바둑이란 뜻도 있지만, 온실 속에 곱게 키워지고 자란 나약한 화초는 거친 바람과 눈보라 속에서 자란 야생화와는 달리 살아남을 수 없다는 뜻이기도 하다. 들은 배겨날 수가 없다. 바둑엔 '대마불사'란 말이 있다. 그러나 순장바둑에선 '대마필사'다. 한방에 대마가 죽는 일이 비일비재하다. 심지어 어느 쪽이든 전체가 몰살되어 몰판이 되는 경우도 있다.

따라서 조선시대 쌈 바둑의 고수들은 그 기량에 따라 오늘날 '국수'에 해당하는 각각 국기, 도기, 군기, 면기 등으로 불렸으며 특히 구한말 이후 일제 강점기 순장바둑 국수(1875~1945)

본명 '석영' 아호 '사초'인 '노사초'는 '패'를 하도 좋아해 '노패, 노상 패'란 별명으로도 유명했지만 한마디로 전투 바둑의 달인으로도 알려져 있다. 그와 같은 순장바둑의 DNA를 물려받은 한국의 후예들은 현대 바둑까지 접목, 넉 점만을 배치하고 두던, 중국의 '진자기' 전통 바둑보다 더욱 치열한 공격 바둑으로 중국은 물론 모양과 기리를 중시하던 일본 바둑을 압도하며, 오늘날 바둑 강국이 될 수 있었다고 할 수 있겠다.

그러나 어쨌든 한국 바둑의 '1950~1960년' 대는 수준이나 저변에서도 초라했던 시대였다. 따라서 당시 천재기사들은 대성하기 위해선 일본으로 유학 갈 수밖에 없었으며 그 천재기사들이 바로, 조남철 국수시자 선생, 목숨 걸고 바둑 두었다는 조치훈 9단, 바둑황제 조훈현 9단, 호남의 맹주 김인 9단, 하찬석 8단, 윤기현 9단, 유시훈 7단 등이다. 그러한 유학파들 중 조남철 선생(은관문화훈장 수여)은 한국 최초 전문기사 9단이자 현대바둑의 개척자로 1923년 전남 부안 출생 15세 때 도일, 기타니 미노루 문하에서 7년간 수업 후 귀국, 1945년 한국 기원의 전신인 한성기원 설립.

당시 6개 신문기전 1기 대회를 독점 우승. 국수전은 9연패. 가히 당대 무적인 일인자였으며 26편의 많은 바둑 관련 저서들을 펴냈으며, 바둑 발전과 후진 양성에도 고군분투 힘쓰신 분이시다. 특히 6.25전란 당시 잿더미가 된 기원의 잿더미 속에 파묻히고 널려진 바둑돌들을 눈물을 흘리시며 주워 담고 바둑판을 둘러매고 나오신 일은 너무나도 가슴 아픈 사연이자 일화다. 지금도 바둑 대회장에서 가슴에 꽃을 달고 환하게 웃으시던 모습이 눈에 선하기만 하다.(삼촌의 회고다.) 아마도 하늘에서도 오늘날 눈부신 활약을 하고 있는, 손자 같은 어린 기사들을 흐뭇한 미소를 띠롯며 가슴 벅차 하실 것이다. 참고로 조남철 선생님의 가문엔 조남철 선생을 비롯하여 프로 기사들인 조치훈 9단, 조상연 프로, 종손 최규병 프로, 이성재 프로 등이 있다. 또한 그 시절엔 이미 만방으로 대패하고 끙끙 거리는 상대에게 조남철이 와도 안 돼 라는 유행어가 난무했다.

한 마디로, 조남철 선생은 바둑의 대명사인 분이시다. 조치훈 9단(은관문화훈장 수여)은 1956년 서울 출생으로 61년 도일, 역시 기타리미노루 문하에서 수학 1969년 입단(11세), 제12기 프로 십걸 전 우승(18세), 81년 9단(24세)로 최연소 기록과 제 24, 42기 왕좌전, 제7~9 18* 20기 기성전, 제4*11기 기성전, 십 단전 우승, 국제기전인 제4회 후지쓰배 우승 1983년, 1996, 1997년 '3대 기전(대삼관) 기성전, 명인전, 본인방전 우승' 대삼관 3회 기록과 본인방 전 10연패로 단일 타이틀 최장 방어기록 수립 일본 바둑을 평정하며 최강으로 군림했다. 장고파로, 타개와 끈기 투지의 바둑으로 휠체어 대국으로도 유명하다. 한국 출신 기사였지만 병역은 면제 받았다.

호남 맹주 김인 9단은 1943년 전남 강진 출신으로 일본 기타니 도장에서 1년 수업 1958년 입단, 1983년 9단, 1966년 신예기사로 그때까지 1~9기 국수전을 9연패 하며 국수자리를 굳건히 지키며, 국내 1인자였던 조남철 8단의 국수 자리에 도전, 쟁취함으로서 그 후 10여 년에 걸친 김인 시대가 열리게 되었다. 그러나 세월엔 장사 없고 영원한 승자 없듯이 지금은 물러나, 전남 강진에서 매년 김인배 세계 아마추어 친선 바둑대회를 개최, 한국 바둑 발전에 정열을 불태우고 계신다.

바둑 황제 조훈현 9단은 1953년 전남 목포 출생, 병역을 면제받은 조치훈 9단과는 달리 병역 의무를 지키고자 귀국 공군에 입대(은관문화훈장 수여) 1962년 9세로 입단 세계 최연소 1963년 도일 10년간 세고에겐사쿠 문하에서 수학, 1982년 9단, 꽃을 피울 무렵 귀국. 1970년대 후반부터 80년대 후반까지 10여 년에 걸쳐 패왕전 6연패 등 1986년엔 11개 국내 전 타이틀을 석권한 시대를 풍미하며 국제 기전인 제1회 응창기배 제7회 후지쓰배 제5기 동양증권배 등 우승 한국 바둑의 위상을 드높였다. 그러나 뭐니 뭐니 해도 조훈현 9단의 가장 큰 업적은 응씨배 초대 우승이라 할 수 있다.

사실 응창기배는 당시로선 파격적이었다. 기전 주기도 4년으로 그로 말미암아 바둑올림픽으로 불렸으며, 우승 상금도 40만 불 한화 3억 2,000만 원으로 당시 국내 최대기전인 왕위 우승상금 1,600만 원에 비하면 실로 거금이었다. 그럼에도 1988년 대만 바둑계의 지도자이자 경제계 거물이기도 했던 응창기 씨가 그러한 세계 기전을 창설한 배경에는 다 그럴만한 이유가 있었다. 중국인들에겐 잘 알다시피 뼈아프며 처참한 과거가 있다. 되갚아주는 방법은 꼭 같지 않더라도 얼마든지 있다. 바로 바둑이었다. 그러나 일본은 바둑만큼은 그리 만만한 나라가 아니었다. 아무리, 인해전술로 밀어 붙인다 할지라도 일본을 대표하는 단한명의 최고수를 꺼꾸러트리지 않는 한, 바둑은 이긴 게 아니다. 비록 훗날이지만, 역시 세계 기전인 1997년 한, 중, 일 3개국 단체 대항 승발전인 제5회 진로배에서 서봉수 9단이 개인전적 9 연승이란 초유의 기록으로 증명해냈기 때문이다. 그러나 중국은 나중은 나중이고 당시로선 한마디로 믿는 구석이 있었다는 얘기다. 왜냐하면 당시 벌어지던 중, 일 바둑 전쟁에서 내로라하는 일본 최고수들을 연파하며 바둑전쟁 영웅으로 떠오른 철의 수문장인, 섭위평 9단이 있기 때문이다. 응창기배 세계프로 바둑선수권대회는 4년마다 세계 일류 기사 16명을 국적별로 초청 벌어지는 세계 대회다. 따라서 그들은 정예 기사들을 포진해 놓고 마음대로 자신들의 입맛에 맞는 상대국 기사들을 골라 초청, 그 야말로 안방에서 잔치를 벌이고자 했던 것이다. 그러나 그들은 큰 오판을 했다. 당시 한국 바둑을 주름(당시 전관왕) 잡던 조훈현 9단이 좀 껄끄럽긴 했지만, 그래봤자 하며 들러리 정도로밖엔 생각지 않았던 것이다. 비록, 하룻강아지는 아니었지만 하룻강아지 범 무서운 줄 모른다고 잠자는 사자도 아닌 굶주린 사자의 그것도 코털, 수염, 이빨까지 건드려 불러들여 결과적으로 잔치집이 아니라 초상집이 돼버렸던 것이다.

결승 5번기 중, 2승 2패인 상황에서 벌어진 마지막 살 떨리는 단판승부에서 조훈현 9단은 중국의 섭위평 9단을 상대로 (1989년 9월 5일) 싱가폴 웨스톤 스탠포드호텔 특별 대국장에서 불계승으로 초대 챔피언 돼, 우승컵을 높이 들어 세계만방에 한국 바둑의 저력과 위상을 드높였던 것이다. 그야말로, 관운장도 아닌데 단기 필마로, 준결승전에서 기성 오청원 9단의 제자이자 중국 상해출신 기사였지만 어쨌든, 일본 대표 기사였던 이중허리 임해봉 9단의 허리를 꺾어놓고, 알프스도 아닌 1억 2천만의 후지산을 한니발처럼 넘어, 결승전에서 14억과 반달곰이자 철의 수문장이 버티며 지키고 있던 만리장성을 뚫고 유비의 형수님 대신 우승컵을 품에 안고 전리품이자 보너스로, 40만 불이란 거금까지 챙겨 개선장군이 되어 돌아왔던 것이다. 한마디로 재주는 이중허리와, 반달곰이 부리고 돈은 한국 토종 호랑이가 챙겼다는 얘기다.

이제 중, 일 초상집 얘기는 예의상 이정도 하겠지만, 그 당시 잔칫집이 된 우리 집 마당과 안방 얘기는 아니 할 수가 없다. 그로 말미암아 바둑 황제로 등극한 조훈현 9단이 김포공항에 귀국, 카퍼레이드를 벌이며 들어선 광화문까지의 서울 시가지는 그야말로 좌, 우 높은 빌딩 숲속에서 뿌려대는 형형색색의 꽃종이들은 차라리 폭설이나 마찬가지였다. 그러한 꽃송이 함박눈을 맞으며 환호하고 열광하는 시민들에게 화환을 목에 두른 채 우승컵과 손을 흔들며 환하게 웃고 있던 조훈현 9단의 자랑스러워하던 모습이 지금도 눈에 선하기만 하다. 그 직후 한국 기원에 도착, 이 우승컵은 마땅히 선생님이 받으셔야 한다며, 기다리시던 조남철 선생님께 바쳤을 때 그 우승컵을 받아 드시고 함께 환하게 웃으시던 모습도 조훈현 9단이 바둑 황제로 등극함과 더불어 한국 바둑이 오랜 침체기를 벗어나 기지개를 켜며, 마침내 부흥기에 접어들며 바둑 강국으로 도약할 수 있었던 순간이자, 기폭제가 된 역사적인 쾌거라 아니 할 수 없다. 또한 2회 서봉수 9단 3회 유창혁 9단이 연달아 우승함으로서 '응창기 세계프로바둑선수권대회'는 결과적으로 한국 바둑의 제물이 된 세계기전이라 할 수 있겠다.

서봉수 9단은 1953년 대전 출생으로, 1970년 입단, 2단 시절

20세의 나이에 당대 최고단자였던 조남철 8단으로부터 제 4기 명인전의 패권을 쟁취한 후 그 여세를 몰아 1970년대 중반부터 1980년대 후반까지 1인자로 군림했던 조훈현과 숙명의 대결을 거듭하며 이른바 조, 서 시대를 이끌었다 그 뿐만 아니라, 국제대회인 '제2회 동양증권배(91년)'와 '제2회 응창기배' 등에서 우승했으며, 무엇보다 1997년 한, 중, 일 단체대항 승발전인 '제5회 진로배' 세계바둑대회에서 개인전적 9연승이란 신화적인 대기록의 금자탑을 세운 놀라운 기사다. 더욱 놀라운 것은 일본으로 유학가지도 않았을 뿐더러 오늘날 연구생들처럼 본격적인 바둑 공부도 한 적 없이 심지어 프로 기사들의 필독서라 할 수 있는 '현현기경' 조차 본적이 없어 나중에 '이런 책이 다 있었나' 하는 소리를 할 정도로, 그야말로 오로지 야전에서 닥치는 대로 산전, 수전, 공중전을 거치며 살아남아 '야전사령관'이란 닉네임까지 얻었으며 밟고 밟혀도 끈질긴 생명력으로 일어서 '잡초류' 또는 된장바둑, 토종바둑의 대명사가 된 놀라운 기사라 할 수 있다.

지금도 젊은 기사들과 대결하며 녹슬지 않은 기량을 과시하며 틈만 나면 기사 연구실에 들러 이것저것 물어보며 바둑 공부를 하고 있어 후배기사들의 귀감이 되고 있다. 그는 바둑은 세 살 아이에게도 배울 건 배운다는 바둑 철학의 소유자이기도 하다. '대도무문'이란 말이 있다. 배움의 길에 문이 있을 수 없다는 말이다. 그러한 마음가짐을 가짐으로서 그토록 조훈현 9단에게 쓰라린 패배를 맛보면서도 좌절치 않고 조훈현 9단의 천재성과 정통으로 배운 현대 바둑까지 자신의 것으로 만들어 대성했는지도 모른다. 어쩌면 서봉수 9단에겐 조훈현 9단은 기필코 이겨야만 하는 숙적이나 넘어야 할 산이었다기 보단 승부를 초월해 자신을 '영웅문'으로 이끌어준 애증과도 같은 존재였는지도 모른다.

서봉수 9단은 바둑도 강했지만 그러한 상대를 숙적으로만 보지 않고 배울 건 배운다는 마음가짐과 가치관의 원동력으로 대성할 수 있었다고 본다. 무엇보다 서봉수 9단이 이겼을 때와 졌을 때나 쑥스럽게 웃을 때가 매우 인상적이다. 된장, 토종답다. 오늘날 우리 한국 바둑은 그와 같은 놀랍고도 천재적인 기사들이 있었고 있음으로서 현재에 이르렀다고 할 수 있겠다. 그러나 바둑 역시도 과거는 현재를 낳고 현재는 미래로 나아가야만 한다. 다행히 우리에겐 그와 같은 선조들과 선배 기사들의 뒤를 이어 한국 바둑을 짊어지고 나갈 수 있는 청출어람 같은 기사들이 많다. 그 중 선두주자라 할 수 있는 기사가 바로 이창호 9단이다.

1990년대 한국 바둑의 1인자였던 이창호 9단은 1975년 전북 전주 출생으로 일찍이 전주 신동으로 11세에 입단, 88년 13세로 제8기 바둑왕전에서 우승 세계 최연소를 기록. 이후 수많은 기전에서 우승했으며 92년 국제기전인 제3기 동양증권배에서 최연소 세계패권자가 된 후 제 4기 7기 우승, 제9, 11회 우지쓰배에서도 우승했다.

이창호 9단은 잘 알다시피 돌부처, 신산이다. 그와 대국해 본 기사들은 한 결 같이 이런 말을 한다. 이창호 9단과 바둑을 두고 있으면 마치 '돌부처'와 바둑을 두고 있는 착각이 든다는 것이다. 표정도 변함없고 도대체 무슨 생각을 하는지 도무지 알 수가 없다는 것이다. 더군다나 신산이다. 따라서 종반전에 접어들어 두 집쯤 유리하면 다른 기사였으면 확신으로 이어지고 흔들림 없이 승리할 수 있지만 이창호 9단일 경우엔 그도 분명 형세를 모를 리 없을 텐데 도무지 표정이 없는지라, 또 무슨 비장의 수가 있나? 하며 불안해 진다는 것이다. 확신과 불안은 하늘과 땅차이다. 결국, 확신은 불안으로 바뀌고 불안은 실수를 유발, 실제로도 두 집 유리했던 그 바둑이 뒤집어 진다는 것이다.

프로 기사들에게 있어 두 집은, 아마추어의 개념으론 20집에 해당한다. 아마추어들도 고단자라면 20집의 유리는 승리를 확신 할 수 있는 차이다. 물론 저 단자들은 수없이 뒤집어지긴 하지만 말하자면, 프로 기사들의 두 집은 웬만해선 뒤집어 지질 않는다는 얘기다. 반면 이창호 9단은, 두 세집이 유리하면 확신하곤 아예 그 어떤 변수도 실수도 방지하고자 한두 집을 양보 확실한 반집 승을 거둔다는 것이다. 아무리 신산이라지만 불가사의 할 뿐이다. 반집은 '운'이라는 말도 있지만 이창호 9단에겐 운이 아니었던 것이다. 이창호 9단이 승리를 확신하곤 말뚝을 박거나 한두 집을 양보하면 상대기사는 아이구, 계산서가 나왔구나 절망했다는 말은 너무나도 유명하다. 다만 개인적으로 좀 아쉽다면 그러한 안전한 반집승보단 설사 실수가 따른다 할지라도 최선을 다한 명국을 남겼다면 어땠을까 하는 생각이 들긴 한다. 지나친 바램일까?

한, 중, 일 프로 기사들 중 공식적으로도 가장 많은 반집 승을 거둔 기사가 바로 이창호 9단이다. 그는 조훈현 9단의 내제자이기도 하다.(스승의 은혜는 스승을 뛰어넘는 것으로 갚는다는 말이 있기는 하다.) 그의 내 제자 시절 밖에서 조훈현 9단과 대국한 후 돌아왔을 때 그의 얼굴이 편안하면 사모님은 안심한다는 것이다. 그러나 고개를 숙이고 들어오면 가슴이 덜컥 내려앉는다는 것이다. 스승을 이겼기 때문이다. 당시 관전 기자였던 박치문(아마 6단)은 자신의 관전기에 이런 글을 남겼다. '얼굴에 여드름이 덕지덕지 난 어수룩해 보이는 소년이 관철동 골목길을 마른 오징어 다리를 질겅질겅 씹어대며 애늙은이 마냥 어슬렁어슬렁 걸어 들어와 한국 기원으로 들어가 너댓 시간 후 나올 때는 새로운 타이틀을 손에 들고 있곤 했다.' 조훈현 9단은, 한마디로 호랑이 새끼를 키운 격으로 결국 호랑이 새끼에게 잡혀 먹히고 말았던 것이다. 그러나 바둑황제 조훈현 9단을 잡아먹은 기사는 또 있다.

남자 기사도 아닌 바로 철녀, 루이나이웨이 9단이다. 당시만 해도 한, 중, 일을 통틀어 여성 기사가 남자기사를 이긴다는 것은 그야말로 하늘의 별 따기였다. 한국 여성 기사들도 마찬가지였다. 당시엔 어쩌다 여자 기사와 대국하게 된 남자 기사들은 오늘 한판 건졌네, 또는 손 안 대고 코풀게 생겼네, 거저먹었네, 하던 시절이었다. 지금이야 사나운 영계들에게 쩔쩔 매고 있지만. 그러나 철녀 루이나이웨이 9단만은 그 당시에도 달랐다. 그녀는 중국 상해 출신으로 기성 오청원 9단의 제자이기도 하다.

다만 오청원 9단에게 바둑을 배웠다기보단, 사상에 따른 정치적 이유로 남편인 장주주 9단과 함께 떠돌며 일본에 잠시 머물다 인연을 맺은 것으로 보아야 옳다. 왜냐하면 그녀는 그때 이미 여성 기사로선 상대가 없는 세계 여성 바둑계의 1인자였기 때문이다. 따라서 일본 바둑계는 일본 여성 바둑계마저 쑥밭이 될 지경인지라 앞을 내다보지 못하고 외면, 또 다시 설자리가 없어진 그녀는 한국으로 눈길을 돌렸고 그때 한국 바둑계는 그렇잖아도 나약한 여성 바둑계를 그녀로 말미암아 부흥시킬지도 모른다는 기대감으로 그녀를 받아들여, 그녀는 한국에 둥지를 틀게 되었다는 것이다. 필연적이었는지 모르겠지만 어쨌든 일본은 천재일우의 기회를 놓치고 우리 여성 바둑계는 그때부터 그녀의 활약에 우리도 할 수 있다는 가능성을 발견, 쫓기기만 하던 병아리부터 영계들이 남자 강아지들아 기다려라! 기량들을 갈고 닦은 끝에 지금은 애기가 달라졌다. 꼬꼬댁거리며 지붕으로만 도망가지 않는다는 애기다. 흔히들 여자 바둑을 닭싸움에 비유한다. 또한 여성 바둑은 겉보기와 같이 얌전하고 순할 것 같지만 천만에 말씀이다.

철녀 루이나이웨이 9단 역시 영락없는 순박한 시골 동네 아줌마 그대로다. 하나같이 사나운 싸움닭들이라(죄송) 그 대표적인 여성 기사가 바로 루이나이웨이 9단이었던 것이다.

그녀의 공격력은 실로 가공하다. 그녀와 대결한 남자 기사들 중 대마가 잡혀보지 않은 기사가 없을 정도다. 한 마디로 그녀의 바둑 좌우명은 '내게 대마불사는 없다. 공격 앞으로'다. 그러나 바둑은 공격력만으론 대성할 수 없는 것 또한 사실이다. 일찍이 기성 오청원 9단은 이런 말을 했다. '바둑은 조화다.' 참으로 옳은 말이다. 그러나 비단 바둑뿐만 아니라, 조화를 이루기란 그리 쉽지가 않다. 고금을 통틀어 조화를 이룬 기사들이 과연, 존재했었는지는 알 수 없지만 적어도 현대에선 그래도 어느 정도 조화를 이룬 기사는 오청원 9단이 아닐까 싶다. 기성이 달리 기성이 아니다. 따라서 조화를 추구할망정 이루지 못할 바엔 차라리 자신의 개성을 살려 한두 가지 특출한 능력만이라도 갈고 닦는다면 그 자체로 일류기사라 할 수 있을 것이다.

그런 루이나이웨이 9단은 마침내, 내로라하는 남자 기사들을 연파하고 조훈연 9단의 국수 타이틀에 도전자가 되어, 단판 승부도 아닌 도전 3번 기에서 설마 하던 남자 기사들을 비웃으며, 한국 바둑 역사상 최초로 남자 기전에서 우승, 역시 최초의 여성 국수로 탄생하여 한, 중, 일 바둑계를 경악시킨 장본인이다. 그런데 그런 세계 제일의 싸움닭을 할퀴고 물어뜯고 쪼아대며 지붕 위로 날려 보낸, 어미 싸움닭도 아닌 영계 싸움닭이 또 있었다. 바로, 소녀 장사 최정 9단이다. 지붕 위에서 헐떡거리며 아래서 또 내려오기만 해봐라, 팔딱거리며 째려보는 어린 영계 싸움닭을 내려다보며 뭐 저런 별종이 다 있나 하며 나도 이젠 늙었나 보다 했을 것이다. 기가 찰 일이다.

그러나 소녀 장사 최정 9단은 별종도 아니었고 그 정도는 기가 찰 일도 아니었다. 틈만 나면 대드는 중국 영계 싸움닭들은 그때마다 사정없이 물어뜯고 할퀴고 쪼아대 날개깃까지 다 뽑아 날지도 못하게 만들어 만리장성을 꼬꼬댁거리며 기어 넘어가게 만들고, 겁도 없이 대드는 일본 영계(싸움닭이라 할 수도 없는) 들은, 아예 후지산 분화구에 처 박아 통구이를 만들어 놓기도 했다. 마찬가지로 어쩌다 대만 영계들이 바다 건너 날아오면 그나마 날아돌아갈 날개깃은 남겨놓지만 나머진 벌거숭이를 만들어 놓곤 했다. 그로 말미암아 중, 일, 대만 영계 닭들은 만리장성 너머에서 후지산 분화구 속에서 또는 바다 건너에서, 대신 싸워 줄 어미 싸움닭도 없고 복수해 줄 병아리도 없어 새벽마다 꼬꼬댁거리며 울고 있다는 전설 아닌 전설이 전해진다.

현재 최정 9단은, 국내 여성 기사들 중 랭킹 1위며 국제 여성 기전도 어느덧 야금야금 쪼아 먹으며 한, 중, 일 여자 프로기사들 중에서도 명실상부한 세계 제1인자로 명성을 떨치고 있다. 또한 국내 남, 여기사를 통틀어서도 랭킹 17위에 올라있다. '참고로 현재 국내 프로 기사 수는 남, 여 합쳐 350명이 넘는다.' 앞날이 기대된다. 어쩌면 국내 남자 기전은 물론, 남자 세계기전에서도 우승할지도 모른다. 참고로 '루이나이웨이 9단은 1996년 제1, 3회 보해컵 세계여자바둑선수권대회 우승, 국내 국수전 우승을 한바 있다.' 따라서 최정 9단이, 현재 여성 기사들 중 세계 1인자가 될 수 있었던 배경에는 물론 본인의 능력과 노력이 우선이겠지만, 고려 고종 때 평양 기생의 신분이었으나 바둑 고수이기도 했던 진주(眞珠)의 DNA와 철녀 루이나이웨이 9단의 영향도 한 몫 했으리란 생각이 들긴 한다. 그래서 더욱 자랑스럽다.

한편, 남자 기사들 중에서도 화끈한 공격 바둑을 구사하는 기사들이 있다. 예전엔 '수비는 곧 공격이다'의 공격 바둑의 대명사로 유명한 유창혁 9단이 있었지만 지금은 원숙해져 공격 일변도의 바둑으로 볼 수만은 없다. 따라서 현재 손꼽으라면 바로 쎈돌 이세돌 9단이라 할 수 있겠다. '개천에서 용났다'가 아니라 '섬에서 용났다'다.

AI 인공지능, 인간 VS 기계와의 대결

　이세돌 9단은 1983년 3월 2일 전남 신안의 외딴섬 비금도에서 태어나, 당시 프로 기사인 형 이상훈이 있었으나 6살 때부터 아버지(아마 5단)에게 12살까지 바둑을 배운 후, 1995년 입단한 IQ 155의 천재형 기사로 32회 국내 우승, 18회 세계 우승 등 화려한 전력과 함께 우리가 잘 아는 중국 기사 '구리 9단'과의 십번기로도 유명하다. 그의 깊은 수읽기를 바탕으로 한 현란하면서도 날카롭고 예리한 가공할 공격력은 웬만한 기사들은 버텨낼 수 없을 정도로 정평이 나있다. 그러나 무엇보다도 그가 바둑역사에 길이 남을 기사임은 누가 뭐래도 '알파고'와의 역사적인 대국이라 하겠다. 알파고는 이젠 누구나 잘 아는 AI인공지능 컴퓨터인 즉, 기계다. 처음 알파고가 프로 기사와 대결한다는 발표가 나오고 상대 기사로 지명된 기사가 이세돌 9단이라는 사실이 알려졌을 때 한, 중, 일 프로 기사들은 하나같이 '아무리 인공지능이라 할지라도 그래봤자 기계일 수밖에 없는 제까짓 게 어딜 감히' 하며 모두가 이세돌 9단의 5전, 전승을 의심한 기사는 전무했다. 오히려 관심사는 얼마나 버틸 지였다. 한마디로 어물전 망신은 꼴뚜기가 시킨다고 컴퓨터 망신은 알파고가 시킬 거라는 것이 지배적이었다. 더불어 바둑을 모르는 전 세계 사람들(인류)도 인간과, 기계와의 대결이라는 점에서 초미의 관심사였다.

물론 그전에도, 인간과 컴퓨터와의 대결이 있긴 했다. 1996년 세계 체스(서양장기) 챔피언인 가리, 카시카보르 VS 당시로선 슈퍼 컴퓨터였던 '딥 블루'와의 대결이다. 처음 대결에선 인간이 이겼지만 두 번째 대결에선 결국 지고 말았다. 그러나 8칸 x 8칸에 놓여진 피, 아 13말, 13말로 하는 체스의(경우의 수는) 바둑과는 비교도 되지 않는다. 즉, 인간지능의 대표라 할 수 없다는 얘기다.

잘 알다시피 바둑은 인간이 개발한 지능 게임 중 타의 추종을 불허하는 최고의 지능 게임임은 두말할 여지가 없다. 19 x 19~361 자리의 경우의 수는 논리적으로 볼 때 설사, '패'라는 규정에 의해 따내도 되 따내는 변수가 있긴 해도 역시 궁극적으론 한계가 있다는 점에서 분명, 유한 할 수밖엔 없는 수라 할 수 있다. 그러나 실제계산은 '파이'처럼 상상이나 계산을 불허한다. 그렇다고 '수'에 미친 수학자들이 그대로 두고 볼 리가 없다. 그러나 역시 인간의 능력으로 계산해 낼 리 만무하다. 결국 또 현존하는 최고성능의 슈퍼컴퓨터에게 물어보았다. '예전의 슈퍼컴퓨터인 딥블루는 이미 한물 간 낡은 컴퓨터다.'

제6부 에어포스 베이스(타북 편)

타북

1985년 6월, 삼촌이 날개를 접은 곳은 역시 사우디아라비아로 북부에 위치한 사우디의 공군기지가 있는 '타북'이란 도시였다. 여기서 공군기지를 언급하는 것은 그 도시의 상징이기도 하지만 그보단 공사현장이 그 공군기지 내였으며 역시 현대건설이 맡아 하는 그 공사도 공군기지의 전투기 조종사들과 그 가족들이 거주할 건물들이었기 때문이다. 삼촌은 처음엔 몰랐지만 그 건물들은 차라리 요새였고 일층 지하는 지하실이라기 보단, 언제든지 대피할 수 있는 방공호이자 벙커였고, 이층 건물도 그와 유사한 콘크리트 건물들이었다.

따라서 삼촌이 처음 보내준 편지로 그런 사실을 알았을 때 그럼 이번엔 그곳에서 혹시 전투기를 타고 놀지는 않을까? 하는 황당무계한 상상도 해보았는데, 내겐 그리 새삼스런 상상도 아니었다. 삼촌은 그러고도 남을 사람이었기 때문이다. 따라서 지금부터 하고자 하는 얘기들은 계속 삼촌이 보내준 편지 내용들을 정리한 내용들이다. 내가 학교에서 돌아왔을 때 엄마가 무언가를 등 뒤에 감추곤, 내 손에 뭐가 있게 하면 나는 금방 펄쩍 펄쩍 뛰며 달려들어 삼촌의 편지를 뺏어들곤 껑충껑충 뛰며 그렇게 좋을 수가 없었다. 그날 밤은 그 편지를 몇 번이나 읽으며 답장을 쓰느라 날밤을 새는 날이기도 했다.

삼촌이 일하게 된 '타북'이란 북부지역은 사막 지역이긴 하지만, 수도인 중부 리야드에선 700여 km 떨어진 지역으로 좀 더 북쪽으로 100km정도 올라가면 '요르단' 국경이기도 한 산악지대이기도 하다. 또한 그 지역은 한여름에도 남부와 중부의 그 살인적인 진저리 날 수밖에 없는 무더위와는 달리, 좀 더울 뿐 10월에 접어들면 선선해지며 한 겨울에도 얼음이 얼지 않을 정도의 쌀쌀한 날씨들로 일하기엔 그만인 기후였다. 일단 지옥 같은 무더위에선 해방된 셈이었다.

그러한 '타북'의 공군기지내 공사 현장은 당시로선 허허 벌판이었으며, 사방으로 철망 펜스가 처져있었으며 검문소를 거쳐야만 드나들 수 있었다. 말하자면 그 공사는 초기 단계로 당시의 한국 기술자들은 그 허허 벌판을 정지 작업하며 한편으론 100여 군데에 그 요새들이 들어앉을 구덩이들을 파고 있었다. 따라서 그 공사 현장에서 일을 하는 한국 기술자들은 현장소장과 공구장, 과장, 대리, 기사인 회사 직원과 노무를 비롯한 중장비 기사들과 조적공, 주방장 한명과 요리사 두 명, 잡부 몇몇 등 20여 명이 전부였다. 말하자면 그 20여 명은 선발대들이었다. 삼촌은 그런 선발대에 합류했던 것이다. 목수라곤 달랑 삼촌뿐이었다. 따라서 삼촌이 해야 할 일은 바로 그 허허 벌판에 의무실이 딸린 현장 사무실 한 동과, 감독관들 사무실 한 동해서 두 동을 짓는 가설 공사였다. 그때 그 가설 공사자리엔 장차 지붕 속에 들어갈 거창한 목재 '갓쇼(트러스)' 30여 틀과 그 밖에 필요한 목재들과 합판, 슬레이트들이 쌓여 있었다. 또한, 조적공 한 명이 역시 한 명의 잡부를 데리고 시멘트 블록을 쌓고 있었다. 말하자면 삼촌이 해야 할 일은 그 조적공과 더불어 책임지고 그 두 동의 현장 사무실과 감독관 사무실을 짓는 가설 공사였던 것이다. 그 공사가 끝나면 철거 될.

삼촌이 시작한 목공일은 먼저 그 거창한 목재 '갓쇼' 30여 틀을 손보는 일이었다. 그 거창한 목재 '갓쇼'는 국내 현장에서 최소한 5~6년 이상 사용하다 돌고 돌아 현대건설의 화물선에 실려 도착해 육지에선 트레일러에 실려 현장에 적재돼, 그 상태는 말라 버릴 대로 말라 버리고 뒤틀릴 대로 뒤틀려져 사실상 더 이상은 변형이 있을 수 없는 보기엔 낡았지만 오히려 최상의 지붕틀이었다. 새 것이 좋을 것 같지만 천만에 말씀이다. 새 것은 변형이 심해 오히려 위험하다. 대신 다루기는 좀 험하다. 목재와 목재의 접목 부분이 벌어져 있거나, 손상돼 있어 보수가 필요하다. 삼촌 역시, 잡부 한 명을 데리고 일을 하게 되었다.

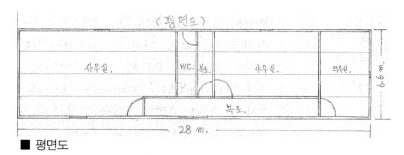

■ 평면도

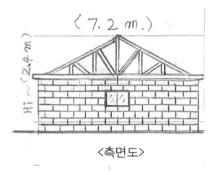

〈측면도〉

블록들이, 사방으로 칸 칸이 꼭대기까지 쌓여지자, 보수된 '갓쇼'들은 2m 간 격으로 크레인에 의해 올 려졌다. 그 '갓쇼'의 양쪽 경사면에 알맞은 각재들이 30cm,간격으로 엮어지고 슬레이트로 마감 되고 사방 처마 작업도 끝났다. 1차 건축 목 공일이 끝난 것이다. 다음은 천정 작업이다. 역시 알맞은 각목 으로 천정 틀이 엮어지고 얇은 합판으로 마감 되었다. 2차 내 장 작업도 끝났다. 나머지 3차 작업은 현관, 사무실, 화장실, 의무실, 출입문 '틀'과 창문틀과 문짝들 제작과 시공이었다. 문 제였다. 아무리 1인 3역으로 건축, 내장, 문짝 일까지 할 수 있는 다재다능한 일류 목수인 삼촌이라 할지라도 난감했다.

사실, 문틀과 문짝만큼은 제작하려면 그에 걸 맞는 연장들 (공구)과 역시 알맞은 목재들이 구비돼 있어야만 한다. 그런 데 쌓여 있는 목재들은 규격도 제각각인데다, 질기고 단단하 며 거친 목재들뿐이었다. 물론, 현장에는 사방이 탁 트인 지 붕만 있는 역시 가설 목공숍을 만들어놓고 소형 기계톱이 있 긴 했다. 따라서 규격에 맞게끔 그 목재들을 제재 할 수는 있 었다. 그러나 설사 제재했다 할지라도 깨끗하게 가공(대패질) 해야만 한다. 수십 틀의 문틀과 문짝들에 필요한 수백여 개 를. 한마디로 날 새는 작업이다. 그래도 그나마 대패질은 가 능하다. 시간만 충분하다면, 그러나 문틀과 창문틀, 창문틀은

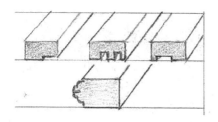

그에 맞는 모양과, 필수적인 '홈'들을 파내는 가공작업이 필수적이다. 그런데 그 현장에 그러한 공구나 연장들이 있을 리 없었다. 기껏해야 끌, 망치, 톱, 대패와 소형 기계톱뿐이었다. 물론, 그 타북이란 도시에도 공구 점들은 있을 것이다. 필요한 공구나 연장들을 구할 수 있을 것이며, 어떡하든 그 문틀 문짝 공사는 해냈을 것이다. 결과적으로 일부 부속은, 그 타북 시내의 공구점에서 구하긴 했지만.

그런데 그 전에 상상치도 못한 놀라운 일이 생겼다. 그렇게 삼촌이 난감함을 하소연하자, 현장소장이 삼촌을 한 곳으로 데려갔다. 그곳은 현장에서 차로 10여분 정도 거리의 숲이 우거진 오아시스였다. 그 숲속엔 십여 채의 미국식 목조 가옥들이 군데군데 들어서 있었고, 그 가운데엔 폭 10여m에 길이 30여m 약, 100여 평의 반달같이 생긴 콘서트가 자리 잡고 있었다. 놀라운 것은 그 콘서트 안에 최첨단 최신형, 목공용 공작 기계들이 설치되 있었다는 사실이다. 중형 자동기계대패, 대형 기계톱, 중형 스카시 기계 줄 톱, 중형 장부기계 등으로 모두 독일제였다. 그 캠프는 미국인들의 거주지였다. 아마도 그 공군기지의 기지 건설과 유지 보수, 캠프내의 가옥 건축이나 역시 시설유지 보수에 필요한 이를테면 목공소였던 것이었다. 한마디로 물고기가 물을 만난 것이다. 그때 삼촌은 놀랍고 감탄했다는 것이다.

1890년대 중반, 그 당시는 오늘날과 같은 중형, 대형인 우수한 국산 목공용 공작 기계들은 물론 온갖, 손으로도 자유자재로 사용할 수 있는 소형 기계대패, 기계톱, 타카 같은 전동공구들은 있지도 않던 시절이었다. 있다면, 대기업인 가구 메이커의 대형 목공 공장에서나 그것도 일제, 또는 일제를 모방해 만든 투박하면서도 성능도 떨어지는 목공용 공작 기계들이 전부였고 건설, 건축 현장에서도 기껏해야 조립해 사용하는 '새깡'이란 기계톱뿐이었다. 또한 일반 목공소에서도 대부분 수작업으로 '톱'으로 자르고, 켜고, 손대패로 깎고, 끌로 구멍 파고 목재의 홈들도 손도구로 새빠지게 파내곤 했었다. 그나마 목공용 공작 기계를 구입해 사용하는 목공소도, 재래식인 쇳덩어리 같은 반자동기계 대패(데후시)와 중형, 기계톱, 끌구멍을 파대는 소형 장부기계가 전부였다. 그 정도만 되도 그 당시로선 현대식 목공소였다.

삼촌이 운영하던 목공소에도 그러한 반자동기계대패인 '데후시'와 기계톱, 장부, 기계가 있었다. 그래도 삼촌은 그 당시 손 대패질을 해야만 했다. 그러한 삼촌이 난생 처음 본 그 독일제 제품들은 한번 사용해본 후의 판단은 당시로선 최첨단 과학과 기술의 집약체로 타의 추종을 불허하는 초정밀성과 고성능을 갖추고 있었다. 디자인도 군더더기 없는 몸체로 예술성마저 겸비하고 있었다. 우선 '자동기계 대패'는 두터우면서도 매끈한 쇠 받침은 30cm까지 아래위로 핸들로 돌려 조절할 수 있어 최소 0.3cm~최대 30cm의 두께로 목재를 일정하게 깎아낼 수 있으며, 그 가로폭도 60cm로, 즉, 원하는 규격으로 조절해, 그 자동기계 대패 속에 집어넣기만 하면 그 목재는 원하는 규격대로 매끈하게 깎여, 자동으로 뒤로 빠져나간다. 손 대패질은 할 필요도 없다.

'한 번에 여러 목재도 집어넣어 가공 할 수 있다. 대형 기계톱은 1220mm x 2440mm x 12mm 합판도 장치된 널따란 밀판에 얹어 원하는 규격으로 맞춰 놓고, 그대로 밀고 나가면 깨끗이 절단되며 그 단면은 잡 털 하나 없이 칼같이 깔끔하다. 또한 그 기계톱은 절단뿐만 아니라, 그 원형 톱날도 빼내고 온갖 모양으로 세공된 원형 부품 날들을 교체 사용하면 목재의 '면'은 어떠한 모양이든 마치 틀에서 찍어낸 것처럼 깨끗하게 가공된다.

중형 스카시 기계 줄 톱도 목재나 판자, 합판들을 마음대로 오려낼 수 있는 마법의 기계 줄 톱이다. 중형 장부기계는 목재에 구멍을 파는 기계다. □△○등, 다각형과 꽃문양의 구멍도 가능하다. 모양대로 생긴 날만 바꿔 끼우면, 그야말로 목재, 합판, 가공 작업이 손 안대고 코 푸는 식이다. 삼촌은 그때 한탄했다. 왜 우리는 그런 기계들이 없는지.

그러나 지금은 우리도 아직도 정밀성과 성능, 디자인 등에서 부족한 점이 많지만 그에 버금가는 목공용 공작 기계들이 개발되며, 사용되고 있다.

콘서트 목공소

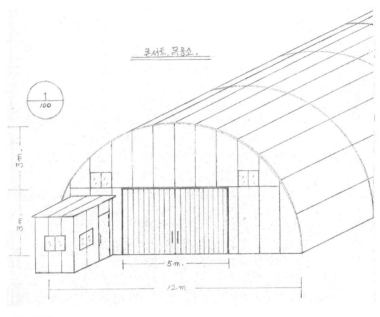

콘서트, 목공소.

■ 그림

당시 미국인 현장 감독들도 그 캠프에서 생활하고 있었다. 따라서 현장소장은 그 캠프의 숲속 풀장에서 그들을 위한 파티를 연적이 있었다. 그때 삼촌은 기타를 들고 한때 폭발적으로 유행했던 벤쵸스 악단의 경쾌한 리듬의 진주 조개잡이 처녀들과 역마차, 클리프리챠드의 더 영스(젊은이들)를 원음으로 불러 제키며 그들의 흥을 돋웠다. 감독들도 흥이 나서 박수를 쳐댔고, 삼촌도 신이 나서 내친김에 애드리브로 케세라세라, 베사메무쵸, 상하이 트위스트 등을 쳐댔다. 삼촌은 담만에서도 명절날 노래자랑 무대에서 자칭 가수들의 노래 반주를 해준 기타 실력파다. 청소년 일 때 기타에 빠져 기타 개인교습을 받았기 때문이다. 지금도 삼촌은 그때의 야마하 통기타를 갖고 있다.

컴퓨터까지 달린 목공용 자동기계 대패의 구멍 속에 목재를 집어넣기만 하면 원하는 길이와 모양, 또는 사면이 정확하며 일정하게 한 번에 가공되 나온다. 그렇게 가공된 목재나 합판, 판자들로, 목공들이(설사 목공이 아닐지라도) 가구나, 원목 문짝들이 역시 기계에 의해 압축 조립되고 있다. 격세지감이 아닐 수 없다. 대단위 'APT'에 공급되는 제품들이 바로 그런 제품들이다. 붙박이 가구, 싱크대 장식대, 문짝 등.

삼촌은 그 초현대식, 콘서트 목공소에서(오전 10시부터~오후 5시까지만, 기계의 소음 때문에 그 전이나 이후에는 일을 할 수 없었다.) 그렇게 편할 수 없게 문틀과 문짝들을 제작해, 시공할 수 있었다. 그렇게 두 동의 가설 공사가 모두 끝났을 때는 삼 개월이 되었다. 문제는 할 일이 없어져 찬밥신세가 되었다는 것이다. 9개월이나 남았는데, 회사에선 시키는 대로 아무 일이나 할 테냐, 아니면 집에 갈 테냐였다. 한마디로 "토사

구팽 당할래?"였다. 삼촌은 기가 막혔지만, 사실 삼촌은 그곳에도 어디까지나 세상 구경하러 간 것이지 일하러 간 것이 아니다. 목수로 간 것도 수단이 그것뿐이며 목공일을 하는 것도 어디까지나 세상 구경을 계속 하기 위해서 일뿐이다. 그러나 일류 목수로서의 자존심마저 팽개칠 수는 없었다. 할 수 없이 잡부일 만 아니면 뭐든지 하겠다고 해서 하게 된 일이 철근 일이었다. 하여튼 삼촌의 팔자는 종잡을 수가 없었다.

　그때는 그 공사도 본궤도에 올라 속속 보충된 인력들로 한국인 근로자들은 선발대들과 보충된 철근공들까지 합쳐 60여 명 정도였다. 그런가하면 '태국인' 단순 근로자, 50여 명과 '방글라데시' 역시 단순 근로자 100여 명이 함께 일하고 있었다.

　'중동건설 현장'에서도 80년대 중반에 접어들며 점차 값싼 동남아, 또는 중동 인근의 그 보다 더 값싼, 파키스탄이나 방글라데시, 예멘과 같은 나라의 노동자들을 쓰기 시작했다. 거짓말 같겠지만 그들의 월 소득은 한국인 기술자들의 1/10에 불과하다. 그럼에도 그들은 해외 취업에 목을 맨다. 그 옛날 우리들처럼 그들에게 있어, 브로커에게 돈을 쓰면서까지 해외 취업을 해 외국 회사에서 두 번만 무사히 일하면 밑천 다 뽑고 말 그대로 금의환향 해 마치 자수성가 한만치나 남부럽지 않게 살 수가 있다. 비록 단순 노동자라 할지라도 그들 중엔 대학을 졸업한 자들도 있고 선생으로 있다 온자들도 있다.
　특히 방글라데시는 세계 최 빈곤 국가로 우리의 1/10밖에 안 되는 임금도 그들에겐 성공이 보장되는 꿈의 돈벌이다. 그들이 목을 맬 수밖에 없는 이유다. 따라서 삼촌은 그런 '방글라데시' 일명 '방글라' 10명을 데리고 철근 시공을 하게 되었다. 만약 그 철근 일이 일반적인 주택이나 건물들로 할 때마다 현장에서 일일이 철근들을 자르고, 온갖 모양으로 만들어 시공해야만 하는 일들이었다면 삼촌은 능력 부족으로, 쪽팔려서라도 일찌감치 세상 구경 포기하고 때려치웠을 것이다. 그러나 그 당시 그 철근일은 좀 달랐다. 조직적인 시스템으로 15명의 철근공 중 5명은 철근 워크숍에서 철근들을 도면대로 자르고 □△○ㄱㄷ 등 온갖 모양으로 만들어, 현장 구덩이에 세트로 보내주면 철근공 한 명이 받아서 10명의 '방글라'들과 함께 일괄 시공하는 시스템이었다.

즉, 그 요새와도 벙커와도 같은 지하 1층, 지상 2층의 100여 동의 콘크리트 건물들은 하나같이 모양과 구조가 똑같은 건물들로 그러한 조직적인 시스템 시공이 가능했던 것이다. 따라서 철근시공의 특징이기도 한 철근기술은 그와 같은 경우 아무것도 모르는 '방글라'들 일지라도 그 철근들을 제자리에 갖다놓고 팀장은, 철근과 철근을 묶는 법만 가르쳐주고 여기 묶어라, 저기 묶어라 하며 일을 시킬 수가 있었던 것이다. 말하자면 삼촌은 그런 10명의 철근팀장 중 한 사람이었던 것이다.

여기서 의문이 생길 것이다. 그렇다면 도대체 그 철근들이 들어갈 거푸집 즉, '형틀'은 누가 설치한단 말인가? 목수라곤 삼촌뿐이었다면서? 설명하겠다. 시대는 바뀌고 공법도 바뀌었다. 말하자면, 건물 바닥인 콘크리트 바닥에 철근들이 통째로 엮어지면 강철판으로 제작된 상자 같은 거창한, 강철형틀이 그 철근들 사이사이로 칸칸이 크레인에 의해 설치되고 통째로 콘크리트가 쳐진다는 얘기다. 다시 말하면 그 강철판 형틀을 설치하고 해체하는 기술자들로, 한국인 강철 기술자들이란 얘기다. 형틀 목수가 필요 없는 이유다.

문제는 그 철근 시공이었다. 사실 삼촌은 철근 기술자가 아니다. 철근시공에 있어 어쩌고저쩌고 할 입장이나 주제가 아니라 못된다. 차라리 들쭉날쭉한 시공이었다면 그저 따라만 했을 것이다. 그러나 그 철근 시공들은 하나같이 붕어빵 찍어내 듯 하는 반복 작업이었다. 답답하다 못해 한심했다는 것이다. 그 강철 형틀 판은 그 공사가 끝날 때까지 반복 써 먹는다.

삼촌은 목공일은 물론, 무슨 일이든 항상 같은 값이면 다홍치마, 좀 더 편하고 효과적인 방법은 없을까가 몸에 배어 있다. 왜 사서 고생하느냐다. 좋은 방법들이 있는데, 따라서 삼촌이 하는 일들은 독특하다. 목수들이나, 기술자들은 줄자를 수없이 사용한다. '미터' 표준 줄자는 최소 단위가 'mm'다. 그러나 미국이나 영국 등 유럽에서 사용하는 '인치' 표준 줄자의 최소 단위는 '1/32'인치다. 그 간격은 'mm' 보다 좁다. 도면에도 표기된다. 예 : '1야드 2피트 3 1/4인치' 즉, 인치 줄자에는 1인치(2.54cm)의 간격이 1/32칸으로 나눠 새겨져 있다. 확인하다 보면 눈이 아플 정도다. '1/2, 1/4, 1/8 인치 등' 따라서 그러한 줄자를 사용 하다 보면, 경험적으로 볼 때 눈금을 잘못 보는 경우가 허다하다. 기술자들에겐 치명적인 실수다. 따라서 삼촌은 목공 일할 때('다수'의 경우) 줄자를 절대 사용치 않는다. 그 대신 기준 막대(자)를 만들어 사용한다. 절대 잘못될 리가 없다.

기술자들은 모두가 그렇진 않지만 보편적으로 한 가지 좋지 못한 '전통, 기술, 관습, 관례, 자부심, 자존심 등의 습관, 버릇들이 있다.' 당시는 옳고 어쩔 수 없었다 할지라도, 시대와 상황에 따라 반드시 타파 돼야 할 고정 관념이자 습관 버릇들이다.(능력이 없다면 할 수 없지만) 삼촌이 볼 때, 현장에서 십여 명의 '방글라'들을 데리고 철근 시공을 하는 각자, 10여 명의 철근공(팀장)들이 바로 그러했다. 혼자라면 이해할 여지가 있다.(숙련공이니) 그러나 10여 명의 '방글라'들은 그저 시키는 대로 할 뿐인 단순 노동자들이다.

당시 그 요새이자, 벙커, 방공 대피소인 콘크리트 건물의 (100여 동) 규격은, 사방 10m, 지하 1층, 지상 2층으로 높이는 각층 3m이었다. 따라서 구덩이들은 사방 12m에 깊이는 3.3m이었다. 따라서 도면에는 최초로 쳐지는 콘크리트 기초 바닥은 다질 대로 다져진 맨땅에 사방 30cm여유 있게 '길이 10m 60cm x 높이 30cm'로 돼 있다. 따라서 기초 바닥 철근들은 직경 15mm, 양쪽, 아래, 위,(피복인 5cm로) 사방 길이

9m 90cm x 높이 20cm로 깔리게 돼 있다. 이때 높이는 마치 바둑판 같이 깔리는 아래, 철근들은(내와 낑) 위, 철근들은 (우와 낑)으로 철근 공들은, 철근을 '낑'이라고 부른다.(일본 용어의 잔재다.) 그 당시, 그 바닥 철근들의 간격은 도면상에 '15cm'이었다. 따라서 그 1.5cm의 철근 굵기를 뺀 9.9m상의 철근 가닥수는 60칸, 즉 61개다. 다시 말하면 그 기초 바닥에 깔리는 철근의 총수는(이중) 61x4=264개다. 집주인이나 건물주들은 꿈에도 모른다.

이러한 사실들을 악용해 감리, 감독도 없는(설사 있더라도) 감리, 감독들을 구워삶아서라도 땅속에 묻히면 그만이라고 철근들의 간격을 15cm가 아니라, 16cm로 깔아 3개씩 즉, 12개를 빼먹는다. 고질병이다. 그러나 감리 감독이 철저한 국제, 해외 공사에 있어선 어림없는 얘기다. 한 개만 모자라도 맞춰야 하며 간격도 15cm, 정확해야 한다. 물론 +-3mm의 오차는 허용한다. 자! 그러한 조건하에서 그 10명의 숙련 철근공(팁장)들은, 각자 구덩이에서 10명의 방글라들을 데리고 어떤 식으로 그 바닥 철근들을 시공하고 있었는지 자세히 소개하겠다. 그들의 천편일률적이며 고리타분한 그러나 그들이 최선이라고 생각하는.(삼촌의 얘기다.)

먼저 숙련공이자 철근팀장은 다져진 맨 땅바닥에 사방 돌아가며 줄자로 15cm씩 백묵으로 '마킹' 표시해 나간다. 그나마 방글라 두 명에게 줄자를 최대로 뽑아(5m 또는 7m 줄자) 양쪽에서 붙잡고 있게 한 후, 찍기는 한다. 그 간격들은 결코 정확할 수가 없다. 중간에도 표시해 놓는다. 처음엔 그러나 그 중간 한 줄씩도 다음엔 석 줄씩 수정 되었다. 그 철근들이 똑바르지 않아 지적을 받고 수정 작업을 해야만 했기 때문이다. 즉 포우의 작품(도난당한 편지)의 경시총감처럼, 방법만 좀 더 세밀해졌을 뿐 듀팽이 될 수는 없었다. 문제는 10여 명의 방글라들이었다. 그렇게 해결될 문제가 아니었다. 그렇게 철근들을 바둑판처럼 깔아놓고, 방글라들에게 묶으라고 하면 그 10여 명의 방글라들은 마치 논바닥에 '모'를 심는 것처럼 줄지어 엎드려 철근과 철근이 맞닿은 +부분을 갈 쿠리(옆 그림)으로 결속선(가느다란 철사)으로 잡아 묶어 나간다. 그러나 제대로 묶을 리가 없다. 묶는 과정에서 그 갈고리로 결속선을 묶는 기술은 의외로 쉽지가 않다. 따라서 아무리 시범을 보이며 가르쳐줘도, 그들이 묶은 모양은 참으로 꼴사납고 가지가지로 가관이다. 당연히 느슨하거나, 묶은 위치도 몇 mm든 변동이 있기 마련이다. 문제는 감독들이 용납지 않는다는 사실이다. 사방 10m의 길이로 엮어진 그 바둑판같은 철근 판은 두 놈의 감독들은 양쪽에서 줄을 팽팽히 당겨 삐뚤이면 고치라하고 간격도 줄자로 일일이 재보며 오차를 벗어나면 고치라하고 결속이 시원찮으면 그것도 고치라 한다.(한두 개 야지) 그러나, 그 감독들의 수정지시는 그야말로 지상명령이다. 안할 수가 없다. 그 '인스펙션(검사)'이 통과되고 'OK' 사인이 떨어져야만 다음 공정이 진행될 수 있기 때문이다. 그렇게 감독들과 철근 공들은 허구한 날 신경질 나고 짜증나는 갈등의 일상이 계속되고 있었다.

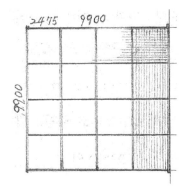

그런데 그러한 모든 문제들이 일시에 해결되는 기적 아닌 기적이 일어났다. 그동안 그러한 상황을 답답하고 한심하게 지켜보던 삼촌이 나섰기 때문이다. 삼촌은 자신이 옳다고 믿는 일은 누가 뭐래든 한다. 그리고 옳음을 결과로 증명해 낸다. 삼촌이 그 골치 아픈 문제들을 해결한 수단과 방법은 차원이 달랐다. 한마디로 삼촌의 손은 마이다스의 손이었다. 삼촌은 먼저 갖고 다니기 사용하기 편리하게 철근 전체 길이의 절반인 '4,950mm+50mm x 65mm x 45mm'와 '4,950mm- 45mm x 65mm x 45mm'의 막대 10개씩을 만들어 20개의 막대 45mm 한 면에 정확히 150mm의 간격으로 15mm x 15mm의 '홈'을 팠다. 그리곤 다져진 맨 땅에 측량에 의해 쳐져 있는 +자 먹줄을 기준으로 측량에 의한 +자 먹줄은 제다편에서 설명했다. 단지 그 당시는, 정식 측량사에 의해 타북 현장엔 그 +먹줄은 쳐져 있었다. 그림과 같이 먹줄을 치곤, 그 홈들이 파진 막대들을 고정시켰다. 남은 일은 철근들을 홈에 끼워 넣고 묶는 일 뿐이었다.

아무리, 서투른 방글라들일지라도, 그냥 묶기만 하면 그 바둑판같은 철근 판은 삐뚤어지려야, 삐뚤어질 수도 없고 간격도 1mm도 틀리려야 틀릴 수가 없었다. 마법이었다. 그 작업

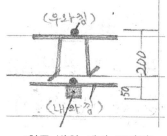

<（우와정）>

<（내와정）>

<철근 받침 세면 꼬다리>

속도도 종래의 1/4에 불과했다. 트집을 잡으려야 잡을 수 없는 하자 없이, 마지막 남은 일은 그 철근 밑에 주사위 같은 5cm의 정육면체인 시멘덩어리들(그 한 면에는 가느다란 철사 두 개가 7cm 정도의 길이로 꽂혀 있다.) 적당한 간격으로, 받혀 철근에 잡아 묶은 후 그 20개의 막대들을 빼내면 끝이다. 장차, 지상으로 연결되기 위해 두 줄로 세워지는 바닥 콘크리트 두께 30cm를 포함한 90cm 길이의 사방 벽체와 칸들의 철근들도 마찬가지다. 다만, 그 방글라들이 묶어대는 그 결속선 작업만큼은 삼촌도 불가항력으로 어쩔 수 없었다는 것이다. 그저 계속 시범을 보이며 가르쳐 줄 수밖에는. 인간의 능력은 천차만별이다. 말로해서 될 일이 있고 안 되는 일이 있기 마련이다. '신'이라 해도 어쩔 수가 없다. 언제 인간들이 '신'이 하라고 해서 하라는 대로 한 적이 있었느냐는 말이다.(능력도 없지만.)

어쨌든 그 최첨단 발명 막대를 활용해 완벽하게 일처리를 하는 삼촌을 구덩이 위에서 지켜보던 감독들과 철근 반장은 고개를 끄덕이며 감탄하고 있었다는 것이다. 그로 말미암아 삼촌은 그 최첨단(팀당 20개) 발명 막대를 200개 만들어야만 했고, 그때부터 감독들과의 마찰이나 갈등 없이 그 철근 시공은 일사천리로 진행됐고, 회사가 예상했던 그 철근 시공은 자그마치 3개월이 앞당겨졌다. 그 획기적인 가치는 철근공 15

명x일당 10만원(당시 철근공들의 월 소득 평균 300만 원이었다.) x 90일, 밥값을 빼더라도(1억 3천 5백만 원이다.) 삼 개월의 철근 공정을 앞당긴 효과는 값으로 환산 할 수 없는 가치다.(+. 제3국 노동자들의 인건비까지.) 모든 공정이 앞당겨지기 때문이다.

　인류가 발명한 문화와 문명을 앞당긴 발명품들은 무수히 많다. 그 중 가장 놀라운 발명품 중 하나가 바로 '나사'다. '나사'가 발명되기까지 인류가 물품을 잡아 묶는 방법은, 오로지 끈이나 밧줄, 나무못이나 철 못이었다. 그나마 끈이나 밧줄은 끊거나 풀면 되지만 한번 때려 박은 철 못은 빼려면 골치 아프다. 물품도 손상되고 그러나 '나사'는 돌리기만 하면 쉽고 깨끗하게 박히고 빠진다. 참으로 간단하고 편리하다. 손상도 없고 접속력도 강하다.(철봉에 '나사'만 팠는데) 오늘날 조립물품은 '나사'가 필수부품이다. 시계속의 깨알 같은 '나사'들로부터 고층철골조립과 교량철골 조립, 나사 볼트들까지. 우주선인 삼단로켓도 사실 알고 나선, 너무나 상식적으로 당연한 부품일 뿐이다.
　삼촌의 막대도 '나사'와 마찬가지였던 것이다. 단순한 막대에 홈만 판 그저, 좀 더 쉽고 편하며 효과적이리라, 궁리해 만들었지만 수혜자들에겐 요술 방망이자, 획기적인 발명품이었던 것이다. 사실 삼촌이 하는 일들은 모두가 그런 식이다. 그런데 그럴 때마다 사람들은 호들갑을 떨며 이런 말들을 한다는 것이다. 왜 그런 놀라운 재주와 능력을 가졌으면서 좁은 물에서 노냐고. 밀어 줄 테니, 힘이 되어 줄 테니, 좀 더 큰물에서 놀아보라고, 박애정신으로 세계 인류 평화를 위해 나라를 위해 회사를 위해 그럴 때마다 삼촌은, 귀찮고 짜증난다는 것이다. 그건 당신들이나 알아서하고 나는 내가 하고 싶으면 하고 싫으면 말고 알아서 내 멋대로 할 테니 내버려두라고. 삼촌은 애당초, 인류 평화니, 박애정신이니, 애국심이니, 애사심이니 하는 대의명분이나 사명감 따위 등 엔 관심이 없는 사람이다. 그저 하고 싶은 일을 좋아서 할 뿐이다. 다만 할 바엔 좀 더 쉽고 편하고 효과적으로 한다는 것이 다를 뿐이다. 그런데 사람들이 오해를 하는 것이다. 한마디로 삼촌은 개똥밭에 굴러도 저승보단 이승이 낫다는 사람이며, 일인지하 만인지상보단 만인지하 일인 일지라도 그게 더 편한 사람이다. 아무도 거들떠보지 않더라도 말이다.

따라서 누군가가 옆에서 잘 한다며 멍석 깔아주고 기껏 사다리를 걸치고 모든 준비를 마치고 올라가려고 한발을 사다리에 걸쳤을 때 이제 됐으니 좀 더 신나게 놀아보고 올라가라고 하면 김새서, 그럼 니가 놀고 올라가라며 걸쳐 놓은 사다리도 걷어치우고 돌아서는 사람이다. 한마디로 삼촌은 건드려선 안 되는 사람이다. 그냥 내버려두는 것이 최 상책이다. 그래야만 그나마 콩고물이든, 팥고물이든, 떡고물이든 얻어먹을 수 있기 때문이다. 알아서 하는데 왜 잔소리냐다. 굿이나 보고 떡이나 먹지.

사막의 물난리

10월 중순, 어느 날 그렇게 잘나가던 그 현장에 그 구덩이들에 날벼락이 떨어졌다. 괴변이자 천재지변이었다. 중동이자 사우디아라비아 반도는 일 년 내내 눈 구경은 물론 비 구경도 할 수 없다. 중동 상공에는 애당초 눈, 비구름이 존재할 수 없기 때문이다. 사막일 수밖에 없는 이유다. 그러나 그것은 어디까지나 남부 중부 얘기다. 북부 지역은 예외였던 것이다. 눈은 안 내리지만 가끔은 비가 내리는 지역이다.

그런데 그 어느 날, 밤새 쏟아진 폭우는, 그 지역 사람들도 머리털 나고 처음 본 폭우였다는 것이다. 다음날 아침, 현장에 도착한 근로자들은 물바다를 구경해야만 했다. 당시, 현장은 숙소인 캠프에서 버스로 30분 정도 떨어진 곳이었다. 보이는 것이라곤 사방 철망펜스와 현장 사무실, 감독관 사무실, 두 동과 목공, 철근, 워크숍과 철근더미, 장비차량 일뿐 목공 워크숍에 남아 있던 목재들도 그 물 바다에 둥둥 떠다니고 있었다. 그나마 군데군데 철근들이 30cm 정도 솟아 있어, 그곳이 구덩이란 사실을 알 수 있어 무릎까지 바지를 걷어 올리고 맨발로 돌아다닐 수 있었다. 한나절이 지나서야 점차 맨 땅이 드러났다. 반면 그 넓은 공군기지만큼은 콘크리트 바닥으로 돼 있고, 배수 시설도 있어 물바다는 면할 수 있었다.

문제는 그때부터였다. 공사해야할 구덩이들이 물 수조가 되어 차 있었기 때문이다. 중동에서 물난리가 났다면 괴변이다. 수많은 양수기들이 동원되고 물 퍼내기 작전이 시작됐다. 물난리가 난 것이다. 그 가득찬 물은 몇날 며칠이고, 낮이나 밤이나 다 퍼냈을 때가 더 큰 문제였다. 드러난 구덩이 바닥은, 쏟아진 토사들과 진흙탕으로 엉망진창 난장판으로 차마 눈뜨고 볼 수 없는 참상이었기 때문이다. 더군다나 며칠 동안 물속에 잠겨있던 철근들은 물이 마르면서, 새빨갛게 녹이 쓸어 더욱 참혹했다. 방법은 별수가 없었다. 포클레인이 사방 주변 진흙을 퍼내고 긁어내고, 나머진 태국, 방글라데시, 노동자들이 새까맣게 달라붙어 삽으로 퍼내고 긁어 자루에 담아 올리는 수단뿐이었다. 죽어나는 고난의 작업일 수밖에 없었다. 또한 그 수많은 녹슨 철근들도 '철' 부러쉬를 들고 호스로 물을 뿌려가며 그 '녹'을 긁어대며 벗겨내야만 했다. 그러나 그들은 열심히 일해야만 했다. 아무리 힘들어도 잘 보여야만했기 때문이다. 행여나 찍히면 '꿈'은 물거품이 되기 때문이다. 그들의 꿈은 하나같이 취업 연장과 재취업이다. 그러한 약점을 이용해 회사는 그들을 선발해 계약할 때, 계약서에 6개월 단위로 도장 찍게 한다. 따라서 말썽 안 부리고 말 잘 들으면 6개월 연장되고 나아가 일 년이란 꿈의 재취업은 순전히 팀장들에 달려있다. 그러나 말썽부리고 말도 잘 듣지 않으면 칼같이 귀국시켜 버린다. 팀장이 추천만하면 연장과 재취업이 보장되기 때문이다. 만약 삼 개월에 한 번 있는 행사에서 모범근로자로, 팀장의 추천을 받아 표창이라도 받는다면 그 표창장은 연장과 재취업은 물론, 성공의 보증서이자 가문의 영광으로 액자에 담겨 대대로 전해질 것이다. 말하자면 그들이 생사여탈권은 팀장들(삼촌)의 손에 달려 있었다는 애기다. 열심히 안하려야 안할 수 없었던 것이다. 따라서 삼촌의 직속 방글라 딱가리는 삼촌을 보스, 보스, 옛썰, 옛썰하며 떠받들며 죽으라면 죽는 시늉까지 한다. 그 직속 "방글라 딱가리는" 대학을 나온 선생님이었다. 말도 잘 통했다. 영어로. 그 보람으로 그 삼촌의 직속 딱가리는 그 충성을 가상히 여긴 삼촌의 추천에 의해 나중에 표창을 받게 된다.

초대형 카운터

그 난리도 복구되고 정상화 된 후, 삼촌에겐 또 다시 울며
겨자 먹기로, 그러나 최선을 다해 일류 목수로서의 그 뛰어난
솜씨를 유감없이 발휘 할 일찍이 바레인에서 삼촌에게 큰 은
혜를 입었던 대 현대건설로서는 또 다시 삼촌만 쳐다보며 목
을 맬 수밖에 없는 일이 생겼다. 다름 아닌, 타북시청의 시청
장으로부터 해외 공사를 하는 건설 회사들이 꼭, 한두 번은
치러야만 하는 크고 작은 통과 의례이기 한 요청을 받은 것이
다. 새로 리모델링한 시청의 민원실에 그럴듯한(담만의 총 감
독관처럼) 카운터 좀 만들어 달라는, 사실 현대건설은 집짓는
게 전문이지 가구회사가 아니다. 국내라면 문제될 것이 없다.
집 좀 지어달래도, '담만에서처럼' 되로 주고 말로 받으면 되
니까. 문제는 거긴 사우디 타북이었고 가구인 카운터도 회사
전문이 아니었고 소관도 아니란 사실이다. 그렇다고 대 현대
건설이 카운터 하나 못 만든다는 것도 개망신이고. 결국 믿을
건 삼촌뿐이었다.

그때쯤엔 삼촌은 찬밥이 아니라 요술 램프를 가진 알라딘이었다. 현장소장과 함께 그 타북시청의 민원실을 방문했을 때 그 민원실 '홀'의 규모는 언뜻 보아도 가로 10m x 세로 25m 크기로 실측한 결과, 정확히 가로 10m 50cm였다. 즉, 길이 10m 50cm의 초대형 카운터가 필요했던 것이다.

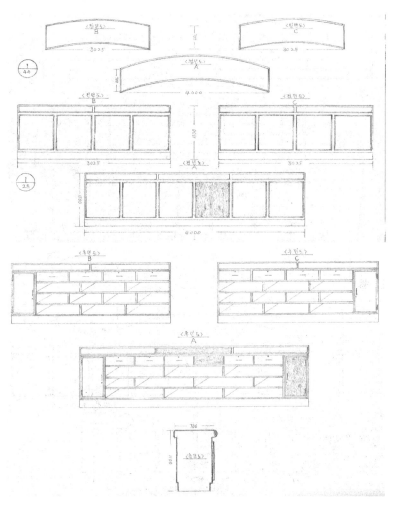

사실 삼촌은 젊은 시절, 일류 내장 목수들만이 할 수 있었던 다방 장치나, 요리집, 카페, 극장 등의 신장내지 리모델링 인테리어 공사들을 하며 수많은 크고 작은 카운터들을 만들어본 경험이 있다. 그러나 그 크기도 기껏해야 2~5m정도였다. 따라서 10m가 넘는 초대형 카운터는 못 만든 게 아니라 만들 기회조차 없었다. 즉, 처음인 것이다. 사실 카운터는 해당 업소나 해당 관공서의 얼굴이라 할 수 있다. 따라서 그에 걸 맞는 실용성과 분위기와 드나드는 사람들의 정서적, 문화적, 기호와 신체 조건까지도 고려해야만 한다. 고심할 수밖에 없었다.

아랍 민족은 알다시피 옛날부터 사막에서 천막을 치고 양들을 기르며 양젖과 양고기를 마시고 먹으며 밤하늘의 별들을 보며 낙타를 타고 돌아다니던 사람들이다. 그러한 후예들인 남녀노소인 그들이 가장 친숙한 문화와 정서 심미안은 무엇이며 또한 가장 편할 수 있는 카운터의 높이와 폭은 얼마로 해야 할지. 또한 수많은 나라의 외국인들도 드나들 것이다. 따라서 현대적인 디자인과 '미'도 삼촌은 작심했다. 까짓것 나밖에 없는데, 못할게 무어냐고. 하루 종일 디자인과 설계에 매달렸다. 그렸다 지우며, 마침내 설계도가 완성됐다. 결코 공상과학 영화의 겉만 그럴듯한 그림이 아니다. 설계도가 완성됐다는 것은 그대로 만들 수 있다는 얘기다. 또한 설계도는 실물의 축소판이다. 과연, 그들이 공감할지는 하늘에 맡길 뿐이다. 결정한 이상 최선을 다할 뿐이다. 작성된 설계도는 다음과 같다.

〈참고. 실물은 세 쪽이다.〉

민원실에 들여 놓으려면 통째로는 불가능하다. 벽이라도 부순다면 모를까. 목가구들은 기성 제품과 맞춤 제품으로 나뉠 수 있다. 따라서 기성 제품들은 국가와 민족별로 정서, 문화, 취향, 실용성, 경제성 등을 바탕으로 시대적 상황에 따라 전통적인 기술들로 제작되기 마련이다. 맞춤 가구도 마찬가지다. 다만 맞춤 가구는 사실상 주문자의 필요성이나 취향 등에 따라 규격이나 디자인이 다양할 수밖에 없어 가격이 좀 비싸다. 물론, 기성 가구는 싸고 맞춤 가구는 비싼 것은 문제가 아니라 당연하다. 여기서 '장인들의 전통기법과 예술성을 겸비한 목 가구는 논의이다.'

우리는 서민들은 이를테면 쓰던 생활 가구가 낡거나, 싫증 나거나 새 집을 장만하거나 이사를 가거나 결혼할 때 대부분 중저가 가구 매장을 찾게 된다. 없는 게 없다. 그때 신혼부부라면 우선 이불장, 양복장, 화장대, 침대, 싱크대, TV 받침장, 내친김에 그 옆에 세워둘 진열장 등을 고를 것이다. 그러한 가구 제품들은 참으로 반드르 하고 그럴 듯하다. 가격도 생각보다 그리 비싸지 않다. 만약 그와 같은 규모의 중고 매장에선 누군가 사용해 눈에 잘 띄지도 않는 홈들이 있긴 하지만, 감쪽같이 손질해 겉으로 볼 때 거의 똑같다. 그러나 가격은 절반도 안 된다. 어쨌든 신품 매장에서의 그와 같은 괜찮다 싶은 중급 가구들의 제품 가격은 이불장과 양복장 세트 150만원 화장대 50만원, 침대 50만원, TV받침장, (길이 2m 50cm x 높이 60cm x 폭 50cm) 서랍겸비 50만원, 진열장 50만원,

싱크대(적당 기성 제품) 150만원, 맞춤일 경우 두 배 총 500만 원 정도는 될 것이다.(표준이라 할 수 있다.) 좀 더 고급이라면 두 배, 하품은 절반, 중고 매장에선 대략 1/3. 그와 같은 신품 가구들은 다음과 같은 기술 과정과 유통 과정을 거친다.

여기서 알아둘 필요가 있다. 그러한 기성 사무용 가정용 생활가구들은 상계동이나 구로공단 같은 가구공장들이 밀집돼 있는 대단위 가구단지에서 일괄 생산된다. 그때, 그 가구공장의 가구목공 기술자들은 150만 원짜리 이불장, 양복장 세트를 '데모도(조수, 견습공)' 한 명만 데리고 각자 한 달에 '100세트'를 빼낸다. 삼촌은 경험자다. 사실이다. 그때 받은 기술값, 품값은 세트당 4~5만 원이다. 한꺼번에 제작하면 그 능률은 기하급수적으로 가능하다. 그렇게 백골로 생산된 이불양복장 세트는 칠공들에게 넘어가 칠공들 역시 데모도 한 명만 데리고 월 100세트씩 빼낸다. 세트당 3~5만 원 품값으로 그 목재, 합판, 칠의 재료값은 세트당 10만 원 정도다. 손가락 굵기의 목재나 합판 쪼가리도 버리는 것 없이 알뜰살뜰 사용한다. 버리는 것이 있다면 톱밥 대패 밥뿐이다. 그 톱밥도 겨울엔 땔감이며, 압축되는 문짝 속에 들어가는 아주 효과적인 재료이기도 하다. '칠'도 마찬가지다. 분무기로 뿌려낼 때 허공에 분무로 날아가는 정도일 뿐이다. 일일이 붓으로 칠하던 일은 옛날얘기다. 말하자면 그렇게 깔끔하게 칠해져 비닐로 포장돼 완성된, 이불장, 양복장 한 세트의 생산 원가는 최대 20만 원이라는 얘기다.

다음은 가구공장 사장은 분기별로 부도날지도 모르는 그래서 할인해 쓸 수밖에 없는 어음으로 또는 팔리면 준다는 구두 약속으로 단골 계약자인 중간 도매상에게 세트당 40만 원에 넘긴다. 그 가구 도매상은 역시 단골 중저가 가구 매장과, 또는 새로 오픈 하는 중저가 가구 매장을 찾아다니며 매장 사장에게 역시 한 번 진열해 놓으시라며 그럼 팔리면 주겠다는 조건하에서 그 매장 사장에게 세트당 잠정 가격인 60만 원에 납품한다. 그 잠정 가격은 잘 팔리면 좀 더 올라갈 것이며 잘 안 팔리면 더 내려갈 수도 있다. 심지어 아주 안 팔리면 신제품으로 교체되고 반품 될 것이다.

그 매장 사장은 그 이불 양복장 세트를 진열해놓고 이놈을 얼마 받을까. 고심하다 일단 150만 원이라는 가격을 잠정 책정해놓는다. 단, 백화점처럼 정찰 가격 딱지는 절대 붙여놓지 않는다. 고객들의 옷차림이나 신분, 말투나, 취향에 따라 눈치 코치로 값을 불러야 하기 때문이다. 생산 원가 20만 원인 이불장, 양복장 세트가 일단 150만 원으로 둔갑한 것이다. 그러다 부부가 찾아와 남자는 그냥 사자고 하지만 극성맞은 마누라가 극성맞게 깎아대면 결국 180만 원에서 30만 원 깎아주고 거기다 신용카드로 결제하려 하면 현금이라면 또 5만 원 깎아 주겠다고 해, 그 원가 20만 원인 깔끔하며 멋지고 실용적인 이불장 양복장은 쌍방 만족해하는 가운데 팔려나갈 것이다. 다른 가구들도 마찬가지다.

그러나 이른바, 이름깨나 있는 가구회사의 메이커 제품이나 대기업 계열의 브랜드 가구 제품들은 전문 디자이너들이 심혈을 기울여 개발해 검토와 심사를 거쳐 회장으로부터 최종 결재가 떨어지면 최첨단 공작 기계들이 완비한 초대형 가구 공장에서 신기술로 제작돼, 고급 가구 매장이나 일류 백화점 또는 자체 메이커, 브랜드 전문 매장에 전시돼 정찰제로 팔려 나간다. 엄청 비싸긴 하지만 그런대로 제 값은 한다. 결국 그와 같은 기성 제품들인 목가구들의 선택은 소비자들이다. 참고하시고 알아서 선택하시길.

그렇게, 디자이너도 아닌 삼촌이 고심 끝에 완성한 설계도를 현장소장에게 보여주자 현장소장은 놀래고 감탄하며 장, 목수 이걸 정말 자네가 직접 그렸나? 그럼, 저 말고 또 누가 있나요? 하나마나한 소리고, 당연한 대답이다. 그걸 누가 몰라서 묻는가? 정말 이대로 만들 수 있단 말이지? 또 하나마나한 소리였다. 물론이지요. 마음에 드시냐는 얘깁니다. 들다마다 내 어떤 지원이라도 해줄 테니 한번 만들어보게. 큰 소리 치지 말고, 아, 염려 붙들어 매시라니까요. 사실, 삼촌도 믿는 구석이 있었다.(바로 그 콘서트 목공소를) 그렇게 삼촌은 그 콘서트 목공소에서 잡부한명을 데리고 그 초대형 카운터를 삼단으로 나눠 제작하기 시작했다.

그러나 문제가 있었다. 바로 그 카운터를 깔끔하고 고급스럽게 마감할 수 있는 '무늬목'과 천연접착제인 '아교'가 과연 그 인구 30만의 소도시인 타북에 있느냐다. 그러나 삼촌이 원하는 것은 천연 접착제인 '아교'와 티크, 마호가니, 오크목 같은 최고급 목재에서 벗겨낸 무늬목이었다. 따라서 삼촌은 시내로 나가 건축 자재 상점을 찾아다니기 시작했다. 그러나 쉽게 구할 수 있는 물건들이 아니었다. 그나마 마음에 드는 무늬목을 구할 수 있었다. 티크도, 마호가니도, 삼촌은 그 두 가지를 놓고 또 고민했다. '티크' 무늬목은 일반적으로 널리 쓰이는 고급 무늬목으로 그 발그레한 색깔과 현란한 '원목자체'의 무늬나 옹이는 없지만 간결하면서도 고급스런 줄무늬들로, 고급무늬목으로서 손색이 없다. 반면, 마호가니 무늬목은 최상급 무늬목으로 색깔도 좀 더 짙은 붉은색이며 무엇보다 옹이까지 분포돼 있고 그 나이테까지 선명한 원목 그대로의 무늬들은 그야말로 죽여준다. 좀 요란하다 싶을 정도로. 따라서 각기 장, 단점이 있어 사용자들의 취향과 분위기에 걸맞은 선택의 문제가 있다. 삼촌은 마호가니 무늬목을 선택했다.

하렘의 그 죽여주는 선녀 같은 미모와 몸매들로 온갖 현란한 색깔의 매미 날개 같은 하늘거리는 치장으로 춤을 추는 모습이 떠올랐기 때문이다. 그런 뇌살적인 춤을 추는 모습을 비스듬히 누운 채 기다란 물 담뱃대를 입에 문채, 마치 마약에라도 취한 듯 비몽사몽으로 감상하는 뚱뚱한 아랍남자의 모습도 그와 같은, 죽여주는 현란한 아름다움이 그 마호가니 무늬목엔 있었던 것이다. 문제는 '아교'였다. 도대체 이 잡듯이 뒤져도 구경할 수가 없었다. 화공제품인 본드는 많았지만, 사실 아교는 사용하려면 참으로 귀찮고 번거로운 가공과정을 거쳐야만 한다. 한마디로 '차라리 앓는 이 죽지'다. 그러나 장인들에겐 필수 천연 접착제다. 그러나 한 재료상에서 하늘의 도우심인지 그 아교를 찾을 수 있었다.

그 재료상 주인은 언젠가 한 동양인 보따리 장사꾼이 그 '아교' 짐 보따리를 메고 와 세상에서 최고의 천연 접착제라며 들여놓으면 언젠가 이 아교를 찾고 알아보는 사람이 있다면 틀림없이 얼마든 달라는 대로 줄 것이라는 바람에 들여놓았는데 몇 년 동안 찾는 사람이 없었는데 오늘 임자를 만났다며 삼촌의 눈치를 살피며 좀 비싼데 삼촌은 달라는 대로 줄테니, 얼마냐고 하자 역시 그렇군, 하며 부르는 대로 있는 것만도 감사해 한 푼도 깍지 않고. 본드보다 열배나 비싼 값을 지불했다. 또한 양이 충분하긴 했지만 혹시 몰라 싹쓸이를 했다는 것이다. 그 '아교' 값만 해도 십오만 원이 넘었다. 본드로 붙인 무늬목은 왠지 도배한 것만 같다. 그러나 '아교'로 붙인 무늬목은 그야말로 원목 그대로다.

그러나 삼촌이 신경 쓸 문제가 아니었다. 그 돈은 그 누구 돈도 아닌 회사 돈으로 경리도, 금도끼냐, 은도끼냐, 니 돈이냐, 내 돈이냐, 다가져라, 소장이 달라는 대로 주라고 했기 때문에 삼촌은 '아교'값은 이십만 원, 마호가니 무늬목 값은 삼십만 원, 각각 오만 원+십만 원을 뻥 튀겨 뻥땅쳤다. 물론 경리에게는 뇌물로 담배 한 보루를 선물했다. 또 살 장식이나 공구들도 있어 또 뻥땅치기 위해 삼촌도 어디까지나 세상 구경하며 돈도 버는 뽕도 따고 임도 보러 온 것이지 일만하러 온 것이 아니었기 때문이다.

마침내, 그 세 쪽의 초대형 카운터는 10일 만에 백골이 완성 되었다. 남은 일은 '칠' 뿐이었다. 만약 그 콘서트 목공소의 최신형 공작 기계들이 아니었다면 그와 같이 타원형이며 입체적인 초대형 카운터 제작은 불가능 했을 것이다. 국내라면 몰라도, '칠'도 삼촌은 일가견이 있다. '칠' 기술자도 없었지만 번쩍번쩍 찬란하게 빛나는 유광 락카 칠로 할까, 중후하면서도 묵직한 느낌의 무광으로 할까, 하다 아무래도 민원인들의 눈길을 사로잡는 유광보다 편안하며 품위 있고 눈도 피로하지 않을 무광으로 결정하고 보통, 예닐곱 번이면 될 칠도 열 번이 넘게 칠했다. 칠할 때마다 마르면 사포질을 구석구석한 다음 또 칠하고, '칠'은 서너 번 해봐야 한 것 같지도 않다. 몸체가 모두 빨아먹기 때문이다. 대여섯 번은 해야 그나마 칠 발이 받는다. 그 후에도 여러 번 칠해야 비로소 '칠'이 제대로 빛나기 시작한다. 특히 원목이나 무늬목의 결이나 무늬들이 선명하게 살아난다. 색깔도. 특히 카운터의 전면 상부에 타원형이자 반달 모양으로 가공해 붙인 미송 원목은 삼촌이 도치 램프로 적당한 불길의 세기로 골고루 쏘여가며 태우며 지져대면 목공기술의 한 분야다. 거문고나 가야금을 제작하는 장인들은 그 오동나무 거문고 통판을 손대패로 깨끗이 가공한 다음, 도치 램프 대신 큼직한 인두로 매끈하게 가공된 오동나무 통판을 골고루 지져 댄다. 그러면 그 오동나무 판은 줄 결은 더욱 검어지고 그 사이사이 부드럽고 여린 부분들은 반대로 좁아 들며, 줄 결들은 더욱 도드라져 보이며, 여린 부분의 살들은 황갈색으로 변해 그 오묘한 색깔들의 신비로운 조화는 그야말로, 보는 이들의 넋을 빼놓는다. 거기다 무광

옻칠로 마감하면 한마디로 금상첨화다. 그런데다 천하일색 황진이가 그 고운 한복을 그러한 거문고와 차려입고 옥 같은 손길로, 몸살 나는 눈웃음을 흘려대며 띵따다딩, 가야금을 탄주해댔으니 '도성의 양반 님네 난봉꾼들이나 천하의 벽계수'도 어찌 환장하지 않을 수 있었겠는가?

삼촌이 도치 램프로 태우며 지져댄 그 타원형이자 반달 모양의 미송 원목도 '칠'을 빨아 먹을 대로 빨아 먹고 난 후 덧칠이 계속되자, 그 빛나는 미송의 선명한 무늬 결은 삼촌이 상상한 그대로였다. 마침내 '칠'도 모두 끝내고 그 세 쪽의 카운터를 나란히 맞춰 놓았을 때 삼촌은 가슴이 뿌듯했다. 자신이 보기에도 믿기지 않을 정도로 훌륭했기 때문이다. 그 10여 미터에 이르는 초대형 카운터는 마치 '나 어때유? 멋있쥬?' 하는 것만 같았다는 것이다.

그렇게 칠까지 완성되고 완벽하게 맞춰진 카운터의 모습이 현장소장과 공구장, 과장, 대리, 기사 앞에 공개되자, 그들은 한마디로 입 벌린 바보들이었다. 그 빛나는 카운터는 다시 삼단으로 나눠져 트레일러 바닥에 100mm의 스티로폼을 깔고, 담요로 덮여진 위에 신주 모시듯 얹혀 행여 다칠라, 다된 밥에 코 빠뜨릴라, 거북이처럼 시청으로 출발했다. 삼촌과, 방글라 여섯 명을 태우고, 소장이 승용차로 에스코트 하는 가운데, 시내로 접어들자 행인들과 덩달아 점포, 건물 사람들은 길가에서, 점포 입구에서, 건물 입구에서, 창문에서 생전 처음 보는 그 진기한 광경에 하나 같이 입을 벌린 채 얼뜨기들이 되었고, 애새끼들은 손뼉을 쳐대며 그 트레일러를 뒤따르고 있었다.

이윽고, 카운터는 시청장이 지켜보는 가운데, 시청 민원실 바닥에 안착했다. 민원실의 1/3지점에 양쪽으로 '5mm'의 틈새만 남은 채 그 카운터는 빈틈없이 맞춰졌다. 두 군데의 접합 부분도 나사못으로 빈틈없이 밀착되고 바닥에도 요지부동으로 고정시킨 후 마지막으로 양쪽 5mm의 틈새도 '코킹'으로 깔끔하게 마감했다. 완벽한 설치이자 마무리였다. 삼촌은 14칸의 '서랍'들과 네 곳의 문짝들을 한 번씩 열어 보고 닫은 후 역시 한 번씩 Key로 잠갔다 열어 놓은 후 번호표가 붙은 그 18개의 Key다발을 시청장에게 넘겨주곤 두 손을 탁탁 털곤, 그 카운터의 제작, 설치, 인수인계가 끝났음을 선언했다. 드디어 마침내 그 카운터의 대장정이 끝난 것이다.

순간, 지켜보던 시청장을 위시해 시청 직원들과 수많은 민원인들의 박수갈채와 환호성이 터져 나왔다. 한참 후, 그 민원실을 가로막고 놓인 그 아름답고 우아하며 고급스러우며 품위 있는 초대형 카운터 앞, 한가운데엔 시청장과 삼촌, 현장소장과, 공구장, 과장, 대리, 기사와 반대쪽은 부시장, 시청 직원들이 어깨를 나란히 선채 기념 촬영이 벌어졌다. 수많은 민원인들이 지켜보는 가운데. 그때 뒤편 벽엔, 사우디아라비아의 국기와 태극기도 걸려 있었다. 곧바로 현장소장과, 삼촌에겐 시청장의 사인이 담긴 감사패와 삼촌의 이름이 담긴 감사패와 표창장, 금일봉이 수여 되었다. 그 금일봉 속엔 '천불'이 들어있었다. 그 사진들을 나는 갖고 있다. 그때 또 한편엔, 그동안 눈총만 받아오던 낡고 볼품없는 곧 쓰레기가 될 수밖에 없는 불쌍한 카운터가 말없이 눈물을 흘리고 있었다.

아마도 그 이후론, 그 타북 시민 또는 사우디 그 나라 사람들도 그 카운터 앞에서 설사, 세금계산서나 사랑하는 사람의 사망 증명서를 주고받으며 우울해 하는 그들의 마음을 그 카운터는 달래줄 것이며, 거기까지 찾아간 외국인들의 여행에 지친 몸과 마음도 상쾌하고 활력 넘치게 되살려 줄 것이다.

그 카운터(작품)는 나아가 먼 훗날 어쩌면 박물관이나 미술관으로 옮겨져 전시돼 아리따운 안내양은 관람객들에게 이 카운터(작품)은 거룩하신 '알라'께서 인도하신 동양의 아침의 나라 신비의 나라 코리아에서 오신 젊은 장인이 직접 만들어 우리에게 선물한 작품으로 그 제작년도는 1986년이며, 젊은 신기의 장인은 '장○○'라고 옷깃을 여미며 설명하리라. 왜냐하면 삼촌은 그 카운터의 안쪽 한 구석에 1986년 '장○○ Korea'라고 새겨놓았기 때문이다. 나를 잊지 말라고. 그들에겐 전설이 될 것이다.

또 본의 아니게 삼촌은 애사원, 애국자가 되고 말았다. 대. 현대건설은 차후 타북시에서 발주하는 건설 건축공사는 그 기술과 신용으로 0순위로 수주하게 될 것이다. 10월말, 3개월에 한 번씩 있는 행사에서 삼촌은 두 동의 가설공사, 획기적인 철근 시공과 그 카운터를 제작한 공로로 삼촌이 추천한 직속 딱가리 방글라와 함께 모범근로자 표창장을 받았다.

그러나 그 상금도 없는 낯간지럽기 만한, 삼촌에겐 우는 아이, 공부 잘하는 아이에게 사탕하나 주듯 하는 그 표창장은 버릴 수도, 화장실에 가져갈 수도 없는 종잇조각에 불과했다. 차라리 표창장대신 담배 몇 보루라도 주었다면 좋았으련만, 그러나 반면 대학을 고학으로 졸업하고 선생님까지 되었지만 그것도 먹고 살기 힘들어 체면이고 자존심이고 뭐고 빚까지 얻어 브로커에게 돈을 쓴 끝에 외국회사인 현대건설의 6개월 시한부, 해외 취업에 성공해, 그나마 그러한 자신을 눈여겨보고 9명 동료들의 대표인 직속 딱가리로 발탁한 삼촌이 추천까지 해준 덕분으로 받게 된 그 표창장은 그에게는 6개월 연장은 물론 나아가 일 년이란 재취업도 보장해주는 그야말로 꿈에 그리던 보증서이자, 대대로 전해질 영광스런 가문의 증표였다.

따라서 그는 2년의 해외 취업을 무사히 마치고, 금의환향해 그에 그치지 않고 자수성가해, 어쩌면 '방글라데시'의 정주영 회장과도 같은 인물이 될지도 모른다. 더불어 그는 자신이 성공의 길을 갈 수 있도록 이끌어준 삼촌을 평생 은인으로 기억할 것이다. 사실 의사와, 의지와는 상관없이 받게 되는 표창장이나 훈장은 부담스러워하며 원치 않는 사람에겐, 그저 종이 한 장이나 고철 덩어리에 불과할 뿐이다. 진짜 '금'도 아니고, 그러나 나름대로 의미가 있긴 하다. 이를테면 표창장은 몰라도 훈장은 만약 어쩔 수 없는 사정으로 잘못을 저질러도 그 '형'을 감면 받거나 사면 받을 수도 있기 때문이다. 표창장도 그냥 먹고 떨어져라 가 아니다. 필요시엔 다 그 값을 하기 마련이다. 보험이나 마찬가지다. 삼촌이 소 닭 보듯 한 그 표창 값과 보험금은 나중에 타먹게 된다.

중동근로자들의 막사 생활

어쨌거나 삼촌은 자신의 갈 길을 가면서도 자신과 같이 갈 길을 가고자 하는 사람은 결코 외면하는 사람이 아니었다. 말하자면, 삼촌이 내딛는 한걸음, 한 걸음은 그냥 사라지는 발자취들이 아니었던 것이다. 일류 목수로서 할 일을 마치고 또 다시 철근시공을 하던 그 무렵, 태국 근로자 50여 명, 방글라데시 근로자 100여 명, 한국인 근로자 70여 명의 숙소이자 캠프에는 태국 근로자 숙소 두동과 식당 한 동, 방글라데시 근로자 숙소 3동과 식당 한 동, 한국 근로자 숙소 3동과 식당 한 동, 회사직원 숙소 한 동과, 별도의 현장소장 숙소가 있었다. 그 중 삼국 근로자들의 숙소 동 들은 빼치카 대신 24시간 돌아가는 에어컨들이 갖춰진 군대 막사와 똑같이 생긴 막사들로 한 동에 25~30여 명이 기거하고 있었다.(중동 건설 현장의 모든 막사들도) 따라서 근로자들의 숙소 내부도 군대 막사와 마찬가지로, 중앙은 통로이며, 양쪽은 기다란 침상으로 침상 위 양쪽 벽으로는 역시 기다란 관물대가 설치돼 있어 그 관물대속에 각자 자신의 옷가지 등 소지품들을 보관 사용하고 있었다. 그 침상에는 매트리스와(일 년 동안의 이부자리) 담요가 깔려 있어, 칸막이도 없는 그 침상에서 근로자들은 양쪽으로 적당한 간격으로 15여 명씩 최소 일 년을 생활해야만 했던 것이다. 정든 사람들과 사랑하는 가족들과 떨어져 알기나 하는지.

그러나 처음엔 설렁하던 그 통로나 침상은 그대로지만, 관물 대는 그대로가 아니다. 그 관물 대 위에는 현장에서 일하면서(목수도 아닌데.) 필요 하면 구하고 없으면 만들기 마련이다. 어디선가 주위 오든, 훔쳐 오든 목재나 합판을 직접, 또는 목수에게 부탁해서든(담배를 바쳐서라도) 용케도 잘라낸 목재나 합판 쪼가리들을 숙소로 가져와 휴일 날 뚝딱뚝딱 박아 이른바 제멋대로인 관물함(BOX)들을 만들어 각자 관물 대 위에 올려놓고 사용한다. 그 관물 BOX는 문짝도 있고, 속엔 선반도 있다. 문짝에도 자물쇠를 달아 놓는다. 참으로, 웃기는 BOX들이지만, 목수가 아닌 근로자들에겐 어엿한 일 년 짜리 살림살이 이자 가구들이다.

또한, 그 관물 BOX 안이나 옆에는 매월 가불하는 10만 원 중 나머지는 집으로 송금된다. 담배 값만 빼고 몇 달 동안 모은 돈으로, '70여 명 중 50여 명'은 너도나도 소니, 야마하, 도시바 등 일제 카세트, 콤퍼넌트 또는 스피커까지의 오디오 세트들을 장만 진열해 놓고 틀어대, 그 당시 중동 건설 현장의 한국 근로자 숙소에선 밤이나 낮이나 한국 가요들과 당시 유행가와 인기 히트곡들이 그 숙소에서 울려 펴지고 흘러나

왔다. 그렇게 밤이나 낮이나 울려 퍼지고 흘러나오는 노래들은 중동 근로자들에겐 그 무엇보다 중동의 그 살인적인 무더위와 일에 시달리며 싸인 스트레스와 시름과 향수를 달래주던, 국민가요들이자 애창곡들이었다. 따라서 그러한 노래들은 당연히 그 시대 그 시절 한국 가요계를 주름 잡던 기라성 같은 김연자 등과 이미 타계했거나 원로 가수들의 꿈엔들 잊을 수는 없는 흘러간 영원한 국민 애창곡들이었다. 그 중에서도 그 당시 전 중동 건설 현장에서 단연코 랭킹 1위의 최고 인기곡의 가수는 바로 '엔카'의 여왕 김연자였으며, 그녀의 다이내믹하면서도 기교 있는 히트곡들이었다. 적어도 1986년 중반까지는.

그런데 1985년 중반 작곡가 '김준규'의 권유로 이름도 없고 낯도 코도 모르던 '주현미'란 무명 가수가 그 독특한 음색과 창법으로 취입한 '쌍쌍파티' 메들리가 선풍적인 인기 속에 대히트를 치며 대한민국 전국 방방곡곡에 울려 퍼지며 한동안 침체 돼 목마르게 슈퍼스타를 고대하던 한국 가요계에 그 '주현미'란 무명 여가수는 혜성과 같은 신성으로, 도대체 '주현미'가 누구냐! 하는 폭발적인 세인들의 관심 속에, 그녀가 화교 3세이자 약사라는 사실이 알려지면서 그녀는 이른바 약사 가수라는 닉네임으로 일약 톱스타로 발돋움 하며 그 여세를 몰아 연이어, 그녀는 정식가수로서의 데뷔곡인 '비 내리는 영동교'와 역시 계속된 '신사동 그 사람' 등이 센세이셔널한 공전의 대히트를 기록하며 약사 가수이자 '주현미'란 여가수는 한국 가요계를 주름잡는 가요 퀸이자, 대가수로서의 전성시대를 맞이하게 된다.

그때부터 그녀의 전성시대의 무대는 비단 국내뿐만 아니라 그 당시 전 중동의 건설 현장에도 새바람을 몰고 와 그때까지 기라성 같은 여타 가수들을 압도하며, 최고의 인기 가수이자 랭킹 1위였던 영원할 것만 같았던 엔카의 여왕 김연자도 속절없이 그 1위 자리를 '주현미'에게 내주고 만다. 말하자면 '주현미'의 전성시대의 무대는 그 시대, 그 시절, 전 중동 건설현장의 한국 근로자들의 수천 동 숙소 안이기도 했다는 얘기다. 그녀는 다시 말해서, 영원한 국민 가수 이미지와 더불어 그 당시 그 수많은 중동 근로자들에겐 국민 가수이자 애국 가수였다.

그러나 그와 같이 수많은 중동 근로자들의 무더위에 시달리고 일에 지친 시름과 향수, 쌓인 스트레스 등을 달래주던 '낙'과 즐거움은 주현미의 노래들만이 아니었다. 휴일 날 휴게실에서 세상에서 제일 편한 자세로 자빠져, TV나 비디오 영화를 보는 것, 또한 낙이었다. '새삼 무슨 소리냐' 하겠지만 그 비디오 영화는 그냥 영화가 아니다? 이른바 쌕쌕이다. 태평양 전쟁 당시, 일본군들에게 팔려갔던 위안부 대신이란 얘기다. 아무리, 어찌 그럴 수 있냐 하는 말 따위는 하나마나한 너라면? 하고 몰매 맞을 소리다. 인간의 원초적 욕망은 어쩔 수가 없다. 막는다고 막을 수 있는 일이 아니다. 따라서 회사로서도 어차피 그럴 바엔 더 큰 사고를 미연에 방지하기 위해서라도 아예 쌕쌕이 필름을 제공해 주고 구경을 허용한다. 단, 휴일 날에 한해 '바레인'에서도 그때는 근로자들이 용케 필름들을 구해 숙소에서 몰래 돌려가며 보았지만 구경 값을 내며 '담만'에서는 회사가 제공해 주었고, 제다에서도.

그러한 회사들이 근로자들이 부도덕 하다느니, 하는 말은 그 경우엔 적용될 수도 할 수도 없는 말이다. 그럴 때면 휴게실은 한국인 근로자 외는 출입금지다. 또한 창문 안에서 담요로 가려 놓는다. 그러나 창문 밖에선 태국, 방글라데시 근로자들이 창문에 새카맣게 달라붙어 창문과 담요 틈새로 훔쳐본다. 약간은 틈새를 내놓기 때문이다. 그렇게라도 해놔야 그나마 그들을 잠재울 수가 있다. 또 있다. 또 뭔데? 휴일이면 근로자들은 숙소에서 장기나, 바둑, 또는 담배 가치 내기, 고스톱을 치기도 하지만 한편으론 시내로 구경이나 쇼핑을 나가기도 하며, 또 한편으로는 '홍해' 바다로 놀러가기도 했다.

별천지 홍해 바다

　'홍해' 바다는 타북에서 160km 떨어진 곳으로 회사버스로 2시간 반 정도 걸리는 곳이다. 또한 1700km에 이르는 아라비아 반도와, 마주보는 이집트의 사이에 있는 바다로 그 폭은 200km이다. 따라서 홍해 바다는 길쭉한 고구마 같이 생긴 바다. 홍해라는 이름도 시뻘건 태양이 질 때 그 붉은 빛이 바다를 물들여 붙여진 이름이다. 그러나 홍해 바다는 그럴 때 말고는 푸르기만 한 바다다. 휴일 날 그러한 홍해 바다로 놀러가려면 일찌감치 준비한 후 '자루나 작살, 물안경, 물 호스' 등 식당에서 마련 해주는 김밥과, 음료수, 과일들을 챙겨 9시쯤 출발하게 된다. 그때 회사 버스에는 50여 명 정도가 올라탄다.

　버스가 도착한 홍해 바닷가는 사실 별로 보잘 것이 없는 그냥 망망대해일 뿐으로 뒤로는 숲도 나무도 인가도 구경할 수 없는 메마른 사막일 뿐이다. 해변 가도 사막과 연결된 밋밋한 지형으로 10여 미터의 해변도 모래사장이라기 보단 자갈밭이다. 처음엔 '도대체 뭐 볼게 있다고 이런 곳에 왔나? 수영이라도 하러왔나?' 할 정도다. 다만 좌, 우로는 그와 같은 지형의 해변이 한도 끝도 없이 펼쳐져 있다. 그러나 팬티 차림으로 물안경을 쓰고, 물 호스를 물고 자루와 작살을 들고 바다에 들어가면 얘기는 달라진다. 50여 미터까지 들어가도 그 깊이는 가슴팍 깊이다. 그런데, 그 걸어 다녀도 되는 그 바다가 바로 하얗고 울긋불긋한 색깔의 온갖 기기묘묘한 나뭇가지 같기도 하고 부채나 꽃다발 오밀조밀한 모양들과 심지어, 사람의 '뇌'모양까지의 그야말로 산호들의 별천지자 별세계였다. 더군다나 그러한 산호 숲과 밭을 헤치고 누비며 그 크고 작은 똥그란 눈과 입을 벙긋거리며 한가로이 돌아다니는 역시 이루 말할 수 없이 현란한 형형 색깔의 줄무늬들과 넋과 혼이 달아날 수밖에 없는 그 온갖 기기묘묘한 형상의 열대어들은 그야말로 환상이었다. 한 마디로 그 바다는 거대한 열대어들의 수족관 그 자체였다. 그런데다 손바닥만 한 놈이 바로 눈앞에서 마치, 너 누구니? 하는 듯이 입을 뻥긋 거리며 그 똥그란 눈으로 빤히 쳐다볼 땐 그냥 죽여줬다. 어! 이놈 봐라? 손으로 잡아보려 하면 슬그머니 피하긴 하면서도 '메롱' 나 잡아봐라, 도망가지도 않았다. 두 시간 반이 아니라, 열 시간이라도 달려갈 수밖에 없는 홍해 바다였다. 뿐만이 아니었다. 그 별천지 같은 산호 숲과 산호 밭, 모래, 자갈밭에는 주먹만 한 소라들과 손바닥만 한 대합들이 널려 있었고 어쩌다가는 어린애 머리통만한 대왕조개와 뿔 고동도 심심찮게 발견되곤 했다. 보물찾기가 따로 없었다. 그 홍해 바다는 보물섬이 아니라 보물 바다였던 것이다.

근로자들은 여기저기서 그러한 조개들을 잡는 게 아니라 건져 올려, 물 밖으로 들어 올려 환호하며 자루 속에 담기 바빴고 작살로는 맘에 드는 산호의 밑 부분을 후비고 쑤석거려 따서는 역시 자루 속에 담았다. 손바닥만 한 열대어도 작살로 꿰뚫어 파닥거리는 놈을 빼내 자루에 담기도 했다. 그러나 삼촌은 그 환상적인 형형 색깔과 그 황홀한 온갖 기기묘묘한 천연 형상의 열대어만큼은 같이 희롱하며 놀았을 뿐 결코 손대지는 않았다. 그러한 하늘이 주신 열대어를 그것도 작살로 꿰뚫어 잡는 행위는 삼촌에겐 천인공노할 죄악일 뿐이었다. 등푸른 생선도, 쫄깃쫄깃한 오징어도 아닌데.

그러나 그러한 보물조개들도 진짜 보물조개인 '보○조개'와는 비교할 수도 없었다. '보○조개'는 참으로 묘하게 생긴 놈이다. 그 홍해 바다를 두 번 이상 가는 근로자들의 진짜 목적은 바로 그 '보○조개'를 잡는 일이었다. 하지만 그 '보○조개'는 보물조개답게 그리 쉽게 잡히는 놈이 아니었다. 그 '보○조개'의 새끼는 손가락 마디만 하지만 클 만치 크면 보통, 큰 계란만 하다. 그러나 아주 큰놈은 극히 드물지만 어른 주먹만 하다. 그런데 참으로 놀라운 것은 그 모양과 색깔이다. 그 몸통은 계란형으로 타지마할은 저리가랄 정도로 완벽한 좌, 우 대칭이다. 또한 그 검붉은 몸통 색깔과 균일하게 분포되어있는 검은 점백이들도 매끈하게 달인 명인들이라 할지라도 그대로 재현해 낼 수는 결코 없는 예술적인 천연의 아름다움으

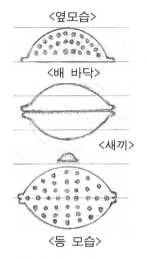

<옆모습>

<배 바닥>

<새끼>

<등 모습>

로 그 무엇도 따라올 수 없는 오묘한 신비로움의 극치라 아니 할 수 없다. 따라서 근로자들은 갈 때마다 그 '보○조개'를 잡고자 눈에 불을 켜고 혈안이 되어 돌아다니지만, 그놈도 본능적으로 숨는데 도사인지라 도무지 잡히지가 않았다. 50여 명 중 기껏해야 대여섯 명이 그것도 운수대통하고 반대로 정신 줄을 놓고 있던 멍청한 '보○조개'라야만 어쩌다 잡힐 뿐이었다. 한 개나, 두 개 정도, 삼촌도 처음엔 도무지 잡을 수 없었다. 도대체 보여야 잡지.

삼촌은 생각했다. 그 '보○조개'를 잡은 동료에게 물어보았다. 어떤 곳에서 잡았느냐고, 그 결과 삼촌은 다음과 같은 결론을 얻었다.

첫째. 자갈들이 깔린 깨끗한 모래밭을 맑은 바닷물이 교류하는 곳.

둘째. 그러한 조건 속에 납작한 돌이나 적당한 크기의 오목한 모양들이 분포된 돌멩이들이 깔려있는 곳.

셋째. 주변에 새끼들이 한두 개라도 있는 곳.

넷째. 자잘 자잘한 자갈들이 깔려있는 깨끗한 모래밭, 또는 약간은 동그스름한 모양의 모래밭.

그때부터 삼촌은 그런 곳만을 집중적으로 조사하기 시작했다. 납작하거나 울퉁불퉁한 돌들을 들춰보거나, 이상하다 싶은 자갈들을 헤쳐보거나 왠지 모르게 자연스럽지 못한 모래밭을 파헤쳐 보거나 하는 등이었다. 그 결과 삼촌은 두 시간 동안에 자그마치, 계란만한 놈 4개와 주먹만 한 한 놈을 잡을 수 있었다. 동료들은 하나같이 무슨 놈의 재수가 그리 좋으냐며 부러워했다. 또한 도대체 어떻게 잡았느냐고 캐물었지만 삼촌은 그저 재수가 좋았을 뿐이라며 그 비결은 입도 뻥긋하지 않았다. 그때부터 동료들은 사정하기 시작했다.

하나만 달라고, 어림도 없는 소리였다. 다음은 팔라고, 마누라에게 선물한다. 애인에게 선물한다. 하나밖에 없는 딸내미에게 준다. 삼촌은 못이기는 체, 개당 담배 한 보루와 맞바꿨다. 그때부터 담배를 사서 피울 필요가 없었다. 그 담배 보루도 남으면 팔아먹었다. 왜냐하면 그 홍해 바다에 가기만 하면 그 보물 '보○조개'를 최소한 대여섯 놈은 잡을 수 있었기 때문이다.

그렇게 근로자들은 그 홍해 바다에 갔다 오기만 하면 각자 자루에 담아온 산호들과 뿔 고동, 대왕조개, 대합, 소라들과 '보○조개'들을 잡았다면 먼저 '보○조개'는 자신만이 아는 비밀장소 '모래 속'에 파묻고 '최소 3일' 지난 후, 나머지는 즉시 세면장으로 가서 수도꼭지를 세차게 틀어놓고 먼저 산호들부터 세척하기 시작한다. 행여나 가지하나 날아갈라, 울퉁불퉁한 머리 하나 떨어질라 신주 모시듯 하며 사실 산호들은 바닷물 속에 있을 때는 더없이 하얗고 울긋불긋 찬란하게 빛나지만, 따는 순간 생명력을 잃어가며 누런 액이 흘러나오며 그 찬란하던 빛과 색깔들이 죽어버리기 시작한다. 따라서 그러한 진물들을 세찬 수돗물로 한참 골고루 씻어내면 다시 그 색깔들은 하얗고 울긋불긋한 색깔을 되찾긴 한다. 그러나 그 색깔들은 다시는 빛나지 않는다. 이미 죽어버린 생명체의 색깔이기 때문이다. 따라서 그렇게 죽어버린 산호는 하얗고 울긋불긋 하긴 하지만, 마치 석고처럼 퇴색해 버린 산호일 뿐이다. 그나마 다시 깨끗한 물 수족관에 담가 놓기라도 한다면 그 색깔들은 조금은 빛을 발할 것이다. 그러나 바다 속에 살아 있는 산호초로서 열대어들의 보금자리만 하겠는가? 그렇게 씻긴 산호는 햇볕에 완전히 말린 후 머리맡 관물 함이나 그 옆에 귀국 때까지 진열된다.

다음은 조개들이다. 조개들은 먼저 소라와 뿔 고동은 꼬챙이로 주둥이를 들쑤셔, 속살들을 끄집어내고 발라내 나중에 구워 먹거나 삶아 먹는다. 몰래 사다 놓은 죠니워커 같은 위스키를 병 딱가리에 따라 굽거나 삶은 조갯살을 초고추장에 찍어 마시고 먹으면 그야말로 진미다. 마찬가지로 대합과 대왕 조개도 칼로 입을 벌려 조갯살을 발라 인간들의 뱃속으로 사라진다. 그런 다음 몸통은 철 부러쉬로 박박 긁어대며 닦아낸다. 그럼 오랜 세월 그 조개들의 몸통에 달라붙어 있던 푸르른 이끼와 이물질들이 닦여 나가고, 그 조개들의 몸통은 본래의 색깔을 되찾아 마치 전복의 속껍질 같은 파르스름하고 노르스름한 울긋불긋한 총 천연 색깔로 빛난다. 그야말로 보물조개다. 역시 햇볕에 말린 후, 부드러운 휴지나 수건으로 문지르며 닦아내면 찬란한 빛을 발한다. 그 조개들은 역시 관물함 속에 신주처럼 고이 모셔놓고 행여나 누가 훔쳐갈까 봐 자물통으로 잠가 놓는다.

  삼일 후, 코와 입을 수건으로 마치 복면처럼 잔뜩 싸잡아 매고 그 뜨거운 모래 속에 파묻었던 '보○조개'를 꺼내, 역시 세면장으로 가져가 세찬 수돗물로 그 '보○조개'의 밑 부분, 밑 부분은 납작하며 가운데가 길게 좁은 틈으로 갈라져 있어, 바닷물 속에서 평소에는 그 입 틈으로 속살인지 헛바닥인지가 삐져나와 자신의 몸통을 휘감으며 무언가 알 수 없는 '액'을 뿜어내며, 자신의 몸통을 코팅한다. 그로 말미암아 그 '보○조개'의 몸통은 그 짠 바닷물에도 삭지 않고 그렇게 찬란하게 빛나게 되는 것이다. 참으로 자연과 조화를 이루는 생명의 신비로움이다. 갈라진 틈 사이를 후벼대면 이미 썩어 흐물흐물해진 속 조갯살이 흘러나온다. 그렇게 한참을 훑어 댄 후, 더 이상 나올게 없으면 비로소 그 복면 수건을 벗고 냄새를 맡아본다. 그 '보○조개'를 처음 모래 속에서 파낼 때 수건으로 코와 입을 막지 않으면 그 고약한 냄새를 배겨낼 수가 없다. 조금만 냄새가 나도 또 다시 수돗물로 쑤셔댄다. 더 이상 냄새가 나지 않으면 그제야 햇볕에 말린 후 역시 휴지나 보드라운 손수건으로 계속 몸통을 문지르며 닦아낸다. 그때 찬란히 빛나는 그 천연 색깔은 전율마저 느끼게 해준다. 명품 고려청자의 그 찬란함도 그에 비할 수가 없다.

삼촌은 귀국할 때, 그와 같은 뿔 고동 2개, 대왕조개 2개, 큰 계란만한 '보○조개' 5개와 주먹만 한 놈 3개를 가져왔다. 그 중 뿔 고동 1개, 대왕조개 1개, 큰 계란만한 놈 3개와 주먹만 한 놈 2개는 내 차지가 되었다. 그러나 삼촌이 그 보물 조개들을 가져오기까지는 미션 임파서블이었다.

중동 근로자들이 귀국할 때는 고민들을 한다. 그 산호들이나 보물조개들을 가져가야만 하는데, 그게 쉽지가 않았기 때문이다. 경험자들에 의하면 무사히 집까지 가져갈 수 있는 근로자는 10명 중 1~2명이었다. 왜냐하면 사우디 정부에서도 자신들의 보물 같은 그와 같은 천연 자원들이 무분별하게 채취되어 해외로 반출되는 것을 좌시하거나 용납하질 않았다. 출국 시 발견되기만 하면 무조건 압수다. 어쨌든 그건 나중 얘기고, 삼촌은 휴게실에서 TV나, 비디오를 보거나 '쌕쌕이'는 토요일 밤에만 볼 수 있다. 시내나 그 홍해 바다로 놀러가거나 아니면 숙소에서 동료 근로자들이 두는 장기, 바둑과 고스톱 또는 카드 노름들을 구경하곤 했다. 그럴 때면 근로자들은 꼭 담배 가치 내기들을 한다. 그러나 삼촌은 같이 하지는 않았다. 해봤자 재미도 없고, 바둑도 어린애 수준들인지라 그냥 구경만 하곤 했다. 내색도 하지 않고, 그렇게 휴일이면 근로자들은 비교적 자유로울 수 있었다. 그러나 삼촌은 자유로울 수가 없었다.

현장소장은 바둑광, 골프광

　현장소장은 골프광이었다. 따라서 소장 숙소에는 개인 화장실과 침대, 양복장과 이불장, TV, 냉장고와 비디오, 컴퓨터는 물론 취미실 인지 응접실인지 바닥엔 푸른 카펫이 깔려 있었고 그 중앙엔 홀 컵을 만들어 놓고 틈만 나면 퍼터로 아이언으로 그 홀컵에 골프공을 집어넣는 퍼팅, 칩샷 연습을 하고 있었을 뿐만 아니라, 숙소 뒤편엔 전면만 탁 트인 가건물을 만들어 놓고 한도 끝도 없는 사막 벌판엔 50m 간격으로 300여 m까지 횟가루로 부채꼴 모양으로 그려 놓고 200여 개의 골프공들이 담겨 있는 양철통에서 '방글라'가 쪼그려 앉아 한 개씩 '티'위에 올려주면 '드라이버'나 '아이언'으로 티샷을 휘둘러 쳐대곤 했다.

　그렇게 한바탕 한 시간 정도 쳐대고 나면, 방글라는 빈 양철통을 들곤 그 사막 벌판에 제멋대로 날아가 흩어져 있는 그 200여 개의 골프공들을 뙤약볕에서 주워 담아 와야 했다. 거기까진 삼촌은 그 불쌍한 방글라가 그 200여 개의 골프공들을 쪼그려 앉아 '티'위에 올려 주든 말든 그 사막 벌판을 땀을 뻘뻘 흘리며 주워 담든 말든, 소장이 골프공들을 홀컵에 집어넣든 말든, 휘둘러 대든 말든 신경 쓰거나 상관할 일이 아니었다.

그러나 신경 쓰고 상관할 수밖에 없게 되었다. 그 골프광은 바둑도 광으로 휴일이면 삼촌을 찾기 시작했기 때문이다. 휴게실에서 자빠져 비디오를 보고 있으면, 시내로 나가려고 하면, 홍해 바다로 놀러 가려고 버스에 올라타면, 그놈의 소장 딱가리(노무)가 찾아와 소장님이 찾는다며 제발 좀 가달라고 끌고 가곤 했다. 도무지 알 수가 없었다. 바둑에 '바'자도 모르는 것처럼 내색도 안했는데, 그 골프광이 바둑 광이 자신이 바둑 고수인 줄을 어떻게 알았는지. 그러다 생각이 났다.

삼촌이 타북 현장에 도착해 처음 만난 사람이 바로 그 노무였다. 그 노무와 면담할 때 이것저것 묻고 난 후 무슨 취미나 특기는 있느냐고 물었을 때 무심코 바둑 좀 둔다고 하자, "얼마쯤 두는데요?", "그냥 1급 정도 됩니다.", "그래요?" 그 노무도 바둑 좀 둘 줄 알았다. 3급 정도. "우리 소장님도 꽤나 바둑을 좋아 하시는데 언제 한 번 소개해 드려야겠는데요?" 했던 말이 그제야 아무래도 그 놈의 노무가 소장에게 자신이 바둑 1급이라고 속삭인 모양이구나, 알았다는 것이다. 사실 현장소장만 아니었다면 삼촌은 있을 리도 없지만 맞상대가 아닌 한 상대도 안했을 것이다. 그때 현장소장의 기력은 삼촌이 판단할 때 기원 급수론 3~4급, 인터넷으론 아마 3~4단 정도였다. 반면 삼촌은 기원 초강 1급, 인터넷으론 최고단인 9단, 한국기원 주관 사이트인 사이버 오로에선 최고단인 7단에서도 그보다 한 단계 위인 왕별 7단이며, 공식적으론 한국기원 공인 아마 6단이다. 따라서 현장소장과의 기력 치수 차이는 최소 5점 이상이다. 즉, 삼촌 한 사람에게 소장 5명이 함께 덤벼도 안 되는 새까만 하수다. 그러나 그러한 상대가 조직, 또는 집단의 우두머리일 경우에는, 설사 새까만 하수일지라도 찾고 부르면 상대를 안 할 수가 없다. '갑'이 부르는데 '을'이 거부할 수는 없기 때문이다. 거부하려면 '을'의 신분에서 벗어났을 때만 가능하다. 삼촌은 그놈의 바둑 때문에 시달린 적이 한두 번이 아니다.

사나이로 태어나서

'삼촌의 전성시대' 사나이로 태어나서, 군대에서도 대한민국
국민 4대 의무 중 하나인 병역의 의무는 해당자라면 누구나
가야만 한다. 그럼에도 군대는 참으로 말도 많고, 탈도 많고
그로 인해 문제도 많은 곳이다. 나는 거주의 자유가 있다. 기
필코 군대를 가고야 말겠다. 그래 어서 가라. 사지 멀쩡하고
자격 능력만 있으면 삼군사관학교에 들어가 나중 '별'을 달수
도 있다. 내게도 믿을 권리인 종교의 자유가 있다. 그 종교의
교리에 따라 평화, 박애주의자로서 살생은 물론 파리, 개미 한
마리도 못 죽이며 죽일 수도 없다. 따라서 결단코 안가겠다는
것이 아니라 못가겠다. 그래? 그래도 그 믿을 권리인 종교의
자유도 병역의 의무를 지켜냈을 때다. "잔소리 헛소리 하지 말
고 가라.", "헌법 소원하겠다.", "맘 대로해라.", "그러나 안가도
된다는 판결이 나올 때까지는 일단가라. 이 자식아!" 나는 '낫'
놓고 낫일 줄만 알며, 총 놓고도 방망인 줄만 알며, 낫은 풀
베는 도구라는 정도만 알뿐 방망이 어따 쓰는지도 모르는 일

자 무식자다. 데려가 봤자 밥만 축내는 아무 쓸모없는 놈이다. "가고는 싶지만.", "그래? 그래도 군복 입혀놓고 방망이를 들려 세워놓으면 적은 적으로 볼 테니 그런 점에서 쓸모 있으니 상관없다. 가라!", "아무것도 모른다니까요?", "아니 이자식이 상관없다는데 말이 많아. 가고 싶다고 했잖아! 이 자식아."

그런가하면, 사지도 멀쩡하고 삼대독자 외아들도 아니고 기필코 가겠다. 결단코 못가겠다. 신념 따위도 없고, 낮을 보면 ㄱ자가 떠오르고 총을 보면 총알도 떠오르는 일자 유식자면서도, 내 아버지는 국회의원이다. 내 엄마는 대기업의 총수 셋째 첩이다. 그 끗발과 그 돈으로 못 가겠다는 게 아니라 안 가겠다. 아버지도 엄마도 그럼 가지마라 했다. 그래? 아이고 무섭네. 근데 알아보니 비례이고 둘째도 아닌 셋째니까, 가야 하는데요? 비례 국회의원 아드님, 대기업 총수 셋째 첩 아드님? 그래도 끌고 간다면 그 끗발과 그 돈으로 동사무소에서 사단장 딱가리로 아니면 '수경사'에 들어가서 거기서도 남산 꼭대기 경비 초소로 파견 나가서, 헌병 완장차고 꽃놀이 하며 "3년이 아니라, 일 년 길게는 이년 정도만 놀다오겠다.", "그건 알아서 해라 이 자식아. 일단가라! 어쨌든 그런 뺀질이들은 그 떨거지들까지 싸잡아 멍석말이를 해서 먼지가 나도록 줄 타작을 해도 시원찮을 '놈들'이란 말조차 붙일 가치조차 없는 '것들'이다."

반면에 삼촌은 별은 하늘의 별만 알며, 종교의 자유는 그 자체가 속박이며 평화는, 박애는 남이 베풀어줘도 싫고 귀찮고 파리도 귀찮아 흔드는 손에, 개미도 돌아다니다 본의 아니게 스스로 맞아죽고 밟혀 죽여 보았을 뿐, 대한민국 4대 의무 중 하나인 교육의 의무도 초등 의무만 지켜도 되지만 최선을 다해 중등 교육을 마쳤음에도 그것도 모자라 스스로 공부해, 대학 의무자도 잘 모르는 눈에 보이는 태양의 위치는 가짜이며, 태양이 서쪽에서도 뜬다는 사실까지도 알고 있다.(눈에 보이는 태양의 위치는 8분전 위치이며, 북극과 남극에선 태양이 서쪽에서도 뜬다.) 또한 아버지도(내게는 할아버지) 일본에서 배운 철공기술자였다. 끗발이 돈이 있으셨을 리도 없고 이미 아빠, 삼촌이 어렸을 때 돌아가서, 가라마라 하실 분도 하실 수도 없으시다. 해서, 왜? 나는 안 부르나? 하다 삼촌보다 삼 년 앞서 군대 간 아빠가 제대하게 되었을 때 '니' 형은 이제 병역의 의무를 지킬 만큼 지켜, 곧! 보내 줄 테니 이번엔 동생인 '니'가 와라! 해서 그럼 가쥬. 잠은 재워주고 밥도 먹여 줄 테고, 군대라는 동네는 어떤 동넨가? 재미있을 것도 같은데 하고 삼촌은 23살 때 군대를 갔다. 군대는 가기 전엔 차라리 모르는 게 낫다.

너무 많이 알면 겁이 나서 도망가고 싶어진다. 모든 것이 하고 싶지 않은 것만 하라고 하기 때문이다. 그러나 까짓것 (사나이로 태어나서 대한민국 대표 군가) 할 일도 많지만 나라 지키는 영광과 부모 형제가 나를 믿고 단잠을 주무신다는데, 못갈 소냐! 군대는 그런 곳이다. 또한 그래야만 한다. 그렇게 군대를 간 삼촌은, 그래도 사지 멀쩡하고 누가 봐도 장동건인가 하다 아니네, 할 정도의 꼴 새이며 차고 있는 불알

두 쪽의 기능도 오히려 시도 때도 없이 보챌 정도로, 어쨌든 특히 여자라면 꽤나 괜찮고 쓸모 있는 잘난 남자인 것만은 틀림없었다.

삼촌은, 징집 신체검사를 받을 때 동국대학교에서 적성검사를 받았다. 알다시피 삼촌은 중졸이다. 적성검사를 받아 본적이 없었다. 따라서 적성검사는 그냥 적성검사로만 알았다. 문제지를 받았을 때 어이가 없었다. 이것도 문제라고 냈나? 초등학생도 바보도 알 수 있는 문제들이었기 때문이다. 더군다나 20살이 넘은 성인들한테, 제한 시간도 없었다. 그때 만약 그 적성검사가 I.Q 테스트인 줄 알았다면 쉬운 문제들부터 풀며 시간 안배까지 해가며 좀 더 높은 점수를 확보 했을 것이다. 왜냐하면 문제 같지도 않아 여유를 부렸기 때문이다. 삼촌은 글자도 무슨 뜻인지 구구단도, 나눗셈도, 상식도 잘 모르는 사람들이 있다는 사실을 잘 모르고 있었다. 설사 배우지 못했다 할지라도, 그렇다는 사실을 납득할 수 있는 사람이 아니었다. 적어도 그때까지는, 그런데 나온 문제들이 납득할 수 없는 문제들이었던 것이다. 문제들은 모르는 사람도 있을 수 있다는 전제하에 만들어졌을 것이다.

적성검사 'I.Q'는 가급적 순수한 감성과 배움과는 상관없이 이해의 능력을 확인하는 검사다. 따라서 최소한의 사리분별과 기본적인 지식을 습득한 청소년들을 '고등학생' 대상으로 사전 예고 없이 제한 시간도 없이 갑자기 치러진다. 또한 점수도 만점이 없으며 정답도 없다. '다만(보편적 기준 '답' 기준 점수에서)' 객관식 일지라도 선택의 정도에 따라 점수는 차등 적용되며 주관식도 같은 답일지라도 역시 이해 능력인 접근 방식에 따라 점수가 차등 적용된다. 특히 객관식은 각자 감성에 따라 다르게 볼 수도 느낄 수도 있다. 말하자면 문제의 대상을 논리적 수학적 대상으로 보느냐, 느끼냐, 아니면 물리적 예술적으로 보느냐, 느끼냐에 따라 선택은 다를 수도 있기 때문이다. 그 선택을 주관적으로만 판단 한다면 오류일 수도 있다.

따라서 설사, 답을 제시하지 못한 문항도 시간의 결여 탓은 아닌지 판단해 주관적이긴 하지만 감안한 점수가 주어진다. 결론적으로 '적성검사'는 어디까지나 보편적 기준 평가일 뿐 정확한 평가는 내릴 수도 받을 수도 없다. 결과가 어떻든 자만도, 비관도 할 이유 없다.

삼촌의 기억에 의하면 당시 삼촌이 생전 처음 받은 적성검사의 내용은 다음과 같다.

알맞은 표현은? (4점)	알맞은 표현은? (3점)	알맞은 표현은? (4점)	알맞지않은 표현은? (5점)	틀린 말은? (3점)
첫눈이 수북수북	시냇물이 찰찰찰	별들이 쑤군쑤군	이슬비가 이슬이슬	개새끼는 강아지
첫눈이 함박함박	시냇물이 콸콸콸	별들이 소곤소곤	보슬비가 보슬보슬	소 새끼는 송아지
첫눈이 소복소복	시냇물이 졸졸졸	별들이 쏙닥쏙닥	가랑비가 가랑가랑	말 새끼는 망아지
첫눈이 차곡차곡	시냇물이 쫄쫄쫄	별들이 와글와글	소낙비가 소낙소낙	닭 새끼는 닭아지

떡인데 떡이 아닌 것은? (4점)	다리가 둘이 아닌 것은? (3점)	날지 못하는 새는? (5점)	총이 아닌 것은? (4점)	쥐는 쥐인데 쥐가 아닌 것은? (5점)
찰떡	사람은 다리가 둘이다.	극락조는 날개 달린 새다	물총	다람쥐
쑥떡	오리도 다리가 둘이다	구관조도 날개 달린 새다	새총	새앙쥐
호떡	닭도 다리가 둘이다	백조도 날개 달린 새다	눈총	박쥐
인절미	지네도 다리가 둘이다	타조도 날개 달린 새다	딱총	하늘 다람쥐

쪽이 아닌 문은? (4점)	다리는 모두 몇 개? (5점)	2000원으로 무두 한 개씩 사면 얼마가 남을까? (7점)	(8점)
동대문은 동쪽	닭 세 마리	사과 두 개 1,000원	물 깊이 5m의 우물이 있다. 바닥에 있는 개구리는 한 번에 1m를 점프했다 0.5m를 가라앉는다. 몇 번 점프하면 물 밖으로 나올 수 있을까?
서대문은 서쪽	개 두 마리	복숭아 세 개 1,000원	
남대문은 남쪽	고래 두 마리	자두 네 개 1,000원	
북대문은 북쪽	악어 두 마리	살구 다섯 개 1,000원	

〈점점 까다로워 졌다〉 (15점)	
서울에서 부산까지는 450km다. 택시로는 4시간 요금은 10만원 버스로는 5시간 요금은 4만원 기차로는 6시간 요금은 3만원	모두 중간에 타고 내릴 수 있으며 속도, 요금은 평균속도이며 평균값이다.(거리비) 단, 한 번 타면 기본요금은 (가리지 않아도) 택시 5만원, 버스 2만원, 기차 만오천 원이다.
10만원으로 택시 한 번, 버스 한 번, 기차 한 번은 반드시 타야한다.	

이와 같은 조건하에 서울에서 부산까지 가장 빨리 갈 수 있는 시간은? **참고** : 타긴 타되 반드시 가진 않아도 된다.

이 문제는 가장 빠른 시간 15점에서, 가장 근접하는 시간에 따라 점수는 차등 적용된다. (3점씩) 단, 4시간 이내 5시간 이상은 3점이다.

	(20점) ※(25점)	(25점)
※ 가능한 방법을 모두 제시했을 경우. 방법론에 있어 오류가 있거나 가려내지 못할 시 역시 정도에 따라 점수는 차등적용된다.(5점씩) 단, 백지 상태라 해도	똑같은 크기, 모양의 9개의 진주가 있다. 9개 중 8개는 무게도 같다. 한 개의 진주는 8개들 보다 무거운지, 가벼운지는 알 수 없다. 천칭저울에 세 번만 달아 무게가 다른 진주 한 개를 골라내라. 가시적이든, 논리적이든 상관없다. 시도한 자체로 5점 백지상태는 0점 백지상태가 5문제 이내일 경우 시간부족으로 판단. 3점	■ ■ ■ ■ ■ ■ ■ ■ ■ 위 9점은 정사각형이며 간격이 모두 같고 중앙점도 정중앙이다. 연결되는 직선 4선으로 9점을 모두 통과하는 도형을 작도하라.

삼촌은 위 두 문제는 둘 다 당시에는 풀 수 없었다. 설사 충분한 시간이 주어졌다 해도 해도 풀 수는 없었을 것이라고 회고했다. 그러나 훗날 삼촌은 진주 문제는 논리적인 추론 끝에 비로소 풀 수 있었다. 작도 문제는 논리적인 추론만으론 풀 수 없다는 결론에 이르러, 고심한 끝에 고정관념과 상식을 극복하고 문제가 요구하는 도형을 만족시키는 작도를 할 수 있었다. **참고** : 진주 문제는 두 가지 방법이 있다.

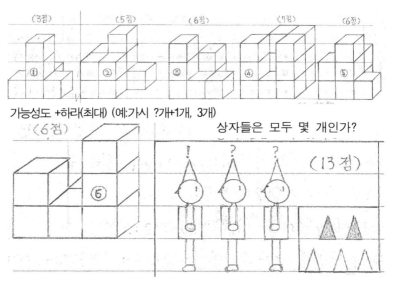

■ 표 첨부

검정 고깔모자 두 개, 흰색 고깔모자 세 개가 있다. 앞만 보고 있는 세 명에게 무작위로 씌워 놓았다. 세 명도 5개 고깔모자의 색깔을 알고 있다. 맨 뒷사람에게 물었다. 자신의 모자 색깔을 ~알 수 없다. 중간사람도 ~알 수 없다. '맨 앞사람은 ~알 수 있다. 논리적으로 설명하라.

결과적으로 삼촌이 놓친 문제는 네 문제였다.

이 문제는 가장 빠른 시간 15점에서 가장 근접하는 시간에 따라 점수는 차등 적용된다. 3점씩 단! 4시간 이내, 5시간 이상은 3점이다.

삼촌은 20점 진주식 별문제, 25점 도형작도 문제는 알쏭달쏭 도무지 알 수 없어 일단 보류, 상자를 세려할 때 모두 동작 그만! 하며 뒤에서부터 답안지를 걷기 시작했다. 삼촌은 그때 중간책상에 앉아있었다. 서둘러 그냥 보고 느낀 대로 상자 개수를 써나갔다. 답안지를 걷어가는 바람에 상자 두 문제를 놓쳤다. '삼촌은 답을 쓴 나머지 문제들은 거의 다 맞았으리라 확신했다.'

지금의 징집 대상자들은 어느 정도는 나이와 학력 등이 평준화 되었다고 볼 수 있다. 또한 문맹내지 국졸은 결격사유이기도 하다. 그러나 당시는 나이와 학력 등이 참으로 천차만별이었으며, 폭넓은 상식들도 시대적으로 한계가 있었다. 따라서 적성검사에 있어서도 각 문항들이 요구하는 본질은 물론 기본적인 계산 능력과 더불어 심지어는 단어의 뜻조차 잘 모르는 대상자들도 많았을 것이다.(읽을 수는 있다 해도)

이후, 그로 말미암아 삼촌은 징집 면접관과 따따부따했다. 면접관은 삼촌의 적성검사 점수를 들여다보며, 중졸 맞나? 목공이 맞나? 캐물었다. 삼촌은 아, 쪽 팔려서라도 고졸로 쓰고 싫었지만 그래도 국가 서류라 솔직히 썼는데 왜 자꾸 의심 하냐며 눈을 흘겼다. 그러자 적성검사 점수를 보여주며 그럼 중졸이, 목공이, 어떻게 이런 점수를 받을 수 있느냐며 그 점수를 들이댔다. 그 점수는 145점이었다. 삼촌은 "아니 그 점수가 도대체 뭔데, 중졸은 목공은 안 되냐"며 이번엔 따졌다. 면접관은 "그건 아니지만, 정말 이 점수가 무슨 점순지 몰라서 하는 소리냐?", "뭔데요?" 면접관이 말없이 한동안 삼촌을 요모조모 살펴본 후 면접지에 무언가를 적기 시작했다. 삼촌은 화딱지가 났지만 참았다. 어쨌든 적성검사 145점은 중졸, 목공이 받을 수도 받아서는 안 되는, 괴변인 것만은 분명했고 왠지 모르게 기분이 나쁘지는 않았기 때문이다. 나중에야 삼촌은 짐작할 수 있었다. 아마도 그 면접관은 면접 결과를 '요주의 인물, 학력 조회, 신원 파악 대상자'로 썼으리라고. 삼촌이 그랬었다는 얘기를 했을 때 "나는 솔직히 좀 놀랐다. I.Q 140점 이상은 천재라던데, 내 I.Q는 비슷하지만 함구무언이다. 아무래도 놓친 네 문제 말고는 모두 만점을 받은 모양이다." 하긴 삼촌은 그 정도 객관식은 연필 굴리기도 할 필요 없는 사람이니까. 주관식도 알 수 없으면 아예 쓰질 않았을 테니, 삼촌에게 주관식은 확신의 문제다. 확신 없이 요행이나 짐작만으로 답을 쓴다는 것은 자존심이 용납지 않는 사람이다.

삼촌은 남들과 같이 논산훈련소 29연대 101보를 거쳐, 의정부와 동두천 중간쯤인 '주내'라는 곳에 자리 잡은 26X 보병사단의 '삼촌의 군. 주특기는 이른바 일 빵빵 100'이다. 직할, 보충대이자 신병교육대, 사단 교육대(약칭 교육대)에 4주간의 정기 신병교육을 받기위해 입소했다. 신병으로서 사단에 배속되면 누구나 삼 년을 복무하는 최종 부대로 가기 전 마지막으로 거쳐야만 하는 사단보충대이자 신병교육대다. 그 사단 교육대는 '주내'의 사단본부와는 30km 정도 떨어진 곳인 경기도 양주군 '봉양리'라는 곳에 있었다. 부근엔 기갑여단도 자리 잡고 있었고 부대 뒤편으론 높은 산들이 병풍처럼 둘러쳐져 있고 그 산을 넘어가면 이동막걸리로 유명한 포천에 이른다. 그 포천으로 넘어가는 고개는 이른바 투Y 고개다.

교육대는 4주마다 논산훈련소에서 기초훈련이 끝난 신병들과, 하사관학교를 졸업한 단기 하사들 졸업 성적이 좋지 못해 하사가 되지 못한 병장들(이른바, 물 하사, 물 병장) 삼군사관학교를 졸업하고 '소위'로 임관한, '육사' 장교들 일반 삼 사관학교 장교들과 역시 정기적으로 교육을 받으러오는 사단 내 사병, 장기 하사관들(하사, 중사, 상사) 또한 당시 한창이던 월남전에 파병 되거나 돌아오는 사단 내 파월 장병들, 월남에서 돌아온 김상사도 잠시 머물 뿐만 아니라 심지어 남한산성(속칭 군대 교도소)에 갔다 오는 장병(사고자)도 역시 잠시 머무는 곳으로, 30여 명의 교육대 기간 병들을 합쳐 교육대는 총 300여 명의 장병들로 항상 바글대는 시끄러운 부대였다. 당시, 사단장은 별 두개, 투 스타 '유학성' 소장이었고, 교육대 부대장은 이른바 말똥 하나짜리 소령이었다. 나중 말똥 두 개, 중령으로 진급 되었다.

따라서 사단 교육대는 사단 내에서는 가장 군기가 세고 그만치나 끗발이 있는 부대였다. 더군다나 교육대의 기간 사병들은 보통 존재들이 아니었다. 줄을 잘서 그 교육대에 복무 하는 게 아니라, 입영 통지를 받은 순간부터 앞서 말한 그 끗발들과 그 돈으로 각자 수단들을 부렸음에도 안 되자 사단에 배속된 후 최후 수단으로 사단 내에서 가장 끗발 있다는 사단 교육대에 눌러 앉은(자충), 하늘 높은 줄 모르는 사병들이자 기간 병들이다. 그럴 만도 했다. 그 기간 병들은 하나 같이 따지고 보면 부대장도 함부로 대할 수 없는 '빽'들이 있을 뿐만 아니라, 사단내의 사병들과 하사관, 다 늙은 특무 상사라 할지라도 때만 되면 교육대로 정기교육을 받으러 와야 하기 때문에 장기 하사관들은 그래도 좀 낫지만 사병들은 고참 병장이라 할지라도 쥐 잡듯이 잡아 사단 교육대 기간 병들은 군기의 대명사로 말만 들어도 벌벌 떨었다. 신병들은 말할 것도 없다. 다시 말하면 신병 때 그렇게 저승사자처럼 무서웠던 그 교육대 조교들을 자대에서 복무하면서 때만 되면 또, 그 교육대로 그 지긋지긋했던 교육훈련을 받으러 가야만 했기 때문이다.

교육대의 기간사병들은 다들 하는 일이 있다. 비록 허구한 날 위병소에서 보초를 서거나, 취사반에서 밥 짓고 국을 끓이거나 정비실에서 군복을 수선하고 세탁, 다리거나 행정반에서 병력계, 병기계, 1종계, 하다못해 교육대장 딱가리 병이나 목공 병이든 공식적으론 교육대 조교다. 물론 특별한 경우만 아니면 삼 년 동안 그런 일들만 한다. 따라서 일선에서 교육훈련을 전담하는 교육 교관과 조교들은 역시 교육 훈련만 주로 시키는 나머지 조교들이다. 그러나 취사병도 병력계도 병기계도 심지어 정비병도, 목공병도, 해당되는 관계 사병들과 신병들에게 수틀리면 개별, 또는 단체로 정신, 체력 교육훈련을 시킨다. 줄 똑바로 서 라든가 등 귀걸이 코걸이 식으로 트집만 잡으면 된다. 하사관들에게도 큰소리친다. '피'자가 붙으면 별 수 없다. "상사님! 아무리 나이 잡수셨어도 동작이 그게 뭡니까?" 하며 그래도 단체로 보복성 훈련을 받을 수밖에 없기 때문이다. 짬밥이고, 계급이고 뭐고 시키는 대로 해야만 한다. 물론 모든 훈련이 끝나고 귀대할 땐 "아이구, 그동안 죄송했습니다." 직책이 직책인지라. 그땐 그 "상사, 중사도, 직책이고 나발이고 이 녀석아 늙은이를 이래도 되냐? 아이구 허리야." 할뿐이다.

다만 잠시 거쳐 가는 장교들은 교육대상이 아니다. 그러나 예비군 훈련은 얘기가 좀 다르다. 조교들도 "아이구 형님들 좀 제대로 하십쇼.", "어라? 뭐라구? 이 자식 봐라. 야! 임마 너 젖 빨 때 군대 생활했어. 짜샤. 알아서하는데 까불어" 하면 찍소리도 못한다. 예비군 모두가 그렇게 무섭기만 한 선배 고참들이기 때문이다(삼청 교육대만 빼고). 하긴 삼청교육대는 예비군 훈련장도 아니긴 했지만, 여기서 그렇다면 그 교육대의 실상을 어찌 그리도 잘 아느냐? 하실 것이다. 그 이유는 삼촌이 바로 그 교육대에서 삼 년을 복무했기 때문이다. "뭐라구? 아니 개뿔 쥐뿔도 없었다는 삼촌이 무슨 재주로?" 맞는 말씀이다. 그 교육대에서 사병으로 복무하려면 첫째 명분, 다음이 끗발과 돈이다. 삼촌은 비록 끗발과 돈도 없지만 그 끗발로도 돈으로도 안 되는 명분만큼은 훌륭한 자격이 있었다. 두 가지. 한 가지는 바둑이다. 만약 삼촌이 이름깨나 있는 현역 프로 기사였다면, 이미 논산 훈련소에서부터 특별 대우를 받았을 것이다. 이름깨나 있는 연예인들처럼 그러한 연예인들은 군악대나 정훈 부대에서 복무한다. 체육선수들도 체육부대에서 따라서 당시 기원 1급 정도로는 교육대에서도 특별대우나 명분이 될 수는 없다. 참고로 일본에서 활약하던, 조치훈 9단은 징집을 면제 받았지만, 바둑황제 조훈현 9단도 귀국해 공군에 입대 병역 의무를 완수했다.

그러나 삼촌에겐 목공 기술이 있다. 목수는 인류가 존재하는 한 영원히 필요한 존재다. 군대도 사람 사는 곳이다. 집이 있어야만 한다. 막사라는 이름으로 따라서 막사가 없으면 부족하면 부서지면 지어야 하고 고쳐야 한다. 그 일은 목공이 아니면 할 수가 없다. 거기다 교육대는 교육용 기자재들도 대부분 목재 용구들이다. 시도 때도 없이 새로 만들거나 보수해야만 한다. 그보다 더한 명분은 없다. 물론, 공병부대가 있다. 그러나 공병부대는 할 일이 따로 있다. 부대들마다 목공병을 배치할 수는 없다. 결국 목공병이 꼭 필요한 부대는 자급자족을 할 수밖에 없다. 그러나 자급자족도 가능할 때다. 취사병은 두들겨 패서라도 밥 짓고, 국 끓이게 할 수 있다. 그러나 운전병, 이발병, 정비병, 목공병은 그럴 수가 없다. 그 기술들을 가르칠 수도 없지만 가르치다가는 삼 년 세월 다 간다. 결국 사회에서 일했던 기술자들을 쓸 수밖에 없다. 삼촌이 그 교육대에서 4주간의 신병 교육을 받고 자대로 배출될 때, 그 교육대엔 제대 말년인 선임 목공병이 있었다. 따라서 말하자면 삼촌은 그 후임병으로 교육대에 자충된 것이다.

삼촌의 삼년간의 군 복무지는 그렇게 운명적으로 필연적으로 결정됐다. 그 막강한 끗발의 사단 직할 보충대자, 신병교육대인 교육대로 사단에서 끗발 좀 있다는 부대는 사단 본부중대, 수색중대, 유격대, 교육대 정도다. 그 중 본부중대는 사병이라 해도 배울 만치 배우고, 나름대로 백들도 있어 만만찮은 끗발들을 부렸다. 왜냐하면 사단 예하 부대들의 행정을 보고 받고 처리하는 곳으로 자연히 끗발을 부리게 되어 있다. 수색중대 역시 사단의 실질적인 정예 부대로 군기는 세지만 그만치 자부심도 대단하다. 유격대는 말 그대로 군기의 대명사다. 유격장에 다녀온 사람들은 잘 알 것이다. 유격대 조교들이라면 치를 떨 수밖에 없다. 그러나 그 보다 위에 있는 사단의 최고 끗발 부대가 바로 교육대다. 장교를 제외한 사단 내 장병들은 누구라도 교육대로 정기 교육 훈련을 받으러 와야만 한다. 본부 중대 유격대 조교라고 예외가 아니다. 반면 교육대 기간 병은 사병이라도 유격대로 유격 훈련을 받으러 가질 않는다. 따라서 그 징글징글한 유격대 조교들도 교육대의 조교들 앞에선 고양이 앞의 쥐처럼 꼼짝 못한다. 교육대 기간 병들에게 유격대 자식들 건방지다고 찍혔다간 죽어 나가기 때문이다. 제 아무리 백이 있고 어쩌고 해도, 실질적인 권력 앞에선 아무 소용이 없다. 당장 낮은 포복, 높은 포복,

뺑뺑이를 돌리는 데는 당해낼 수가 없다. 오로지 하라는 대로 할 수밖에 없다. 오죽하면 밤송이도 ×으로 까라면 까는 흉내라도 내겠는가? 여군에선, ○○로 박힌 못이라도, 물고 빼라면 빼는 흉내라도 내야만 한다.

문제는 그 교육대의 끗발이자 군기가 너무 세다는 것이다.

그 당시 군대는 잘 알다시피, 기압이 혹독했다. 전통이라는 명분을 내세우며 시어머니와도 같이 대물림을 하는 것이다. 나도 이렇게 당했다며 교육대는 특히 더 심했다. 따라서 삼촌의 졸병 시절은 한 마디로 개고생이었다. 당시 교육 대장의 기력은 5급 정도였다. 삼촌은 하던 일도 집어치우고 대장 숙소에서 바둑 상대가 돼야만 했다. 문제는 왕고참의 집합으로 한참 기합을 받고 있는데 하필이면 그럴 때 대장 딱가리가 찾아와 벌벌 떨며 대장님이 삼촌을 찾는데요? 하면 제 아무리 왕고참이라 해도 교육대의 최고 사령관이 데려 오라는 데는 안 보내줄 수가 없다. 군대는 알다시피 상명하복이다. 전시에는 만약 직속상관의 명령에 불복하면 즉결처분이다. 다시 말하면 하사인 분대장의 명령에 분대원이 불복하면 그 자리에서 즉결처분, 즉 총살할 수 있는 권한이 있다는 얘기다. 물론 정당한 명령이며 정당한 사유 없이 불복할 경우에 말이다.

결국 삼촌은 그 기압을 면할 수는 있었다. 그러나 다른 졸병들의 원망을 한 몸에 받아야만 한다. 심사가 뒤틀린 왕고참에게 더욱 심한 분풀이를 당하기 때문이다. 삼촌도 마찬가지다. 다음 집합에선 다른 졸병들보다 한 대라도 더 맞는다. 그럴 때마다 아이구, 그놈의 바둑은 왜 배워 가지고 이 개고생을 하나, 바둑을 원망했다는 것이다.

그러나 그러한 개고생은 어디까지나 졸병 때 얘기다. 삼촌도 마지막 젓가락 군번인 왕고참이 제대하자 왕고참이 되었다. 그때부터 교육대의 군대 생활은 그렇게 편할 수가 없었다. 우선 목공일이다. 삼촌은 새로운 신병들이 들어오면 그 신병들이 연병장에서 집합해 병력계(사병)가 신병들의 사회 주특기 등을 파악하고 있으면 득달 같이 달려가 병력계(그 병력계는 삼촌의 졸병이다.)에게 "너, 저리 비켜! 해놓곤 신병들 앞에서(200여 명) 사회에서 목공일 해본 사람 손들어!" 하면 네댓 명은 손을 든다. 무슨 할 일이라도 있어 훈련을 면할 수 있으려나 해서다. 그러면 삼촌은 그 신병들의 인적 사항을 적어 놓는다. 그 후 한 달 동안은 목공일이 생기기만 하면, 그 신병들의 내무반으로 쫓아가서(내무반장도 졸병이다.) 너, 나와. 너, 나와. 데리고 나온다. 또는 그 신병들이 훈련을 받고 있거나 영내 밖 훈련장으로 갈 때도, 쫓아가 교육교관에게 대장님이 시킨 급한 일이 생겨 데려가야 한다며 헛소리를 늘어놓고 그 신병들을 빼내온다.

그 목공 신병들은 좋아한다. 훈련을 안 받아도 되니까. 그렇게 데리고 나온 신병들의 군장을 해제시킨 후 일단 1종 창고로 데려간다. 1종 창고는 말하자면 부대의 곳간이다. 취사반장에게 문 열어 하면, 그 취사반장은 취사반에서 고참이지만(삼촌에겐 역시 졸병이다.) 꼼짝 못하고 그 1종 창고 즉 곳간을 열어야만 한다. "맘대로 잡수셔요." 하고 삼촌은 그 곳간에서 건빵 봉지들을 꺼내 챙기곤 빈 막사나 부내 내 한적한 곳으로 데려가 일단 그 건빵들을 나눠주곤 "마음껏 먹어! 다음에도 일이 생기면 또 줄게." 그 목공 신병들은 그야말로 운수대통이다(훈련도 안 받고 그 꿀맛 같은 건빵도 먹게 되니.). 하는 일도 별게 아니다. 삼촌 혼자서도 할 수 있는 일을 옆에서 "너는 무슨 일했어?", "너는 일당은 얼마 받았어?", "일당은유. 심부름만 했는데유.", "어쨌든 나무라도 날랐을 것 아냐?", "그야 그랬쥬.", "그럼 얼마라도 받았을 것 아냐.", "몰라유. 재워주고 먹여 주길래." 그 목공신병은 삼촌의 자화상이자 데자뷰였다. 노닥거리다 그 목공 신병들이 배출돼도 걱정할 것이 없다. 곧 뒤따라 들어오는 신병들 중에서 또 빼내오면 되니까. 그렇다면 삼촌도 그 교육대의 왕고참으로서 무서운 존재였어?

그건 아니지. 더욱 무서웠지. 왕고참인 삼촌의 집합은 차원이 달랐다. 교육대, 조교들은 그 자체로 모범이 돼야만 한다. 따라서 아니다싶으면, 무더운 한여름 밤 왕고참인 삼촌은 위병소의 위병대장, 위병소 보초병, 경계보초병을 제외한 30여 명의 교육대 전 기간 병은 열외 없이 5분내 완전군장 연병장에 집합 한다 실시! '완전군장'은 철모 쓰고, 배낭매고 군화신고 소총 MI을 어깨에 멘 군복 차림이다. 무게는 최소한 20kg

이다. 별도 생활하는 취사병들도 예외 없다. 단 하나뿐인 똑같은 왕고참 동기인 정비병도 마찬가지다.

그 삼촌의 유일한 동기이자 왕고참인 정비병은 참으로 불운한 왕고참이다. 똑같이 논산훈련소에서 훈련받고 101보를 거쳐 사단 신병 교육대에 입소 4주간 신병교육 받고 삼촌과 똑같은 명분(사회서 세탁소일)으로 교육대에 자충된 비공식 정비병, 공식 조교다. 따라서 하는 일은 군복을 수선하고 세탁하고 다림질이다. 물론, 그 동기도 군복 세탁은 졸병들에게 시키고, 졸병들은 신병들을 잡아다 시킨다. 말하자면 삼촌과 같은 날 입대 같은 짬밥 먹고, 계급도 같은, 말년 병장으로 교육대에서 명실상부한 왕고참이었다. 다만 두 가지 점에서 그는 영원한 이 인자인 만인지상 일인지하였다. 우선 그는 병장 진급 시험에서 탈락 상병이었다. 또한 무엇보다 그 원통하고 울고 싶고, 지랄 같은 군번이 삼촌보다 아래였다. 군대에 있어서 서열은 계급 하사관 이하일 경우 짬밥, 그 다음이 계급, 군번이다.

당시 70년대 초, 삼촌의 육군 보병 군번은 12120000이었다. 따라서 즐비했던 교육대 고참병들의 군번은 11000000으로 나가는 이른바, 젓가락 군번들이었다. 그런데 삼촌의 동기 군번은 121200xx으로 뒤 두 자리가 삼촌보다 아래 즉, 높은 숫자였던 것이다. 그보다 억울한 것이 또 있을지 모르겠다. 그렇게 무더운 한여름 밤 그 동기까지 완전군장 집합하면 삼촌역시 완전군장으로, 지금부터 연병장 30바퀴 돈다(한 바퀴는 약 400m이다.). 말하자면, 삼촌의 집합은 그 무더운 한여름 달밤에, 행군 시엔 어깨에 둘러멨던 M1소총을 구보시엔, 두 손으로 비스듬히 잡고 뛴다. 그런 자세로 줄기차게 연병장 30바퀴 즉 12km를 뺑뺑이 도는 것이다. 안 해본 사람은 그 고통을 알 수가 없다. 그렇다고 왕고참이 앞장서 뛰는데 안 뛸 수도 없다. 그것도 만약 소총을 떨어뜨리거나, 자빠지면 열 바퀴 추가다. 죽기 살기로 뛸 수밖에 없다. 물론 삼촌도 고역이다. 그러나 삼촌은 남다른 끈기와, 참을성, 인내력, 체력이 있다.

삼촌은 10월 1일 국군의 날 행사에서, 교육대에서 15km떨어진 '덕정읍'까지의 왕복 마라톤 경기에서 우승한 사람이다. 그때 참가선수 30여 명 중 10여명의 군민 참가선수 중엔, 고등학교 현역 마라톤 선수도 있었다. 그러나 그 고등학교 장래가 촉망되며 장차 국가대표 선수가 되어 올림픽에서 금메달을 꿈꾸는 선수도 앞서서 다람쥐 같이 막무가내로 내달리는 삼촌을 따라잡을 수는 없었다. 10여 미터 차이로 교육대 위병소에 1등으로 골인한 마라토너는 바로 삼촌이었다. 그 후에도 또 한 번의 마라톤 경기에서도 삼촌을 당할 자는 아무도 없었다. 만약 삼촌이 지상 다람쥐에서 하늘 다람쥐가 되고자 했다면, 이봉주나 황영조는 제2의 삼촌이 되었을 것이다. 가만? 이봉주 황영조가 몇 살이더라? 아, 내 큰 누나는 황영조 선수가 금메달을 딴 한참 후, 교육자 집안의 맏딸인지라 관심이 있었던 모양이다. 그러나 큰 누나는 거절했다. 그 금메달 연금만으로도 평생 먹고 살 수 있었는데. 제 눈에 안경이다. 짚신도, 유리 구두도 다 짝이 있기 마련이다.

삼촌은 어릴 때도 뜀박질엔 일가견이 있었다. 다니던 초등학교 뒤편에 동산이 있었고, 동산 꼭대기엔 성당이 있었다. 아침조회가 끝나면 그 성당까지 뛰어갔다 오는 달리기가 있었다. 호각소리가 나면 그 수많은 초등학생들이 일제히 흙먼지를 날리며 다람쥐들 같이 내달리기 시작한다. 그때 삼촌은 동산 밑까진 엇비슷이 달려간다. 그러나 그 동산 고개 길에선 이미 그 달리기는 결판난다. 다른 놈들은 헐떡거리며 뛰어올라가다 결국은 늘어지고 만다. 하지만 삼촌은 쉬는 법이 없다. 악착같이 같은 페이스로 성당에 제일 먼저 도착, 그대로 바람같이 내리막길을 내달려 학교 운동장에 항상 1등으로 들어오곤 했다. 뜀박질엔 천부적인 능력이 있었던 것이다.

인간에겐 이른바 오복이 있고 그 중 치복이 있다. 다른 고통은 참을 수도 있지만 치통만큼은 아무리 참을성이 강해도 견딜 수가 없다. 따라서 치과는 문 닫을 걱정은 할 필요도 이유도 없다. 결국은 오겠지. 그러나 삼촌은 예외다. 어금니가 충치로 썩을 때까지도 견디다, 흔들어 대며 손가락으로 잡아 뽑은 사람이다. 그 순간의 온몸이 진저리치는 그 짜릿함을 생으로 견뎌낸 사람이다.

뿐만이 아니다. 삼촌은 18살 때쯤, 목공 일하다 망치 자루가 빠지는 바람에 망치 머리에 앞 이빨이 맞아 실금이 가, 그때부터 몇 년 동안 때만 되면 그 부위의 잇몸이 붓고, 결국 약간은 곪곤 했다. 그런데도 참고 곪으면 손가락으로 터뜨려 짜내곤 했다. 그럼 신통하게도 괜찮아지곤 했다. 군대 생활 중에도 마찬가지였다. 한마디로 고질병이었다. 그러다 한 번은 된통 걸렸다. 그 잇몸이 붓기 시작해, 얼굴 모양까지 변할 정도로 퉁퉁 부어 결국 할 수없이 사단 의무 중대로가, 군의관(중위)에게 수술을 받게 되었다. 일반 치과라면, 마취를 했을 것이다. 그러나 사실 마취는 부작용과 함께 수술 효과도 떨어져 의사들도 어쩔 수 없는 경우에만 마취를 하며 그것도 극히 드물긴 하지만 환자의 체질이 맞지 않으면 위험하다. 그런 연유에선지 그 군의관은 마취도 하지 않은 채, 그 뻘겋게 부어 성이 날대로 난, 그 잇몸을 수술 칼로 그냥 쨌다. 그때 삼촌은 그 기절할 것만 같은 짜한 전율 속에서도 눈물 한 방울만 찔끔 흘린 후, 비명도 지르지 않았다. 참으로 군인 정신의 표상이라 할만하다. 군의관은 그렇게 눈물 한 방울만 찔끔 흘리며 버텨낸 삼촌에게 "아팠지?" 하며 그 벌어진 잇몸을 짜내기 시작했다. 거짓말 좀 보태서, 짜낸 그 피고름은 한 종지는 됐다. 인간의 치유 능력은 참으로 경이롭다. 한 시간도 안 돼 부었던 얼굴도 가라앉고 하루가 지나자 잇몸도 아물었다. 아마 그 군의관도 내 평생 그렇게 지독한 놈은 처음 보았다고, 혀를 내둘렀을 것이다. 생각만 해도 대단하다는 말 밖에 할 말이 없다.

그 완전군장으로 연병장 30바퀴를 뺑뺑이로 돌린 후, 왕고참인 삼촌은 또 다시 흐리멍텅했다간 다음엔 모포까지 뒤집어씌워 50바퀴 돌릴 테니 알아서 하라며 해산, 동시에 그 교육대의 조교들이자 기간병, 졸병들은 하나같이 연병장에 널브러져 버렸다. 연병장에 서 있는 장병은 삼촌뿐이었다. 삼촌도 쓰러질 지경이었지만, 정신력으로 버텨내고 있었을 뿐이다. 사실 그와 같은 정신체력 훈련이자 기압은 군대가 아니고선 불가능하다. 삼촌의 그와 같은 집합은 한겨울 엄동설한에도 마찬가지다.(알 철모에 팬티 바람이다.)

그러나 그 바람에 교육대의 조교들은 사단 교육대의 조교들답게 사단 장병들과 장차 장병들이 될 신병들을 대한민국의 굳건한 강군으로 모범적인 시범들을 보이며 훈련시키며, 키워낼 수 있었다. 물론 동기인 축 늘어진 왕고참에겐 나중 미안해하긴 한다. 그러면 그 동기인 왕고참도 어쩔 수 없지 뭐. 그놈들 군기 잡으려면 그러면서도 야, 그래도 좀 너무하지 않냐? 다음엔 나 좀 빼주라. 아니면 20바퀴만 돌리든지 하면 칼같이 안 돼. 그날 밤 삼촌은 내무반 침상에 곯아떨어진 졸병들을 하나하나 살펴보며 불침번에게 오늘 밤은 졸지 말고 똑바로 정신 차리고 무슨 이상은 없는지 살펴보다 이상이 있으면 즉시 깨우라고 한 후, 비로소 잠자리에 든다. 취사반의 불침번에게도 마찬가지다. 그러한 왕고참이자 삼촌의 따뜻한 마음과 가슴을 그 교육대의 조교들은 누구나 잘 알고 있다. 따라서 삼촌이 제대한 후에도 그 집합은 전통으로 이어질 것이다.

문제는 졸병들은 그 집합보다 더 큰 시달림을 왕고참인 삼촌 때문에 받고 시달려야만 했다. 왜냐하면 그때쯤엔 삼촌은 툭하면 어디론가 사라져 교육대장이 바둑 두자고. 또는 목공일이 생겨 찾으면 도무지 찾을 수가 없었기 때문이다. 비상이 걸려 찾다보면, 삼촌은 행정 막사 뒤편 동산에 있는 토끼장 토끼 굴에서 토끼들과 놀고 있다. 그 토끼장 토끼 굴은 참으로 묘하게 생겼다. 그 동산의 일부를 파내고, 울타리를 친 다음 나무 기둥으로 지붕을 씌워 놓고, 큰 토끼 몇 마리를 집어넣으면 알아서 굴들을 파고, 새끼들을 낳고 키운다. 먹이는 풀만 넣어주면 된다. 토끼들은 쌉쌀한 클로버 잎을 좋아한다. 또한 그 번식력도 대단해 5~6개월이면 수십 마리로 불어난다. 토끼들은 굴을 팔뚝을 다 집어넣어도 안 닿을 만큼 깊게 판다. 그리곤 그 속에 고물고물한 새끼들을 낳는다. 바로 그런 토끼장 토끼 굴에서 토끼들과 놀고 있는 것이다. 그런가하면 그 토끼 굴에도 없어 부대를 온통 뒤지다보면 빈 막사에 쌓여 있는 매트리스 속에서 잠을 자고 있다. 여간해선 찾을 수가 없다.

또 있다. 삼촌 스스로가 나타나기 전엔 절대 찾을 수 없는 곳이 바로 1종 창고 곳간 속이다. 그럴 때면 취사반장에게 1시간, 두 시간 후 문을 열게 한 후 자빠지면 취사반장은 문을 잠그곤 그 시간까지 나도 모른다. 다 비상 걸린 졸병들은 애가 탈 수밖에 없다(제대 말년 왕고참이 탈영 할리도 없고). 그러나 한편으론 삼촌은 교육대 조교로서도 놀라운 존재였다. 교육대의 교육훈련 중엔 필수 과목인 사격교육 훈련이 있다.

그 사격 훈련장은 부대에서 4km정도 떨어진 곳에 자리 잡고 있다. 따라서 신병들이 사격훈련을 받을 때는 교육대에서 그 사격장까지 200여 명의 신병들은 지름길인 야트막한 산길로 '사나이로 태어나서…….' 군가를 부르며 행군해간다. 그때 그 신병들의 인솔 책임자는 교관과 바로 삼촌이다. 그 사격장 엔 그 사격장에 파견 나가 복무하는 교육대의 또 다른 조교들 이 몇 명 있다(봉양리 사격장). 신병들이 야외 훈련을 받으러 갈 때는 밥 차도 따라간다. 삼촌이 목공병이면서도 신병들을 인솔하고 사격장에 가는 것은 다 이유가 있다. 조교들은 훈련 때마다 시범을 보여야한다. 그러나 사격만큼은 제 아무리 교 육대 조교들일지라도 사격 시범만큼은 쉽지가 않다. 만에 하 나라도 실수라도 하면 그야말로 신병들 앞에서 그런 개망신 도 없다.

삼촌은 사단 내에서도 소문난 명사수이자, 사단을 대표하는 명실상부한 특등 사수였다. 그렇다면 왜 국가대표사격선수가 되어 금메달을 따지 않았냐고 하겠지만 그건 나도 모른다. 아 마도 허구 헌 날 총만 쏘는 것도 지겨웠던 모양이다. 언제 삼 촌이 하고 싶으면 하지 말래도 하고, 하기 싫으면 제발 좀 하 라고 해도 한 적이 있었던가? 앞으론 그런 소리를 그저 그랬 었구나 하고 묻지 않길 바란다. 뻔한 대답일 테니 나 역시 곧 이곧대로 믿진 않지만 그래도 99%는 사실로 믿고 있다. 그랬 었나보다 하고.

어쨌든 사격장의 군기가 어떠한지는 겪어본 사람은 잘 알 것이다. 그렇게 얼어버린 신병들 앞에서 삼촌은 25m 전방 영 점 표적지 정중앙에 담배꽁초를 꽂아놓고, 엎드려 쏴 자세로 정조준하고 있다(MI소총). 사격교관이 지금부터 숙달된 조교 로부터 시범사격이 있겠다. 한 후 사격실시! 명령이 떨어지면 삼촌은 실탄 세 발을 연속 사격한다. 사실 MI소총은 실탄 크 립에 실탄 여러 발을 장전한 후 연발 사격 할 수 있다. 그러 나 훈련 시엔 엄격한 통제 하에 세 발만 지급 받은 후 통제관 의 통제에 따라 한 발씩만 장전 한 후 사격한다. 세 발 사격 이 끝나면 탄피 세 개는 반드시 수거 반납해야 한다. 탄피 단 한 개라도 모자라면 수색 작전이 벌어진다. 훈련병들의 몸수 색은 물론 찾을 때까지 찾는다.

삼촌의 연발 세 발 사격은 그 순간 담배꽁초는 온데간데없 고 영점 표적지 정중앙엔 한 구멍만 나 있다. 사실 세 발의 영점 사격은 영점을 맞추고 잘만 쏘면 세 발의 총알구멍은 중 앙 근처에 삼각형의 탄착군이 형성된다. 그 정도면 합격 수준 이다. 그런데 삼촌의 영점 표적지엔 그런 탄착군이 형성되질 않는다. 세 발이 모두 같은 정중앙을 뚫고 지나갔기 때문이 다. 가히 명사수라 할만하다. 동시에 얼어붙어 있던 신병들은 자기도 모르게 손뼉들을 쳐댄다. 그때 사격교관은 자랑스럽게 "어때! 잘들 봤지? 너희들도 정신 똑바로 차리고 훈련 받으면 저와 같이 쏠 수 있다." 천만에 말씀이다. 신병들은 죽었다 깨 나도 절대 그렇게 쏠 수 없다. 뿐만이 아니다. 삼촌은 350m 밖의 사람 모양의 표적지에도 사대에서 사격교관의 명령이 떨어지면 엎드려쏴, 앉아쏴, 서서쏴 자세로 한 발씩 사격하면 나란히 서 있던 350m밖 사람 모양의 표적지는 어김없이 차 례차례 뒤로 벌러덩 넘어간다.

당시 26X에선 상병에서 병장으로 진급 하려면 진급 시험을 보게 되는데, 바로 그 350m사격 시험이다. 따라서 상병에서 병장 진급을 하려면 대상자는 사단본부의 사격장에서 그 사격 시험에 합격 해야만 병장으로 진급할 수가 있었다. 다만 가장 편하고 정확하게 쏠 수 있는 엎드려쏴, 자세로 웬만하면 합격할 수 있다. 80% 정도는, 그러나 앉아쏴, 서서쏴 자세는 명중률이 30% 정도다. 따라서 시험 과목이 아니다. 즉, 삼촌은 그 자세도 통달한 셈이다. 그러나 삼촌의 동기인 왕고참은 그 사격 진급 시험에서 불합격 탈락, 병장으로 진급하지 못한 채 상병으로 제대 했다. 그러나 그 후에도 교육대에선 버젓이 병장 계급장을 달고 왕고참으로 행세했다. 자신 보다 짬밥을 덜먹은 상병들이 그 사격 시험에 합격해 병장 계급장을 달고들 있었기 때문에 쪽 팔리기 때문이다. 그러나 졸병들은 병장으로만 알고 있다. 그런 점에서도 삼촌은 교육대에서 명실상부한 최고 왕고참이었다. 따라서 그 삼촌의 동기 왕고참은 가끔은 삼촌 몰래 졸병들을 집합시켜 그 분풀이로 자기 방식대로 졸병들을 괴롭혔다. 그 방법은 말할 것도 없이 그냥 두들겨 패는 옛 전통 방식이었다. 삼촌도 알고는 있었지만 모른체 했다. 그 동기도 왕고참으로서의 권리는 있었기 때문이다.

(못마땅하긴 했지만) 사실 직접적인 신체적 고통은 당장은 고통스럽고 효과는 있지만 견딜만하며 그때뿐이다. 그러나 극한의 정신적 고통은 분명 보통 사람은 한계가 있다. 그 한계선을 요구하는 삼촌의 집합은 그야말로 졸병들은 지옥을 갔다 온 것이나 마찬가지다. 그러나 반항할 수 없다. 왕고참님도 한 번 해보라고 하고 있으니 말이다. 따라서 교육대의 조

교이자, 기간병이자 졸병들은 스스로 강해질 수밖에는 없었다. 그러면서도 그들은 왕고참인 삼촌을 가장 두려워하면서도 한편으론 존경하고 있었다. 사단 내에서 가장 권력 있는 자신들의 리더로서 삼촌은 충분한 자격이 있었기 때문이다. 사단을 대표하는 명사수 조교로서 그 참을성과 인내력의 한계를 보여주는 마라토너로서도 뿐만이 아니었다.

또 뭔데? 당시나 지금이나 군대는 일조점호가 있다. 일조점호는 대한민국 군대의 모든 부대들은 자체적으로 매일 새벽 소속 전 장병이 연병장에 집합해 인원 점검을 받는 것이 일조점호다. <하사관들> 반면에 일석점호는 주변 사령이 각 내무반을 돌아다니며 받는다. 따라서 일조점호는 그 부대의 부대장이 직접 받는다. 교육대의 일조점호는 연병장에 도열한 수백여 명의 인원 점검이 소속별로 끝난 후 연단에선 교육대장의 일장 훈시가 끝나면 마지막으로 '국민교육헌장' 낭독이 뒤따른다. 그때 그 국민교육헌장 낭독 선창자는 그 수백여 명의 장병들이 도열한 가운데 그 앞에 부동자세로 서서 연단에 서 있는 부대장을 바라보며 선창을 한다. 그러면 등 뒤에 도열해 있는 수백 명의 장병들은 곧, 뒤따라 복창한다. 그렇게 국민교육헌장 낭독이 끝나면 일조점호는 끝난다.

그때 선창자가 바로(졸병 때부터) 삼촌이다. 왜냐하면 그 수백 명의 장병들 앞에 부동자세로 서서, 그 국민교육헌장을 글자 토씨 하나 틀림없이, 더듬음 없이 마치 녹음기처럼 달달

암송할 수 있는 교육대의 기간 병은 삼촌 밖에 없었기 때문이다. 사실 평상시 내무반에서 편한 자세로 눈을 감고 잡념 없이 암송하려면 그런대로 암송할 수는 있을 것이다(I.Q 세 자리라면). 그러나 그 수백여 명의 장병들 앞에서 부동자세로 부대장이 지켜보는 가운데 그 국민교육현장을 숨도 안 쉬고 토씨하나 틀림없이 더듬지도 않고, 녹음기처럼 읊어 댄다는 것은 그리 쉬운 일이 아니다. 그런 선창을 삼촌은 이 년 이상을 매일 새벽 읊어 댄 것이다. 인간 녹음기가 따로 없다. 지금도 읊어 보라면 삼촌은 숨도 안 쉬고 40초 만에 '우리는…… 창조하자'로 끝나는 국민교육현장 전문을 읊어댄다. 입을 열면 굳이 생각지 않아도 그냥 자동으로 줄줄이 사탕으로 말이 나온다는 것이다. 삼촌의 I.Q는 말했다시피 145다. 아마도, 그 당시 26X 장병들은 그러한 사단 교육대의 명사수, 다람쥐 마라토너, 인간 녹음기였던 삼촌이란 사병을 전설로 기억할 것이다.

군대는 참으로 다양한 군상들의 집단이다. 특히 당시는 나이, 직업, 학력 등이 너무도 혼란스런 시대였다 할 수 있겠다. 지금의 하사관들은 나름대로 뜻을 갖고, 지원해 복무하는 하사관들이다. 그러나 당시의 하사관들은 속칭 말뚝 하사로 불렸다. 말뚝은 말 그대로 한 자리에 박혀 있다. 한마디로 '군'에서 평생을 박혀 살겠다는 얘기다. 문제는 그 사유다. 군인의 길을 가겠다는 게 아니라, 배운 것도, 가진 것도, 기술도 없어 사회에 나가봤자 먹고 살기가 막막해, 그럴 바엔 먹고 사는 것만큼은 보장된 군에서 말뚝 박고 살겠다는 것이다. 그러나 하사관들이 하는 일들은 사실 상 온갖 잡다한 일들로 머슴들이 하는 일이나 마찬가지다. 기피할 수밖엔 없다. 따라서 '군'에서도 지금은 자격을 따지고 어쩌구 하지만 당시로선 제대 말년 병장이 신청만 하면 묻지도, 따지지도 않고 누구나 장기 하사, 즉 직업 군인이 될 수 있었다. 다시 말하면 어쩔 수 없이 군에 몸담는 사람들이다.

따라서 사병 중엔 자신만이 잘나고 고고한 존재로 생각하는 별종이 더러 있었다. 삼촌이 병장일 때 전에 있던 부대에서도 왕따 당해 어쨌든 백은 있어 교육대로 전출 온, 삼촌과 짬밥도 엇비슷한 왕따 병장이 있었다. 그는 서울대학교 문리대를 나온 이른바 지식인이었다. 교육대에서도 겉돌다, 그래도 친근하게 대해주는 삼촌과 너니, 내니 하며 세상 얘기를 나누다 삼촌은 비유적으로 무심코, 25시라는 말을 했다. 삼촌으로선 대화에 있어 적절한 비유라 말했을 뿐이다. 그러자 그는 깜짝 놀라며 25시를 알아 하며 신기해했다. 삼촌은 그 순간 배신감마저 느끼며, 자존심이 상했다. "왜? 나는 그런 말을 하면 안 되나? 할 수 없는 존잰가? 너만 알고, 너만 할 수 있는 말인가? 25시가 뭐 그리 대단한 말이라고? 차라리 동기가 그랬다면 얼씨고 너두 아냐? 쥐 패구 다림질만 하는 줄 알았더니?" 그러나 그는 서울대 문리대 출신이다. 삼촌이 아는 한 그런 지성인의 입에선 그 누구에게라도 그런 반응과 말이 나와서도 안 되는 것으로 알고 있다. 무릇 배움이란 지식만을 배움이 아니다. 인간이 되기 위해서다. 그렇게 배워야만 인간으로서 인간을 애틋하게 사랑할 수 있기 때문이다. 그런데 그는 삼촌을 인간이 아니라, 목공으로 보고 있는 것이다. 따라서 목공병의 입에서 나무가 아니라 25시라는 말이 나왔고 나올 수도 있다는 상상과 생각은 꿈에서도 상상해 보고 생각도 해 본 적이 없었던 것이다.

나는 네가 망치가 톱과 대패가 어쩌구 해도 제대로 알고는 있나? 귀담아 듣고서야 놀래든 신기해하든 할 텐데? 군계일학과 참계일학은 분명 다른 말이다.

25시란 말들은 자신들과 같은 족속들만 알고 할 수 있는 말로만 알고 있었던 것이다. 군대뿐만 아니라 사회에서도 그러한 서글픈 현실은 비일비재 할 것이다. 삼촌은 오히려 그가 가엾고 불쌍해졌다. 어찌 그리 편협할 수 있단 말인가? 아마도 그는 참새들아 너희가 어찌 알겠느냐? 이 고고한 '학'의 깊은 속을, 학의 속이 참새보다 그렇게 깊단 말인가? 진정한 학은 참새 속도 깊겠지? 할 텐데, 그는 왜 자신이 왕따 당하는지도 잘 모르고 있는 것이 분명했다. 그가 알고 있는 삼단논법은 25시는 대졸만 논할 수 있다. 삼촌은 중졸이다. 따라서 삼촌은 25시를 논할 수 없다. 그렇다면 대졸은 25시를 논한다. 중졸도 25시를 논한다. 따라서 25시는 학력과는 무관하다는 삼단논법이 성립된다. '인간이면 됐지' 유식한 오만 보단 무식한 당당함이 오히려 보기 좋다.

또한 목공병은, 정비병은, 취사병들은, 하사관들도 낫 놓고

ㄱ자도 모르는 무식한 하찮은 존재들로만 볼 것이다. 무식도 무식하면 안 되나? 만약 삼촌이 목공병이 아니라, 행정병과 같은 대졸자였다면, 그는 그래? 제법인데, 하며 마치 물고기가 물을 만난 것처럼 주홍글씨가 데미안이 톨스토이가 어쩌고저쩌고 떠들어 댔을 것이다. 그러나 그는 '오만과 편견'은 보질 못한 모양이다. 자신이 가엾고 불쌍하게 보고 있는 삼촌이 오히려 자신을, 가엾고 불쌍하게 보고 있다는 사실조차 모르고 있었다. 아마도 나중에라도 그나마 그러했던 자신을 후회하고 부끄러워한다면 그를 가르쳤던 서울대학교 문리대 교수도 "아이고, 내가 그렇게 가르쳤냐? 이 인간 같지도 않은 인간아 언제 인간이 될래." 그나마 후회하고 부끄럽다니. 다행이다. "이 반에 반도 못한 인간아! 너와, 나 앞으로 삼년 면벽 수행이다."

　삼촌의 군대 생활 중엔 이런 일도 있었다. 교육대엔 막사들을 보수하거나 교육용 기자재들과 식탁 등을 새로 만들거나 보수하기 위한, 건축용 목 자재들이 있었다. 그 자재들은 미군 부대에서 공병부대로 공병부대에서 교육대로 보급한 미국산 합판들과 미송, 미송판재들로 완전 건조 되어 일정한 규격으로 가공된 최상급 자재들로 일반 시중에선 구경조차 할 수 없는 자재, 즉, 군수품이었다.
　교육대장은 의정부에 살고 있는 와이프의 성화에 못 이겨 그 자재들로 장롱을 만들어 줄 것을 삼촌에게 명령이자 부탁을 했다. 그때부터 삼촌은 교육대장과 한배를 탔다. 군수품은 설사 사단장이라 할지라도 사적으론 사용할 수 없다. 여기서 잠시, 아인슈타인의 젊은 시절을 소개하겠다.

Albert Einstein(알베르트 아인슈타인 1879~1955)은, 독일의 소도시 울름(ulm) 출생으로 아버지와 조상들은 유태인들이었다. 4~5세일 때 삼촌 야콥(전기기술자, 공업 교육을 약간 받은)으로부터 기초적인 대수학, 기하학, 피타고라스의 정리 등을 가르침 받았다. 이후, 김나지움(중고등 과정)에 입학 배우던 중, <김나지움>은 연한 9년의 대학 예비교육기관. 기계적인 교육에 싫증을 느껴 스스로 자퇴를 원했고 담임교사도, 네가 학급에 있으면 자신이 학생들에게 존경을 받을 수 없다는 이유로 자퇴를 허락했다. 따라서 고등학교 중퇴자로 잠시 떠돌다 독학으로 스위스 취리히 공과대학에 입학했을 때 그의 나이는 16세였다.

그때 그의 관심사는 유년시절 아버지가 보여준 나침반의 자침이 그 어떤 신비한 인력에 의해 항상 어느 특정한 방향만을 가리킨다는 사실에 이어, 자신이 만일 빛과 같은 속도로 움직일 수 있다고 할 때 어떠한 결과가 나타날 것인가 하는 문제였다. 이러한 의문과 탐구 욕구는 그가 16살 일 때로 위대한 이론 물리학자로서의 출발시기였던 셈이다. 결론은, 그의 젊은 날의 '상'은 유년시절부터 스스로 판단하며, 전통과 세습, 관습, 종교 등에 구애받지 않는 자유로운 발상과 행동이 몸에 베인 자유로운 젊은이였다. 그는 평화주의자였다. 자신을 원자탄의 아버지, 또는 할아버지로 불리는데 몹시 분개하며 극도로 싫어했다. 아인슈타인의 아버지인 '헤르만'은 동생 야콥과 전기 기구를 제작하는 사업가였다. 그러나 좀 낙천적으로 별로 성공하진 못한 사업가였다. 내 개인적으로 그를 존경하는 것은, 그는 오로지 진실을 알고자 했을 뿐이며, 무엇보다 인류를 사랑했다는 사실이다. 그가 1955년 4월 18일 마지막 숨을 거둘 때까지 그의 병원 침대 가엔 통일장 이론에 대하여 계산하던 종이 몇 장이 놓여 있었다. 그의 대표적인 이론은 물론 상대성 이론이다. 일반, 특수.

이와 같이 사람을 그 누구든, 나이나, 직업, 학력 등으로 평가하는 것은 그야말로 오만이자, 편견, 고정 관념이 아닐 수 없다. 특히 '아인슈타인'에게도 삼촌과 같은 삼촌이 있었다는 사실은 어쩌면 하늘의 뜻이었는지도 모른다. '인류 모두를 위한.'

삼촌은 그 자재들을 군용 차량에 넉넉히 싣고, 덕정읍의 제재소에서 장롱을 만들기 알맞은 규격으로 제재한 후, 남는 목재들은 겁도 없이 팔아먹었다. 삼촌은 자재를 실은 군용차를 먼저 보낸 후 술집에서 술을 마시다 술집 주인이자, 사십 대의 작부와 눈이 맞았다. 작부는 과부이자 색녀였다. 삼촌 역시, 그놈의 똘똘이가 시도 때도 없이 보채는 지라, 한마디로 색녀인 작부와 짝짜꿍이 되었다. 한 번 놀고 난 후 잠시 후 색녀는 "어! 또 섰네?" 날계란을 하나 까주었다. 받아 먹은 후 또 놀았다. 또 섰다. 또 날계란을 까주었다. 그렇게 받아먹은 날계란이 열 개는 되었다.

늦은 밤, 후들거리는 다리로 15km 떨어진 그 다람쥐가 되어 달려갔던 그 길을 터덜터덜 걸어갈 때 군용 찝차가 달려가다 삼촌 옆에서 멈췄다. 바로 교육대장의 찝차였다. 삼촌이 "충성!" 경례를 올려붙이자, 같이 타고 있던 1종계 선임 하사가 "너 뭐해? 어라, 술 한 잔 했네?" 그때 그 1종계 선임 하사와 교육대장도 얼굴이 불그레했다. 교육대장은 삼촌을 한 번 흘끗 쳐다본 후, "자식이, 태워!" 한 후 더 이상 말이 없었다. 교육대장은 삼촌이 무슨 일로, 덕정읍까지 외출을 나왔는지 알고 있었다. 삼촌은 대장 숙소 뒤편에서 장롱을 만들기 시작했다.

목공실에서 만들 수도 없었다. 누구도 알아서는 안 되기 때문이다. 양복장과 이불장 화장대까지 겸한 세 쪽으로 만들어진 장롱은 보름 만에 완성이 되었다. 칠까지. 문제는 의정부에 있는 교육대장의 살림집까지 그 장롱을 어떻게 가져가느냐다. 군부대들은 전방이든 후방이든, 관할 헌병부대와 보안부대들이 있다. 헌병들은 사병들을 검문하고 조사하지만, 보안대 요원들은 사병이면서도 사복 차림으로 주로 장교들을 감시한다. 비록 직접적인 조사나 수사는 못하지만, 무슨 이상이나 문제가 있다고 판단되면 상부에 보고하고, 상부에서 직접적이며 본격적인 조사와 수사에 들어간다. 따라서 보안대 요원들은 비록 사병들이라 해도, 그 끗발들은 위관급 장교들은 우습게보며 영관급 장교들과 맞먹는 위력들이 있다.

따라서 영관급인 부대장들은 그 보안대 요원들에게 무슨 꼬투리나 약점을 잡히지 않기 위해 극도로 신경 쓰며 조심한다. '전두환' 전 대통령이 비상시에 투 스타인 소장이었으면서도, 중장, 대장들을 꼼짝 못하게 거느릴 수 있었던 것도 그가 당시 보안사령관이었기 때문에 가능했던 것이다. 누구나 한 번 먼지 털기 시작하면 먼지가 날 수밖에 없다. 그 세 쪽으로 된 장롱은 일단 군용 트럭에 실어 군용 모포를 씌워 일단 부대 밖으로 옮긴 후, 이삿짐 차에 옮겨 실었다.

서울에서 의정부 동두천으로 이어지는 1번 국도는 북한산에서 도봉산으로 이어지는, 의정부 못 미치는 101 보충대가 있는 지점부터는 검문소가 있으며 최전방까지 구간구간 검문소들이 있다. 군용 차량은 물론 일반 차량도, 검문소에선 일단 검문을 받는다. 버스에 올라탄 헌병은 일반 승객들은 훑어 보는 정도지만 군인은 외출, 외박, 휴가증을 제시해야만 한다. 또한 군용 차량들은 정해진 행선지로만 다녀야 한다. 샛길로 다닐 수 없다는 얘기다. 군수품 외엔 실을 수도 없다. 마찬가지로 군수품은 일반 차량에 실을 수도 없다. 장롱은 군수품이 아니다. 또한 군인은 짐을 실은 일반 짐차에 탑승해서도 안 된다. 휴가 중이라 해도 군복을 입고 일을 해서도 안 된다. 설사 자기 집 일이라 해도 잠시 쉬었다 오라고 보내준 것이지, 일하러 보내 준 것이 아니라는 얘기다. 물론 사복으로 일하면 상관치 않는다. 관할이 아닌 한, 관할일 경우엔 민간인도 군인이 아닌지 살펴본다. 휴가 중에도 외출 시엔 반드시 휴가증을 소지하고 군복 차림이어야만 한다. 외출, 외박, 휴가 시 귀대 날짜, 시간에 정당한 사유 없이 귀대하지 않으면 탈영으로 간주한다.

따라서 삼촌은 장롱을 실은 이삿짐 차에 사복 차림으로 타고 갔다. 의정부에서 교육대를 지나 포천으로 가는 시외버스 비포장도로가 있다. 그 도로에는 검문소가 없다. 물론 관할의 보안요원이나 헌병들이 돌아다닌다. 그러나 특별한 경우가 아니면 민간인이나 민간 차량은 터치하지 않는다. 군용 차량도 돌아다니는 군인들만(사병) 헌병들이 검문할 뿐이다. 하사관들 역시 헌병들은 권한 밖이다. 영외, 거주하기 때문이다.

사고를 치지 않는 한, 삼촌은 무사히 그 장롱을 의정부에 있는 교육대장의 살림집 안방에 차려 주고 역시 사복 차림으로 부대로 돌아올 수 있었다. 비로소 교육대장과 함께 탄 배에서 내릴 수가 있었다. 또한 가끔은 집수리도 해주었다. 역시 사복 차림으로. 물론 위병소에서 군복으로 갈아입긴 하지만. 따라서 교육대에서 사복 차림으로 교육대 위병소를 들락날락한 사병은 삼촌뿐이었다. 교육대장도 부대에선 사복을 착용할 수 없다. 심지어 사단장도.

교육대는 일요일만 되면, 신병들의 면회자들로 항상 북적거린다. 면회 장소는 PX와 위병소 옆의 '풀'장 잔디밭이다. 신병들에게 무엇보다 필요하고 반가운 것은 면회 온 부모와 가족, 친구, 애인들이 싸갖고 온 먹을거리다. 신병들과 훈련병들은 먹어도 먹어도 배고플 때다. 식당에서 줄서서 배식 받을 때는 어떡하든 앞서서 배식 받고, 게 눈 감추듯 퍼먹고 200여 명의 신병들 중 일부는 체면이고 자존심이고 뭐고 그 깨끗이 핥아 먹은 식기를 세면장에서 깨끗이 씻어 배식구 한편에 쌓아 놓아야 하는데, 슬그머니 배식을 기다리는 '줄' 꽁무니에 달라붙어 또 배식을 받아 먹으려고 줄을 선다. 그러나 배식을 하는 취사병이 알아보면 "아니 이 자식이?" 들고 있던 밥주걱이나 국자로 두들겨 팬다. 그래도 얼굴에 뺨에 묻은 밥풀을 뜯어 먹고 다음 배식 땐 또 그런다. 영락없는 놀부 마누라에게 밥주걱으로 얻어맞고도 밥풀을 뜯어 먹는 흥부 꼴이다. 너무나 배가 고프기 때문이다. 결코 굶주리거나 영양실조에 걸려 그러는 게 아니다. 먹고 돌아서면 금방 꺼지고, 또 배가 고프기 때문이다. 하다못해 잔반통에 버린 꿀꿀이죽도(별로 있지도 않지만) 긁어 먹으려 한다. 항상 배고프기만 한 신병들 눈엔 먹을 것만 보인다. 그런 신병들 눈에 먹을 보따리를 풀어 놓았으니 환장하지 않을 수가 없다. 면회 온 부모, 가족, 친구, 애인들은 뒷전이다. 우선 먹어댄다. 굶주린 짐승이 따로 없다. 그런 자식을 지켜보는 부모들의 가슴은 미어지고 찢어진다. 특히 '부'는 경험자로 그 얼마나 배고팠을까. 그런 일요일의 위병소는 먹자 파티가 벌어진다. 면회자들이 신병들이 음식들을 수고하신다며 일부 갖다 주기 때문이다.

아빠도 선생님일 때 군대를 가서 예비 사단인 증평 30X 훈련소에서 훈련병으로 훈련을 받았다. 그때 삼촌은 할머님과 함께 면회를 갔을 때 아빠도 선생님이었고 뭐고 삼촌이 갖고 간 음식들을 모두 닦아 먹고도 부족해 삼촌이 준 얼마 안 되는 돈도 PX에서 빵을 사서 먹어댔다고 한다. "아빠! 그랬었어?" 하자 아빠는 웃으시며 그랬었지, 그때는 보이는 게 먹을 것뿐이었으니.

사실, 신병 교육대의 경우 신병들에겐 국방 예산에 따라 날짜별로 정해진 메뉴들이 있다. 따라서 일주일에 한번 정도는 닭고기가 나온다. 물론 닭국이다. 그러나 대부분 도루묵이다. 그래서 말짱 도루묵이란 말이 있는 모양이다. 군대 생활이 도루묵이었다는 지, 도루묵 건더기가 도대체 있는지 없는지 여서 그런 말이 나온 지는, 나도 잘 모르겠다. 닭고기는 교육대의 1종계가(사병) 부대 수송차로 사단에서 수령해 온다. 신병 200여 명의 닭고기라면 신병 한 명당 반 마리(100마리)를 즉, 문제는 사단에서 그 닭 100마리를 수령해 오는 과정이다. 돌아올 때, 일차로 주내 검문소에서 생닭 세 마리를 통과세로 바친다. 이차, 영내 밖에 있는 1종 선임하사의 살림집에, 생닭 세 마리를 갖다 준다. 삼차, 위병소의 위병대장, 병장에게 역시 생닭 두 마리를 뺏긴다. 사실 그는 군복무 중 여러 번 사고를 쳐 남한산성을 여러 번 갔다 오고(이등병으로) 강등 당해 10년째 군복무를 하고 있는 30대 후반의 사고 병으로 영내 밖에 마누라와 애새끼가 살고 있는 살림집이 있다. 제대가 얼마 남지 않았다. 그러나 그 위병대장도 똑같이 부대생활을 해야만 한다. 따라서 그 생닭 두 마리는 졸병이 몰래 그 살림집에 갖다 준다. 사차. 교육대장 딱가리가 닭 두 마리를 대장 숙소로 가져간다. 생닭 10마리가 날아갔다.(털도 없는데)

오차, 또? 취사반에서 그 생닭 90마리가 삶아지면 교육대 고참병들과 취사병들까지 합세해 달려들어 그 삶아진 통닭들을 뜯어댄다. 그렇게 열 마리는 사라진다. 결국 남은 80마리의 통닭들을 찢어발겨 국솥에 담아 신병들에게 배식한다. 말하자면 닭 반 마리를 먹을 권리가 있는 신병들은 닭 5/10가 아니라 4/10만 먹게 되는 것이다. 아무리 시대가 바뀌어도 어디든지 떡고물들이 있기 마련이다. 그러나 차라리 벼룩이 간을 빼먹지, 그렇게 배고픈 훈련병들의 먹을거리는 더 주지는 못할망정 빼 먹어서야 되겠는가? 지금은 어떤지 모르겠다. 많이 나아졌다고는 하는데.

삼촌에게도 군대생활 중 면회 온 사람이 딱! 두 사람 있었다. 첫 번째는 아빠다. 아빠는 초등학교 선생님으로 계시다 군대에 입대해서 후방부대에서 영타 병으로 복무하다, 차출되어 당시 보급부대인 십자성부대의 장병으로 파병, 십자성 부대 사령부에서 영타 병으로 복무하다 귀국, 제대말년 병장일 때 새까만 졸병이었던 삼촌에게 면회를 갔다. 그때 삼촌은 사격장에 나가 있었고 아빠는 군복차림으로 그 사격장을 찾아가 삼촌을 면회했다. 그때 삼촌과 함께 있던 고참 병장은 비록 부대는 다르지만 훨씬 고참 인 아빠에게 경례를 올려붙이고, 아빠는 그 고참 병장에게 동생을 잘 좀 부탁한다고 했고 그 고참 병장도 염려마시라고 차렷 자세로 말했다. 군대는 같은 병장이라도 짬밥을 하루라도 더 먹은 병장에겐 깍듯이 받든다. 그게 군대다.

선녀

두 번째, 면회자는 선녀였다. 선녀가 삼촌에게 면회온데는 다음과 같은 사연이 있다. 삼촌은 동기와 함께 휴가를 나왔을 때 그 동기도 집이 서울이었기 때문에 함께 남산으로 놀러갔다. 당시 남산 꼭대기엔 남산타워는 없었고 팔각정만 있었다. 그때 남산 꼭대기 팔각정 근처엔 놀러 나온 가시내들이 많았다. 따라서 삼촌과 동기는 놀러 나온 가시 내들에게 수작을 걸어 그 중 세 가시내와 죽이 맞아 삼촌은 갖고 있던 카메라로 서로 사진을 찍어대며 놀고 있었다. 그때 헌병 두 놈이 나타나, 병장인 삼촌에게 일단 경례를 붙인 후, 휴가증 제시를 요구했다. 그 헌병 두 놈은 둘 다 상병이었다. 동기 역시 상병이었다. 부대에선 병장이지만 외출, 외박, 휴가 시엔 휴가증에 기재된 대로 진짜 계급장을 달아야만 한다. 내주자, 살펴본 후 좀 더 확인해봐야 하니 따라오라는 것이다. 뻔했다. 무슨 트집이라도 잡아서 뜯어 먹으려는 것이다. 물론 그 녀석들도 고참병에게 바치기 위해 어쩔 수 없기도 했을 것이다. 끌려간 곳이 경비 초소였다. 서울은 '수경사(수도경비사단)' 관할이다.

헌병은 말하자면 군대 경찰이다. 수상하면 검문하고 조사할 권리와 의무가 있다. 그러나 증명서, 즉 휴가증이 이상이 없으면 즉시 멈춰야 하며 그 이상은 월권이다. 그러나 어디 법대로만 하는가? 진짜인지 확인하겠다는 데는 어쩔 수가 없다. 경비초소에는 또 다른 헌병 병장이 있었다. 삼촌과 동기의 휴가증을 넘겨받고 시간을 끌기 시작했다. 말할 것도 없이 빨리 가려면 용돈 좀 주고 가라는 것이다. 그때 삼촌은 성질이 나서 한바탕 하고 싶었지만, 약점이 있었다. 그 가시내들에게 카메라를 놓고 왔던 것이다. 몸이 달았다. 그새 그 가시내들이 카메라를 갖고 날라버리면 닭도 놓치고 꿩도 놓쳐 말짱 도루묵이 될 수밖엔 없었기 때문이다. 할 수 없이 사정하기 시작했다. "카메라를 두고 왔는데 빨리 가봐야 한다."고 그러자 그 헌병 놈들은 킬킬거리며 잘됐다는 듯 더욱 이죽거리며 시간을 끌었다. 패 죽이고 싶었지만 결국 주머니를 털어 이것밖에 없다며 삼만 원을 주고 풀려날 수 있었다. 다행히 그 가시내들은 그때까지 기다리고 있었다.

이미 김이 새서, 삼촌과 동기는 그 가시내들과 함께 남산을 내려가 명동의 고고장에서 막춤을 춰대며 놀았다. 그때 삼촌은 한 명의 가시내에게 눈독을 들이고 있었고 동기도 한 가시내와 붙어 놀고 있었다. 그 눈독들인 가시내는 늘씬한 팔등신의 미녀로 말 그대로 선녀였다. 다음에도 또 한 번 만나 영화도 보고 신나게 놀긴 했다. 그게 전부였다. 그런데 귀대한지 한 달쯤 후 까맣게 잊고 있었는데 겁도 없이 혼자서 삼촌의 부대를 찾아온 것이다. 그 선녀가.

서울에서, 삼촌의 그 교육대를 찾아오려면 다른 길도 있긴 하지만, 일반 사람은 서울에서 의정부까지 시외버스를 타고 와 의정부의 시외버스터미널에 내려 포천으로 가는 하루 오전, 오후 두 번 밖에 없는 시외버스를 타고 그 교육대 앞에서 내려야만 한다. 최소한 서울에서 네 시간은 걸린다. 그러나 그때 자칫 그 교육대를 지나쳐, 그 투Y고개 길을 넘어가면 안 된다. 설사 멀리 동구 밖 느티나무에 노란손수건이 수없이 휘날리며 천년이고, 만년이고 일편단심 민들레로 기다릴 테니 언제든지 오시옵소서. 기다리는 내 님은 있을지 몰라도 그 내 님은 여자다. 선녀가 꿈에도 그리는 내 님은 창살 없는 감옥에 삼 년 동안 속절없이 갇혀 지낸다. 내 님을 만나려면 결코 그 투Y고개를 넘지 말고, 그전에 내려 물어물어 동구 밖 노란손수건이 수없이 휘날리는 느티나무가 아니라, 교육대 위병소를 찾아 수많은 노란손수건 대신 수많은 신병들이 바글대는 마을이 아닌 부대를 찾아 내 님의 이름을 목 놓아 부르면, 그 내 님은 달려 나올 것이라고, 삼촌은 그 선녀와 헤어질 때 그 선녀가 물어 보기에 그냥 그렇게 가르쳐 주었었다.

물어보기에. 그런데 그 선녀가 내 님은 자신을 까먹은 줄도 모르는 꿈속의 내 님을 찾아 선녀 나라에서 밧줄을 타고 내려와 산 넘고 물 건너 그 굶주린 늑대들이 우글거리는 군바리 동네를 찾아온 것이다. 겁도 없이. 그 선녀가 교육대 위병소에서 삼촌을 찾을 때, 보초병은 하늘과 셋째 첩인 엄마를 원망했다. 왜, 나는 이 모양 이 꼴로 보초를 서게 하고 아무 가시내도 보내주지 않느냐며, 이등병인 위병 대장도 못생긴 부대 밖 마누라가 더욱 못생겼다는 사실로 열 받고 있었다. 연락을 받고 나온 삼촌은 믿어지지가 않았다. 여기가 어디라고, 설마는커녕 군대는 사회에선 죽고 못 사는 애인도, 군대가 버리면 고무신 거꾸로 신기 마련이라, 꿈 깨자고 잊고 있었는데 그 꿈속의 선녀가 찾아왔으니 삼촌은 서둘러 외출증을 끊어(신병은 외출 금지다. 복무 중인 사병도 부인이 아닌 한 애인이 면회와도 외박증은 끊어주지 않는다.) 외출증은 밤 12시까진 복귀해야 한다. 만약 그 시간까지 복귀하지 않으면 정당한 사유가 없는 한 탈영으로 간주한다.

그 선녀와 함께 위병소를 나왔다. 위병소를 나오자 선녀는 대한민국 사병으로서 품위를 지키고자 폼 잡고 걷는 삼촌의 팔짱을 살며시 꼈다. 그때 자전거를 타고 부대로 들어오던 1종 선임하사(중사, 부대밖에 마누라와 애새끼가 살고 있는 살림집이 있다. 직업 군인은 다 그렇다.)의 두 눈은 왕방울만해져 평생 구경도 못해본 그 선녀의 풍만하고 탱탱한 두 유방으로 말미암아 금세라도 터질 것만 같은 새하얀 블라우스의 앞가슴에 꽂혀 있었다. 그런 상태로 지나쳐 간 뒤에도 고개를 돌려 선녀의 그 탱탱한 엉덩이와 늘씬한 팔등신 밑으로 쭉 내려빠진 두 다리를 감싸고 있는 역시 새하얀 바지의 나팔처럼 벌어진 판탈롱의 끝자락에 두 눈은 꽂혀 있었다.

자전거의 앞바퀴가 개골창으로 굴러 들어가는지도 모르는 채. 마찬가지로 위병소 보초병도 삼촌의 팔짱을 꼭 끼고 달라붙어 다정히 걸어가는 늘씬한 위아래가 새하얀 판탈롱의 미녀 선녀를 보초로서의 신분도 망각한 채 넋을 잃고 쳐다보며 엄마야! 엄마야! 울부짖고 있었다. 위병 대장도, 이놈의 못생긴 여편네 잔소리만 해봐라. 사타구니를 움켜잡고 끙끙 거리고 있었다. 그때 1종 선임하사는 개골창에서 기어 나오고 있었다. 그러면서도 두 눈은 선녀의 뒷모습을 쳐다보고 있었다. 아이고, 저놈의 자식, 오늘 삭신이 노골노골 해지겠네.

삼촌과 미녀 선녀는 뒤에서 무슨 일이 벌어지는지도 모른채, 근처의 주막으로 들어가 주막의 작은방에서 빈대떡에 포천 이동 막걸리를 시켜놓고 그 선녀가 찢어 주는 대로 빈대떡을 넙죽넙죽 받아먹고 막걸리도 마셔댔다. 마침내 삼촌은 주모에게 부탁한 후 방문을 걸어 잠그고 그 달덩이 같은 두 산봉우리를 타고 한동안 헤매다 내려와 골짜기를 헤치고 우거진 숲을 헤집고, 폭포 같기도 한 맑은 옹달샘인 선녀의 꿈속으로 힘차게 들어갔다. 선녀도 선녀 나라에선 맛보지 못한 황홀한 꿈속을 헤매며, 몸부림치며 흐느끼며 신음하다 급기야는 괴성을 질러대며 마침내, 두 눈을 까뒤집으며 까무러치고 말았다. 그 뒤에도 네 번이나 까무러쳤다. 삼촌은 그렇게 선녀 나라에서 밧줄을 타고 내려와 산 넘고 물 건너 꿈속의 내 님을 찾아온 그 선녀에게 꿈속의 내 님답게 최선을 다해 보답했던 것이다. 그 1종 선임하사의 말처럼 온몸의 삭신이 노골노골 해질 때까지.

"그럼 작가님 그래서 또 면회 왔어?", "그건, 나도 몰라.", "몰라? 그럼 제대 후에 만난거야?", "그것도 몰라.", "왜 몰라! 그렇게 만리장성을 쌓았다면서, 그럼 고무신 거꾸로 신었다는 거야?", "아, 모른다니까. 삼촌이 이렇게 됐다. 저렇게 됐다. 말을 해줘야 알지.", "아이고 미치겠네. 아! 다섯 번이나 눈까지 까뒤집고 까무러쳤다면서 그냥 말았을 리도 없고, 궁금해 죽겠네.", "그건 나도 마찬가지라고, 삼촌이 제대한 후에도 어떻게 됐는지 말을 해줘야 알지. 더군다나 나는 그때 존재하지도 않는데.", "뭐라고? 아! 그렇겠구나.", "어쨌든 그냥 삼촌이란 사람의 군대 생활 중 '일장춘몽' 같은 사랑 얘기였다고만 생각해, 혹시 모르지 어느 날 난데없이 삼촌과 그 선녀의 후예가 나타나 삼촌에게 아빠! 하기라도 하면 그 사연은, 삼촌의 전성시대 속편으로 장편소설을 쓰게 될지도 모르지. 아니면 이미 쌍둥이 두 아들 딸을 안고 선녀 나라로 밧줄 타고 올라갔는지, 날아갔는지.", "그럼 삼촌은 하늘만 쳐다보는 나무꾼 신세가 됐겠네?", "그건 아니지, 지금까지 얘기했잖아.", "무슨 얘기?", "아이고 '너' 삼촌의 전성시대 제6부 타북편을 보고 있구나. 삼촌이 제대한 후 어떻게 됐는지는 삼촌의 전성시대 제1부~5부까지 다 보고 와서 얘기해. 알았지?", "어디가면 볼 수 있는데?", "아, 책방에 가면 있지.", "다 팔리고 없으면?", "그럼 연락해. 그리고 이왕이면 친구들까지 다 데리고 가. 무지하게 재밌다구 하며. 알았지?", "응. 근데~.", "근데 뭐?", "아까 투Y고개 넘어가면 동구 밖 느티나무에 노란손수건들이 수없이 휘날린다고 했는데.", "했지. 그럴지도 모른다고.", "아니 느티나무에 왜 노란손수건들이 휘날려? 이파리들도 아니고? 혹시 그 느티나무 잎사귀들이 노랗게 단풍져서 그렇게 말한 거야?", "너! 컴퓨터 칠 줄 알지, 알지. 검색도 할 줄 알지, 알지. 그럼 검색창에 '노란손수건' 쳐봐.", "다음은 색깔?", "아니 색깔 빼고 그냥 노란손수건", "다섯 글자만?", "아이고 그렇다니까.", "알았어. '노란손수건' 다섯 글자뿐이다.", "그렇다니까 이 자식아.", "아니 왜 욕은 하고 그래? '노란손수건'이라~ 콕, 콕, 콕, 콕, 콕, 콕, 콕, 콕, 콕, 에구 아니네. 콕, 콕, 자~ 어디보자."

그렇게 삼촌의 군대 생활은 객관적으로 볼 때도 분명 전성시대라 할만하다. 그러나 주관적으로도 과연 전성시대라 할만한 지는 의문이 따르긴 할 것이다. 사실 군대 시절은 누구나 다들, 나처럼 군대 생활해본 사람 있으면 나와 보라고 주장할만치 다양하고 특별할 것이다. 이를테면 월남에서 사선을 넘나들며 베트콩들과 싸워봤냐? 일촉즉발 DMZ에서 철책에서 북한군과 마주보며 경계 근무를 해봤냐? 유격대? 교육대? 웃기고 있네. 특수부대가 어떤 부댄지 니들이 알긴 아냐? 200여 명의 교육대 신병조교? 놀고 있네. 나는 수천 명의 훈련병들을 거느렸던 논산훈련소 조교였다. 나는 그까짓 지역구 마라토너가 아니라 전국구 마라토너였다. 나는 잇몸이 아니라 머리가 터져 수술 받으면서도 눈 하나 깜짝 없이 비록 마취를 당해 깜짝 할 순 없었지만 어쨌든 받은 사람이다. "하이고 나는 400여자 밖에 안 되는 국민교육현장이 아니라 헌법 달달이다. 선녀? 그와 같은 선녀였다면 좀 부럽긴 하네? 또한 목공 병이었다니 그건 알아줄만 하네.", "나는 군대를 가 본적이 없어 모르겠다. 나는 갈까 말까 뺀질인데 듣고 보니 딱! 한 번은 가보고 싶기도 하네? 갔다 와서 판단하겠다."

　따라서 삼촌의 군대시절이 전성시대라 할 만한 지는 각자 판단에 맡기겠다. 그럼에도 삼촌의 군대 시절을 삼촌의 전성 시대 제6부인 타북편의 일부로 소개하는 것은, 삼촌은 어디까 지나 능동적으로 나는 내가 가고 싶은 길을 가고야 만다. 그 길에 의미를 갖고 있는 반면, 가라면 가쥬 하고 수동적으로 간 군대는 군대에서의 일들은 그렇게 의미를 갖고 있지 않기 때문이다. 다만 할 바엔 나름대로 했던 것뿐이다. 따라서 스 스로도 전성시대라 생각질 않는다. 삼촌이 생각하는 전성시대 는 자유로운 인간으로서 인간답게 하고 싶은 일을 후회 없이 원 없이 마음껏 할 수 있을 때다. 그런데 군대생활은 그럴 수 는 없었기 때문이다.

교육대장과 한 배를 타다

사실, 삼촌이 군대 생활 중 교육대장의 살림집에 번듯한 장롱을 만들어 준 것도 문제가 되면 그 교육대장은 별은커녕 신세를 망칠 뿐만 아니라, 그 가족들도 풍비박산이 되어 와이프는 "그렇게 안 된다고 했는데도 왜 그렇게 바가지를 긁었던가. 아이고 별은 물 건너갔네." 땅을 치고 통곡할 것이다. 사실 영관 장교가 되기까지는 그 와이프는 남편이 소위 시절부터 남편 따라 전방 두메산골들을 떠돌며 살아야만 하고 그나마 남편이 말똥 하나를 달고 나서야, 그 두메산골에서 벗어나 그나마 의정부라는 도심에 살림집을 마련할 수 있었지만, 말똥하나인 소령의 봉급은 별 볼일 없다. 쓸 만한 가재도구들이 있을 리 없다. 따라서 번듯한 장롱이 소원이었을지도 모른다. 그러한 장교들은 겉으론 위세가 당당하다.

그러나 가정생활은 초라하기 그지없다. 직업 군인들인 장기 하사관들도 마찬가지다. 문제가 되면 평생 장병들에게 먹을거리들을 나르며 머슴살이를 하다, 대책도 없이 불명예제대를 당할지도 모른다.(불명예제대는 연금도 없다.) 한마디로 파면인 것이다. 단순히 군수품으로 사적 물품인 장롱을 만들었다고, 벼룩이 간을 빼 먹었다고 역적으로 매도하고 단죄만 하기엔 좀 그렇다. 물론 일벌백계로 상·벌은 분명해야 할 것이다. 그러나 법에도 형평성과 정상 참작이 있으며 무엇보다 법에 앞서는 인지상정이 있다. 그러나 법은 법으로 재수가 없어 군법 재판에 회부되었다 치자. 둘 다. 먼저 장롱 사건이다.

검사, "군용 외 사용해선 안 되는 군수품으로 사적 장롱을 만들었다는 것은 결코 용서할 수 없는 반역 행위다. 볼 것도 따질 것도 없이 계급을 강등 시키고, 보직에서 해임시켜야만 한다. 그래야만 군 기강도 바로 잡을 수 있다." 변호사, "아니 그게 말이 되는가? 그것도 마누라가 하도 졸라대서 어쩔 수 없이 해준 건데, 그까짓 나무 장롱이 뭐라고, 차라리 이 시간에 쓸데없는 시간 낭비 말고 금 장롱을 갔다 바친 놈들이나 때려잡아야지." 판사, "시끄럽다. 판결하겠다. 군수품으로 사적 물품인 장롱을 무단으로 만들었다는 것은 분명 유죄다. 그러나 금 장롱을 암암리에 갖다 바치는 사건과 같이 처벌하는 것은 형평성에 어긋난다. 또한 마누라가 그동안 장롱으로 말미암아 겪은 서러움과 맺힌 한을 볼 때, 그러한 마누라의 소원을 들어주기 위해 불법인 줄 알면서도 자기 한 몸 희생 될지라도 행한 행위는 정상 참작이 될 뿐만 아니라, 만약 전시에는 나라와 부하 장병을 위해서라면 제 한 몸 불사르겠다는 가상한 의지의 결단으로도 볼 수 있다. '가화만사성'이라 했다. 집안을 잘 다스리고 나서야 바깥일도 잘 할 수 있다. 나 역시 경험자다. 따라서 근신 삼 개월 집행유예다. 당시 가담했던 목공병은 명령에 따른 것이므로 논외다. 설사 부적절한 복종이었다 할지라도 삼 년 동안 군에 기여한 바도 남달리 크므로 퉁 쳐서 고부고부다. 다음!"

검사, 조금은 풀 죽은 목소리로 "1종계 선임하사로서 배고픈 신병들을 배불리 먹이지는 못할망정, 자신의 마누라와 자식들을 배불리 먹이고자 생닭 세 마리를 빼돌린 것은 신병들을 허약하게 만듦으로서 유사시 국가 안위를 위태롭게 하는 역시 반역행위다. 당연히 유비무환으로 일벌백계, 불명예제대 시켜야만 한다." 변호사, "생닭 세 마리가 아니라 돈뭉치 세 다발을 빼돌리는 놈들이 수두룩하다. 지금은 이럴 때가 아니다. 우선 그런 놈들부터 때려잡을 때다. 검사 그대는 하사관들의 실생활이 어떤지 아는가? 그 참새 눈물 같은 보잘 것 없는 봉급만으론 마누라와 자식들을 먹여 살릴 수가 없다. 그 허약해질 대로 허약해진 마누라와 자식들에게 영양 보충이라도 시키고자, 그 벼룩이 간 같은 생닭 세 마리를 빼돌린 것은 오히려 국가가 책임져야 할 보육의 의무를 어버이로서 대신 한 것뿐이다. 정상참작의 사유일 뿐만 아니라, 또한 형평성에도 어긋난다. 그와 같이 단죄하려면, 검문소 장병, 위병대장, 교육대 고참 병장들, 취사병들 심지어 교육대장도 불명예 제대시켜야 한다. 그와 같은 생닭 세 마리로 불명예 제대시킨다면 그 누가 그 자리를 대신하겠는가? 마땅히 정상참작 해야 한다. 검사 그대가 대신하겠다면 몰라도." 판사, "조용히 어쨌든 불법은 불법이다. 그러나 역시 같은 이유로 근신 삼 개월." 검사, "판사님 그래도 됩니까?" 판사, "안 되는 이유라도 있나?", "집행유예다." 검사, 변호사에게 "너! 변호사, 너 뭔데?", "아니 그냥 술이나 한 잔 하자고, 네가 살 거지?", "졌으니 사야지." 검사, 변호사는 술잔을 나누며 "검사 짓도 못해 먹겠네."

"왜? 아니 그 금 장롱을 갖다 바친 놈하고 돈다발을 빼돌린 놈들을 때려잡아야 하는데. 나무 장롱과 생닭 세 마리와 싸우고 있으니 말일세.", "그래도 서슬 퍼렇게 떠들어 댔잖아.", "그야 그래도 검산데, 하는 척 해야지." 그때 판사가 들어왔다. "아이고, 판사 짓도 못해먹겠네." 검사, 변호사 "왜요?", "아니 그 금 장롱, 갖다 바친 놈 하구 돈다발 빼돌린 놈들이 또 항소 했잖아. 자긴 그 금 장롱을 잠시 빌려준 것뿐이고, 돈다발은 돌 다발로 알았다면서." 검사는 "하이고 판사님 염려 마셔요. 내가 깡그리 조사해 봤는데요. 아니 어떤 놈이 금 장롱을 빌려 줘요? 그 금 장롱을 만든 기술자한테 물어봤는데, 만들어서 바로 그 집에 갖다 놨다는 거예요. 진술까지 다 받아놨으니 걱정 일랑 마세요. 거지를 만들어 놓을 테니.", "그럼 그 돈다발 빼돌린 놈들은? 돌 다발이라고 우기는데?", "그것도 염려 마셔요. 그 녀석들은 진짜 돈을 돌로 아는 일자 무식쟁이들이예요.", "뭐라고? 돈을 돌로 안다고? 최영장군도 아니잖아.", "그렇다니까요? 돈이라는, 돈 글자를 모르는 돌대가리들이라서 그냥 돌 다발이라고 한 거예요.", "그럼 오리발이 아니라, 딱따구리잖아.", "그렇쥬. 사실이라고 자백한 거쥬.", "증거 있어?", "있쥬.", "뭔데? 그놈들이 지껄이는 소릴 녹음해 뒀걸랑요?", "야! 빼돌린 돈이 얼마지?", "한 5억쯤 될 걸!", "야! 그럼 그 돌로 한바탕 놀겠는데? 야! 그럼 그 돌 다발 한 번 더 빼먹자.", "그 럴까? 였걸랑요?", "오! 그럼 증거가 되겠네."

근데 변호사가 "또 우길 거 아냐.", "그것도 염려 마셔요." 이번엔 변호사가 나섰다. "아니, 자넨 그 사건 변호사가 아니 잖나?", "아뉴. 지난번엔 졌다고 제게 돈다발을 들고 와서 이 돌 드릴 테니 잘 좀 변호해서 승소하면 이 돌 두 배로 줄 테 니 부탁하고 갔거든요?", "그래? 그럼 어떻게 변호할 텐가? 또 싸울 텐가?" 검사가 나섰다. "야! 이 사람아 나도 똥오줌 가릴 줄 안다네. 그래도 변호는 할 게 아닌가? 어떻게 하겠다 는 거야?", "아, 그야 처음엔 박박 우기죠. 금 장롱은 분명 빌 려준 것이고, 돈다발은 돌 다발로 알았다고.", "그럼 내가 증 거를 들이밀 텐데?", "그러니까, 그때 가서 쪼금만 더 우기다 가 할 수 없다는 듯이 할 말 없음 하면 되잖아요. 나도 그놈 들 그냥 내버려두면 안 되는 것쯤은 알아요." 판사, "그럼 문 제없겠군. 그런데, 그럼 자넨 그 변호사비 그냥 꿀꺽 하시겠 다?", "아유 판사님도 무슨 섭섭한 말씀. 돌인데, 기부 해야 쥬.", "어디다? 누구한테?", "그야 쌧구쌧쥬. 고아원, 학교 짓는 데요. 돌이 얼마나 필요한 데요. 자, 판사님 염려 붙들어 매시 고, 그냥 소신껏 방망이만 두드려요. 제 술 한 잔 받으셔요.", "제술두유.", "그럴까?" 세상은 이래서 살맛이 난다.

삼촌은 바둑으로 군대에서 그렇게 시달렸으면서도 그 타북 현장에서도 또 그놈의 바둑 때문에 시달리게 된 것이다. 삼촌 은 개별적으로 지낼 때 있는지, 없는지도 잘 티가 나지 않는 존재다. 그런데 조직에 들어가기만 하면 하는 일마다 특별한 일이 되고 특별난 존재가 된다. 그러나 삼촌에게 그 조직은 그냥 잠시 머무는 정거장일 뿐이다. 그 정거장을 구경할 만치 구경하고 알만치 알고 나면 또 시들해져 다음 정거장으로 간다.(붙잡아도 뿌리치며) 타북이란 정거장도 머물 시간은 이제 몇 달밖엔 남지 않았다. 따라서 만사가 귀찮아져 그동안 그저 그냥 편하게 시간만 때우며, 다음 기차가, 버스가 올 때까지 지내려 했는데 그놈의 바둑 때문에 또, 군대처럼 시달리게 된 것이다. 더군다나 그 현장소장은 그놈의 권위와 체면 자존심 따위로, 다섯 점을 깔아도 안 될 기력으로 차마 백을 잡겠다곤 못하고 '흑'만 잡고 맞바둑을 두자고 고집해, 할 수없이 백을 잡고 맞바둑을 두게 되었다.

바둑엔 이런 '고사'가 있다. '비기', '나를(비), 바둑(기)'라는, 중국 남북조 시대의 바둑 고수 '왕항'은 바둑의 최고위 1품인 반면 황제인 '무제'는 왕항에게 7~8점을 놓아야 하는 수준임에도 신하들은 3품으로 높여 받들고, 왕항도 무제의 비위를 맞춰주기 위해 흑을 잡고 흑 승, 흑 패하며 무제의 환심을 샀으며, 심지어 이런 말로까지 아부를 했다. 황제의 나는 바둑 '비기'를 감히 끊지 못하겠나이다.

삼촌은 그 정도까지는 아니었지만 가끔은 져주긴 했다. 사실 소장과의 바둑은 이기는 것보다 져주는 게 더 힘들다. 져도 져주는 줄 모르게 져줘야만 하기 때문이다. 다섯 판 중 한 판 져주면, 소장은 그렇게 좋아할 수가 없었다. 그래도 이런 말을 하긴 했다. "이 사람아, 내가 자네가 져주는 줄 모를 줄 아는가?", "알긴 개뿔을 알아? 자긴 잘 둔줄 알고 내가 실수를 해서 지가 이긴 줄 알지." 바둑은 상대도 되지 않는 하수와 둘 때가 가장 고역이다. 그런데도 내색도 못하고 마치 재밌다는 듯이 둘 때가 더욱 고역이다. 어쨌든 소장은 현장의 최고 우두머리다. 반면에 자신은 가장 쫄다구다. 이왕 잡혀왔으니, 기분 좋게는 해줘야 한다. 하다못해 떡고물이라도 생길지 모르니, 그 떡고물이 있긴 했다. 세 시간 정도 상대해 주고 올 때면 "그래도 미안하네. 시간 뺏어서. 갖다 피게." 하며 담배 한 보루를 주긴 했다. 그때 딱가리 인 노무도 옆에서 소장에게 훈수하며 구경을 하기도 했다. 그 노무는 삼촌에게, 자신은 소장 편으로 함께 의논해가며 둘 테니 담배 내기를 해서 소장 담배 좀 따 먹자고 아마도 그 노무도 소장에게 바둑으로 시달렸던 모양이다. 삼촌은 일언지하에 거절했다. 두는 것도 지겨운데, 그 여우같은 소장이 모를 줄 아냐며, 사실 그소장은 평생 숙적에게 담배 보루가 아니라 트럭으로 갖다 바쳤을 것이다. 술도, 쌓인 빈 술병만 해도 동산은 될 만치.

어쨌든 소장과의 바둑 두는 시간은 고역이었다. 그나마 그정도였다면 다행이었을 텐데. 어느 휴일 날, 소장은 삼촌을 자신의 승용차에 태우고 어디론가 한 시간 정도 데려갔다. 도착한 곳은 또 다른 현대건설 공사 현장이었다. 꽤 큰 현장이었다. 그곳의 한 개인 숙소에 있던 사람은, "아니 그동안 바빴나? 심심해 죽을 뻔 했는데, 이 친구는 기산가? 한 판 두세." 알고 보니 그 사람은 그 현장의 인사부장이자, 소장의 학교,

회사 동기로 너니 내니 심지어 이놈아 저놈아 하는 절친한 친구 사이였다. 그러나 한편으론 소장에게 그 인사부장이자 절친한 친구는 원한 맺힌 숙적이기도 했다. 왜냐하면 소장은 그 친구와 두기만 하면 백전백패, 한 마디로 밥이었다. 소장은 "흥! 야! 이놈아 잔소리 말구 오늘은 너하고 두려고 온 게 아냐. 인마. 이 친구와 한번 둬봐. 나보다 잘 두니까.", "뭐라고 너보다 잘 둔다고?" 삼촌을 미심쩍은 눈으로 살펴보더니 "일하는 친구야? 어떻게 둬야하는데?", "일단 맞둬봐.", "맞두라고? 내가?", "그럼 너지 누구야 인마. 하 이 자식 말 많네. 둬보라는데." 그 인사부장은 찜찜해 하며. 마지못해 백돌을 한 움큼 잡았다. 삼촌은 흑돌 두 개를 조용히 반상에 올려놓았다. 결과 백돌 하나가 남아 삼촌은 백을 잡고 두기 시작했다. "덤은 6집 반입니다." 하고 "그러지 뭐." 인사부장은 웬 낯도 코도 모르는 젊은 놈과 그것도 흑을 잡고 두게 되고, 그 인사부장은 그 현장에서 흑을 잡고 바둑을 둬본 적이 없었다. 300여 명의 근로자들 중에도 자기보다 잘 두는 근로자, 바둑이 없었기 때문이다. 어쨌든 그 자존심 강한 친구가 자신보다 잘 둔다고 했던지라 신중하게 두기 시작했다.

중반에 접어들었을 때 삼촌은 그 인사부장의 기력은, 기원 정 3급 정도로 소장보단 분명 한수 위였다. 즉, 삼촌 자신과 인사부장의 기력차이는 4~5점 치수로 아마 인사부장으로선 삼촌이 생전 처음 만나보는 바둑 고수였을 것이다. 이미 삼촌의 상대가 아니었다. 삼촌은 굳이 수를 부릴 필요도 없이 그저 평범하게 두어 나갔다. 그러나 인사부장으로선 답답하기만 했다. 도무지 알 수가 없었다. 별것 아닌 것 같은데도, 집은 아무래도 부족하기만 하고 그렇다고 건수도 없고 오히려 자신이 보기에도 도처에 금방이라도 죽을 것만 같은 자신의 말들이 널려 있어 어떻게 돼야할지 난감하기만 했다. 그렇다고 상대는 잡으려 하지도 않고 꼭 도깨비에 홀린 것만 같았다. 잘못 둔 것도 아닌 것만 같은데, 거기다 상대는 꼭 안 받을 수 없는 수만 두는지라 받다 보면 속수무책으로 끌려 다녀야만 했다. 생전 처음 겪는 압박감이었다. 옆에서 관전하던 소장도 이상하다는 느낌과 생각을 하고 있었다. 자신이 알고 있는 삼촌과 친구가 아니었기 때문이다. 사실 삼촌은 소장과 바둑을 둘 때면, 부러 빈틈을 보이며 가급적 아기자기하고 재밌는 바둑으로 유도하며 두곤 했다. 그러나 그 인사부장에겐 그럴 이유가 하등 없었다. 결국 인사부장은 답답함을 견디다 못해, "다시 한 번 둬보세." 스스로 돌을 걷곤 백을 잡고 두기 시작했다. 두 번째 판도 마찬가지였다. 세 번째 흑을 잡고 두던 인사부장은 중반에 이르자 바둑을 두다 말고, 이런 말을 하기 시작했다.

"이보게, 내 자네보다 나이가 한참 위라서 말을 놓겠네만, 자네 같은 바둑은 처음 본다네. 나도 프로 기사들이 두는 바둑들을 TV로 많이 관전해 봤고 심심하면 혼자서 복기도 해봐서 프로 기사들이 어떠한 존재들인지 조금은 안다네. 그런데 자네는 도무지 종잡을 수가 없네. 승부는 이미 상대가 못 된다는 걸 인정하겠네. 하지만 나도 자존심이 있다네. 내 체면 좀 세워주게. 설마 프로 기사는 아닐 테고, 자네 진짜 실력이 어느 정도인지 좀 말해주게. 알아야 맞두고 질 수밖에 없다는 사실을 그나마 받아들일 수 있지 않겠나? 분명한 것은 자넨 이 친구가 자기보다 잘 둔다는 정도는 아닐세. 안 그런가?"

삼촌은 잠시 생각하다 솔직히 말했다. "사실 저는 한국기원 공인 아마 6단입니다. 혹시 전국아마바둑 결승전에서 보셨을지도 모릅니다. 어렸을 때부터 바둑이 좋아서 두기 시작했고 두다보니 잘 둔다는 소리도 듣게 되고 한때는 프로 기사의 꿈을 꾸기도 했지만 능력도 부족하고 무엇보다, 그 길은 내가 갈 길이 아니라는 생각으로 꿈을 접고 바둑은 그저 즐기며 그래도 각종 아마바둑대회에 참가해 우승도 해보고 기원에선 지도사범으로 지내기도 했고, 기원도 운영해보다 원래 직업이 목수였던지라 여기까지 흘러왔습니다. 소장님이나 인사부장님은 바둑을 못 두시는 게 아니라 저만큼은 바둑을 안 두신 탓일 뿐 바둑에 좀 더 관심을 가지시고 승부에만 집착하지 마시고 즐기신다면 어찌 저만 못하시겠습니까? 제가 볼 때 두 분은 그 좋아하시는 바둑을 많이 두고 싶으셔도, 어찌 많이 두실 수 있으시겠습니까? 이정도 두시는 것도 훌륭하십니다." 인사부장은 "자네 목수가 맞긴 맞나?"

"이제부턴 내 속 좁은 편견이나 고정관념은 버리겠네. 어쨌든 후련하고 기분은 좋네. 솔직히 말해 하늘같은 고수와 맞바둑을 두었으니 말이 되는가? 이 친구야. 안 그래?" 소장은 "잔소리 말아. 그렇다고 내가 그냥 둘 줄 알아? 기어코 네 놈을 꺼꾸러트려 내 밥으로 만들고 말테니 두고 보라고.", "그런데 이 친구야 그럼 그렇다고 진작 말해 주잖고. 나를 가지고 노는 줄도 모르고 이겨보겠다고 끙끙거렸잖아. 그동안에 바둑이나 배울걸. 하여튼 오늘은 시간도 없으니 그만가세.", "야! 너 기다려. 하, 자식 성질하곤 여보게 이 친구가 가르쳐 달래도 가르쳐주지 말게. 돌대가리한테 가르쳐줘봐야 아무 소용없네. 너는 내 영원한 밥이야.", "뭐가 어째?" 결국 삼촌이 뜯어 말렸다. "소장님 그만 가시죠?" 씩씩거리며 차에 올라탄 소장은 돌아오는 차에서 "여보게, 바둑 좀 가르쳐주게. 도대체 아무리 노력해도 저 녀석을 도무지 이길 수가 없네." 참으로 맺힌 것이 많은 모양이었다. 그때부터 삼촌은 그러한 소장에게 바둑을 가르쳐 주기 시작했다. 우선 마음가짐부터.

바둑의 본질은, 그 무궁무진한 수들을 추구하는 즐거움의 의의에 있다. 바둑은, 조화다. 조화로움은 자연이며 물이 흐르듯 순리를 따르며 순응해야한다. 바둑은, 부득탐승, 즉, 이기고자 탐하면 결코 이길 수가 없다.

바둑은, 이길 수 있는 수를 찾는 게 아니라 올바른 수를 찾는데 있다. 바둑은, 이길 수 있는 수만 추구하면 그보다 높은 차원의 경지에는 오를 수 없다. 바둑은, 상대성에 따라 이길 수 있는 수가 수없이 많다. 그러나 올바른 수는 오직 한 수 뿐이다

바둑은, 이길 수 있는 수많은 수를 찾기보다 올바른 수를 찾는 게 더욱 효과적이다. 바둑은, 올바른 수만 두면 이길 뿐만 아니라 결코 질 수가 없다. 바둑은, 이기는 수만 두어선 상대가 이길 수 없는 수를 두지 않는 한 결코 이길 수 없다.

바둑은, 한 번 두면 한 번 뿐인 인생처럼 되 물릴 수 없다. 두기 전에 신중해야만 한다.

바둑은, 설사 올바르지 못하고 잘못된 수를 두었다 할지라도, 되 물려선 결코 기력 향상에 도움이 되지 못한다. 그 결과를 확인해야만 되풀이 하지 않을 수 있으며, 기력 향상을 할 수가 있다.

바둑은, 반전무인, 즉, 상대를 의식해선 안 된다. 백이라면 흑 돌이 놓였을 때 그 흑 돌이 놓인 자리가 무슨 의미의 자리인지를 헤아려 그에 적절한 올바른 수로 대응해야만 한다. 다시 말하면 그 흑 돌의 상대가 무슨 의도로 그 자리에 놓았는지는 중요치가 않다.

바둑은, 자신이 생각하는 수가 절대적으로 옳다는 생각은 오만이다. 진정한 옳음은 주장이 아니라 결과로 증명하면 만인도 옳음으로 공감할 것이다. 다만 진정한 옳음의 경지에 오른 자는 주장이나 증명 없이 그냥 행할 뿐이다. 공감해주길 따르기를 원하지도 바라지도 않는다.

바둑은, 상대를 배려할 줄 알아야 한다. 그래야만 상대도 상대를 배려함으로서, 서로가 진정으로 즐길 수 있는 바둑을 둘 수가 있다.

바둑은, 최고의 경지라 할 수 있는 입신의 경지는 이와 같은 즐거움을 추구할 때 가능하다. 바둑은 백문이 불여일견 백 가지의 이론보다 한 번의 경험이 중요하다.

바둑은, 결국 승부를 초월해서 부득탐승, 반전무인의 무념무상의 경지에서 최선의 수, 나아가 올바른 수를 추구하며 그 자체를 즐기는 과정 그 자체라 할 수 있다. 이와 같은 바둑의 경지는 인간이 추구하는 궁극적인 삶의 맥락과 같다 하겠다.

바둑은, 결론적으로 즐기는 것이며 즐김으로서 입신의 경지에도 오를 수 있다. 즐거움이 입신이며 입신은 즐거움의 결과일 뿐이다. 따라서 누구라도 즐길 수만 있다면, 그 자체로 입신이다. 이겨도 즐겁고, 져도 즐겁기 때문에 입신인 것이다. 이기기만, 지기만 하는 입신이 있는가? 삼촌은 이와 같이 설파한 후 소장의 수준과 능력에 맞는 수들을 가르치기 시작했다. 말하자면 기본적인 정수(올바른 수)들을 가르치기 시작했다는 얘기다. 기본적인 이런 고사가 있다. 한 고관이 자식을 명망 있는 훈장에게 데려가 가르침을 부탁했다. 일 년 후 자식은 훈장에게 하늘 天자를 배우고 있었고, 삼년 후에도 마찬가지였다. 더 이상 참지 못하고 자식을 데려왔다. 도대체 삼년 동안 하늘 天자 말고 배운 게 있긴 있느냐고 다그쳤다. 자식은 모르는 게 없었다. 하늘 天자 하나 만으로도 진리를 깨우쳤던 것이다.

바둑도 마찬가지다. 포석, 정석, 행마, 맥, 사활의 원리, 끝내기의 우선순위, 등과 종합적인 형세 판단 등 그 수많은 시시콜콜한 모든 수들은 가르칠 수도 없고 배울 수도 없다. 스스로 깨우쳐야만 한다. 따라서 스승은 그 깨우칠 수 있는 길만 안내 해주면 그것으로 충분하다. 그 길을 갈 수 있고 못가고는 제자의 몫일뿐이다.

석 달 후 소장은 몰라보게 달라졌다. 우선 사람이 달라졌다. 그거만 하던 모습도 달라졌고 제멋대로인 안하무인의 자세와 말투도 달라졌다. 과장, 대리, 기사에게도 너그러워졌다. 심지어 억압적이었던 근로자들에게도 부드러워졌다. 먹는 것도 나아졌다. 근로자들의 애로사항에도 귀 기울였다. 삼국인 근로자들의 막사에도 자주 들러 불편한 점이 있는지도 신경 썼다. 골프도 가급적 삼갔다. 삼 개월마다 있는 행사에서도 표창 받는 모범근로자도 늘어났다. 그런가하면 안전문제는 더욱 엄격해졌다. 대충 대충하던 공사도 원칙대로 철저해졌다. 바둑도 달라졌다. 어떻게 두면 이길 수가 있을까가 아니라 어떻게 두면 최선의 수, 좋은 수가 될 수 있을까로 달라졌다. 그런 가운데 삼촌이 귀국 한 달 전 그 현장소장은 또 다시 삼촌을 태우고 그 인사부장을 찾아갔다.

인사부장도 반갑게 맞았다. 그러나 인사부장은 별로 변함이 없었다. 두 친구는 삼촌이 지켜보는 가운데 바둑을 두기 시작했다. 인사부장은 바둑을 두면서도 예전 같지 않은 소장을 흘끔흘끔 쳐다보며 "아, 이 사람아 말 좀 하면서 두게." 소장은 "바둑은 수담!" 인사부장은 "얼씨구 전에는 잘도 떠들더니." 그런데 인사부장의 입이 다물어졌다. 심각해졌기 때문이다. 있을 수 없는 일이 일어났기 때문이다. 형세가 좋지 못했기 때문이다. 그러자 이번엔 소장이 한 마디 했다. "아, 이 사람아 말 좀 하면서 두게. 꿀 먹은 벙어리가 됐나?", "아! 시끄러워." 인사부장은 땀을 흘리기 시작했다. 인사부장은 그때까지 소장에게 져 본 적이 없었다. 그런데 지게 생겼기 때문이다. 삼촌이 보기에도 그 바둑은 역전이 불가능 했다. 그 첫 판은 결국 인사부장이 졌다. 그런데 소장은 좀 이상했다. 당연히 기고만장해야 할 텐데 담담했다. 오히려 인사부장이 놀란 눈치였다. 망연자실한 채 한동안 천정만 바라보다 삼촌을 한번 흘끔 쳐다본 후 또 두기 시작했다. 막상막하였다. 삼촌이 볼 때 소장은 이제 인사부장의 하수가 아니었다. 이제 두 사람의 승부는 마음가짐에 달려 있었다. 그러나 근소한 차이로 소장이 또 이겼다. 끝내기가 빛을 발했다. 세 번째 판은 인사부장이 대마를 잡고 이겼다. 소장의 경험 부족이었다. 네 번째 판이 벌어졌다. 쌍방 최선으로 두고 있었다. 삼촌도 예측할 수가 없었다. 무슨 돌발 변수가 일어날지는 알 수가 없기 때문이다. 삼촌이라면 어느 쪽으로 두던 이길 수 있지만, 문제는 져선 안 된다는 강박관념의 인사부장과 2승 1패로 여유가 있는 소장의 여유와의 차이는 결국 결과로 나타났다. 소장이 이긴 것이다. 완벽한 소장의 승리였다.

두 친구는 아무 말이 없었다. 인사부장이 먼저 "자네 좀 변했군. 바둑도 그렇지만 자네답지 않군." 그러자 소장은 "글쎄 나도 내가 좀 이상하다네. 자네를 단 한 판만이라도 이겨 보려고 그동안 그렇게 노력했는데도 이겨보지 못하고 자네의 놀림감이 되었을 때, 내 심정이 어떠했는지 아는가? 그래서 자네를 이기면 천하를 얻은 것처럼 기쁠 것만 같았는데, 그렇지가 않다네. 지금 '득호우'란 말이 떠오른다네. 이제야 자네가 진정한 내 친구로 보인다네. 도대체 왜 그렇게 승부에 집착하고 아등바등했는지, 이겨도 좋고 져도 좋은데 말일세.", "새삼스럽긴." 소장은 "하긴 그렇지. 어쨌든 우리 앞으론 진짜 실력 대결하면서 좋은 바둑을 둘 수 있도록 노력해보세. 이젠 바둑의 참맛을 알듯 말듯 하다네.", "하이고 아주 도통했구면. 나도 정신 바짝 차려야겠구면. 그리 호락호락 질수야 없지." 삼촌은 가슴이 뿌듯하고 흐뭇했다.

그때, 인사부장은 "아무래도 찜찜했었는데, 결국 자네가 이 친구를 탈바꿈시켰구면. 사실 이 친구는 나도 그렇지만 결점이 많다네. 그동안 너무 그러지 말라고 해도 어디 들어 먹어야지. 많은 사람 힘들게 했지. 친구만 아니었으면 벌써 잘라버렸을 거네. 바둑만 잘 가르친 게 아니라 사람까지 바꿔 놓았구면. 듣자니 자넨 바둑만 고수인 게 아니라 목수로도 놀라운 사람 같은데, 인사부장으로서 한번 알아보았네. 알고 보니 십 년 전 바레인에서 사장님과 회장님께서도 자네에게 신세를 졌더구면. 그래? 그럼 아마 자네도 알면 기절할걸세. 이 친구가 어떠한 친구였는지. 그래서 말이네만 귀국이 얼마 안남은 것 같은데, 자네만 원한다면 더 좀 있어주지 않겠나? 나는 인사부장일세. 이 친구 현장이든 우리 현장이든 말일세. 우리 현장엔 목공일도 많다네. 내 직권으로 반장을 시켜줄 수도 있네. 그것도 아니면 귀국해서 다른 현장에서도 말일세. 자네 같은 인재는 언제라도 환영일세."

삼촌은 "감사합니다. 좋게 봐주셔서 생각해보겠습니다." 이었다. 사실 인사부장과 현장소장은 같은 부장급이지만, 현장소장은 기술계통으로 현장에선 우두머리지만 보직 끗발은 인사부장이 더 막강하다. 즉, 회사 간부들의 인사를 좌지우지 할뿐만 아니라 심지어 현장소장의 자리까지 좌지우지 할 수도 있다. 이를테면 현장소장은 회사에서 잔뼈가 굵은 정규직 부장이기도 하지만 경우엔 따라선, 외부에서 초빙하거나 경력자로 채용한 비정규직 계약직, 현장소장일 수도 있다. 그 인사를 인사부장이 결정할 수도 있다는 얘기다. 따라서 회사는 일선에서 뛰는 기술직보다는 같은 급이라도 사무 계통의 끗발이 더 세다. 솔직히 현장소장은 공사에 필요한 실무자들을 (근로자 포함) 요청은 하지만 직접 선발하고 뽑을 순 없다. 인력관리는 회사에서 즉, 인력관리본부에서 인사부장이 알아서 뽑아 보내주는 것이다. 다만 중소기업은 한두 명의 인사부장이 총괄하지만 대기업은 인사부장들이 꽤 많다. 공사현장들과 계열사들에, 즉, 현장소장(계약직)은 자신의 공사가 끝나면 어떻게 될지 모른다는 것이다. 결과가 시원찮으면 잘릴 수도 있다. 그때는 그런 정도였다. 그러나 사람의 앞날은 참으로 알 수가 없다.(뿌린 대로 거두리라.)

삼촌의 귀국

삼촌은 귀국할 때 치밀하고 용의주도한 작전을 세웠다. 말하자면 '킹돔 사우디아라비아'의 보물들인 뿔고동, 대왕조개, 보○조개 등의 밀반출 작전이다. 가리비 같은 대합이나 산호는 작전상 포기했다. 그 작전은 실패란 있을 수 없는 미션 임파서블, 여왕폐하를 위한 007작전으로 삼촌은 톰크루즈나 007 제임스본드가 되어야만 했다. 그 작전의 D데이는 1986년 9월 12일이었다.(귀국일)

여기서, 과연 국제공항의 세관대는 어떠한 곳인지 한번 살펴보자. 일반적으로 국제공항의 출국장은 탑승 장소로 입장하기 전 개인당 허용된 무게를 초과하는 크기의 물품이나 짐들은 별도의 항공화물로 부친다. 그 짐들은 별도의 x-ray 투시 box를 통과 컨베어 벨트를 타고 항공 카고에 입고 여객기의 짐칸에 입고된다. 그 후 출국자들은 출국장 역시 x-ray투시 box벨트위에 소지품(가방, 모자, 손목시계, 허리 벨트) 등을 올려놓고, 그 소지품들이 x-ray투시 box를 통과하는 동안(그때 x-ray 투시 모니터를 투시원이 살펴보고 있다.) 출국자는 옆에 있는 검색대 개방된 프레임을 통과 이상이 없으면 곧바로 x-ray box를 통과해 나오는 자신의 소지품들을 챙겨 탑승V 대기 장소에서 기다리다 탑승하게 된다.

참고. x-ray를 통과하는 물품들은(가방 속) 그 형상이 모니터네 그대로 나타난다.(즉, 총기류, 폭탄 등) 신체가 통과하는 검색대는 금속을 탐지, 감지되면 이상 음과 함께(동전이라도) 자진해서 내놓을 것을 요구하고, 다시 통과하게 된다. 만일 불응 시엔 철저한 몸수색을 당한다. 마약류는 탐지견이 공항 내를 돌아다니며 탐지한다. 그와 함께 소지품 또는 신체에 소지한, 뭉치 다발의 달러와 자국 화폐도 발견되면 문제 삼는다. 기본적으로 허용된 개인 소지 금액은 달러는 '5만 달러 이내다.'

반면 입국장은, 세관원이 세관대에서 입국자의 항공 화물과 소지품들을 조사한다. 그때 신체는 수상하거나 필요시, 입국자의 동의하에 신체검사도 한다. 확실한 정보가 있을 시 별실에서 해당 남녀 세관원이 철저히 신체 수색을 한다. 은밀한 곳까지. 입국자가 인권 모독이다, 침해다, 항의하고 고소하겠다 날뛰어도 맘대로 하라며 수색한다.

참고. 일반 입국자는 허용된 금액 이상의 고가품들은 신고하게 되었지만 대부분은 별별 기발한 수단과 수법들을 동원해 감추지만 세관원들은 용케도 찾아낸다. 찾아냈을 경우 허용 금액 이상의 고가품들은 시중에 팔 수 있는 금액을 기준으로 세금을 매긴다(차익금). 따라서 팔아도 남는 게 없다. 단, 거액의 밀수품과 반입 금지인 마약류는 발견되면 압수와 동시 현행범으로 형사처분 된다. 불법 무기류도. 따라서 삼촌이 세운 작전의 핵심 키포인트는 그와 같은 국제공항 내지 국내 공항 출국장의 x-ray와 검색대, 세관원의 감시와 조사를 과연 어떻게 속이고 피할 수 있느냐다.

　삼촌이 타북에서 김포공항에 귀국하기 위해선 다음과 같은 항공여행을 하여야만 한다. 당시는 김포공항에서 사우디(중동)까지 직항하는 항공 노선이 없었다. 따라서 삼촌은, 일차 바레인으로 출국할 땐 현대건설에서 전세 낸 대한항공 특별 전세기로 300여 명의 근로자들과 함께 출국 했었다. 이차, 담만으로 출국할 땐 소수의 근로자들과 함께 말레이시아 항공으로 말레이시아 쿠알라룸푸르의 항공사 지정 호텔에서 하룻밤을 잔 후, 그때(근로자들은 호텔 화장실에 비치된 두루마리 휴지를 가방에 쓸어 담아, 나라망신을 시키기도 했다.) 환승 다른 국적 항공기로 사우디의 관문인 '제다' 국제공항에 도착 1,260km 떨어진 담만까지 회사 버스(미륭건설) 19시간을 가야만 했다. 삼차인, '제다' 현장(주식회사 한양)에 갈 때도 마찬가지였다. 따라서 사차인 '타북'에 올 때도 그와 같이 제다에 도착 한 후 제다의 대기 숙소에서 며칠을 지낸 후, 사우디의 국내선 항공으로 제다에서 800km 떨어진 타북까지 오게 된 것이다. 귀국할 때도 마찬가지였다. 말하자면 삼촌의 작전은 일단은 타북의 국내항공과 제다의 국제공항을 통과해야만 한다. 그나마 타북의 국제공항은 출국수속은 그리 까다롭지가 않다. 불법 총기류 정도만 확인하는 정도다.

그와 같은 사실들을 근거로 삼촌이 세운 미션 임파서블이자, 007작전은 다음과 같았다. 먼저, 주먹만 한 '보○조개 3개와 계란만한 5개'는 가지고 있던 야마하 통기타에 착안했다. 삼촌은 통기타는 경험적으로 어깨에 둘러매거나 손에 들고 신체 검색대를 통과할 수 있다는 사실을 알고 있었다. 따라서 통기타 속에 그 '보○조개' 8개를 안쪽 둘레에 접착테이프로 찰싹 붙인 후, 혹시라도 세관원이 소형카메라로 통기타 속을 살펴볼지도 몰라 얇은 합판으로 통기타의 안쪽 둘레를 생긴 대로 약 5cm의 폭으로 완벽히 돌려 막았다. x-ray box를 통과하지 않는 한 통기타 속은 투시되지도 않고 신체검색대로 금속이 아니기 때문에 탐지될 리가 없었다. 또한 세관원이 흔들어보고 소형 카메라로 들여다본다 해도 통기타 속의 공간은 좀 적어졌긴 하지만, 좀 적어진 공간만으로 통기타 속에 이중 칸이 있다는 사실을 알지는 못할 것이라 확신했다. 그래도 찾아낸다면 할 수 없는 일이다. 그때 삼촌은 이런 상상도 해보았다.

만약 조직적인 전문 밀수꾼들이 그와 같이 아예 통기타를 보다 정밀 제작해 고가의 '다이아'나 귀금속, 심지어 마약가루도 완벽히 감춘다면 세관원들도 과연 찾아낼 수 있을까? 사실 세관원들이 그와 같은 밀수품들을 잡아내는 것은 정확한 정보에 의해서다. 일반 여행자들이 더구나 일 년 동안 일만하다 귀국하는 근로자가 그러한 밀수를 한다는 것은 상식적으론 불가능한 일이다. 설사 한다 해도 기껏해야 얼마 안 되는 물품일 수밖엔 없다. 열 명의 경찰이 잔머리 굴리는 한 명의 좀도둑을 잡지 못하는 이유이기도 하다.

　다음은 뿔 고동 2개와 대왕조개 2개였다. 삼촌은 그 역시 '도난당한 편지'를 떠올렸다. 뻔히 보면서도 알아보지 못했다는 사실을. 타북 시장의 기념품상점에서 흔히 볼 수 있는 사우디의 뿔 고동과 비슷한 크기의 도자기 1개와 적당한 크기의 곰 인형 2개와 아기 곰 한 개. 보기에도 좀 커 보이며 어울리지도 않는 중절모자도 한 개 샀다. 그리고 당시 50만 원 상당의 진품 로렉스 손목시계 下품도 하나 샀다. 그런 다음 뿔 고동 2개를 진흙으로 기념품 도자기와 똑같이 빚어 색칠까지 해 기념품 도자기로 둔갑시켰다. 그리고 상표까지 붙였다. 삼촌이 보기에도 영락없는 기념품 도자기였다. 다음은 대왕조개 2개를 헝겊으로 싸서 곰 인형의 배속에 집어넣어 역시 접착테이프로 고정시키고 다시 꿰맸다. 아기 곰은 들러리다. 중절모자 속엔 큼직한 가리비 조개를 역시 보드라운 헝겊으로 싸서 테이프로 고정시켰다. 그 가리비는 희생양이었다. (작전상) 로렉스 손목시계는 구입 영수증과 보증서만 챙긴 후 케이스는 버렸다. 그렇게 삼촌의 귀국 준비와 미션 임파서블, 007작전 계획은 모두 끝났다.

이제 남은 일은, 작전 리허설이라 할 수 있는 타북 국내공항을 무사히 통과하는 일이었다. 마침내, 귀국 날 삼촌은 가방에 곰 인형 세 마리, 기념품 도자기 3개, 역시 구색으로 기념품인 낙타 두 마리, 나는 일 년 동안 일만 하다 귀국 선물을 사들고 귀국하는 근로자다! 쓰던 망치, 톱, 대패 하나씩과 로렉스 시계와 내복 한 벌을 챙기고, 손목에 차던 낡은 손목시계를 차고 난 후, 가리비가 들어있는 거추장스런 중절모자를 쓰고 한 손엔 가방을 들고 또 한 손엔 야마하 통기타를 들고 몇 명의 귀국 근로자들과 함께, 타북 국내공항의 검색대 앞에 섰다. 조마조마했다(007답지 않게). 그리곤 x-ray 벨트 위에, 가방과 중절모자, 낡은 손목시계, 허리 벨트를 풀어 올려놓고 통기타는 예정대로 손에 들고 신체 검색대를 통과했다. 예상대로였다. 모두 무사통과 했다. 일차는 성공한 것이다.

그러나 타북 공항은 국내공항이다. 국제공항인 '제다'에는 분명 이차인 세관원이 가방을 모두 뒤질 것이다. 그때가 문제다. 그러나 이미 주사위는 던져졌다. 작전대로 할뿐이다. 같은 뿔 고등과 대왕조개, 보○조개들과 산호들까지 가방 속에 싸들고 감추고 나가던 귀국 동료들도 무사히 통과한 후 "아이고 간 떨어질 뻔했네." 한숨들을 내쉬었다. 그러나 그들은 제다 국제공항에선 한숨대신 통곡을 해야만 했다. 제다 국제공항의 세관대는 한 마디로 보물찾기와 숨바꼭질의 장소였다.

삼촌은 제다 국제공항의 x-ray와 신체 검색대를 통과한 후

문제의 마지막 관문인 세관대의 세관원 앞에 섰다. 이미 앞서
조사받은 동료는 가방 속에 감추었던 보물들을 모두 압수당
한 뒤였다. 삼촌이 세관대위에 가방과 통기타를 올려놓자, 세
관원은 통기타를 들어 흔들어본 후, 기타 줄이 쳐진 통구멍을
이리저리 들여다 본 후 한 옆으로 옮겨놓고 가방을 뒤지기 시
작했다. 도자기와 낙타를 들어 상표까지 살펴본 후 역시 기타
옆으로 치워놓고 망치와, 톱, 대패도 삼촌을 한번 쳐다본 후
"목공인가?" 치워놓고 내복도 걷어낸 후 곰 인형에 손을 댔다.
그때, 삼촌은 안절부절 하며 한 손은 중절모자를 붙잡고 한손
은 바지자락을 움켜쥐고 마치 똥마려운 강아지마냥 우물쭈물
하기 시작했다.

그러자 세관원은 곰 인형을 내려놓고 날카로운 눈초리로 삼
촌을 살펴보며 가까이오라고 손짓했다. 삼촌은 더욱 어쩔 줄
모르며 울상까지 지으며 세관원 앞으로 다가갔다. 세관원이
모자를 벗으라고 하자, 할 수 없다는 듯 체념한 표정으로 모
자를 벗어 주었다. 세관원은 모자 속에 붙어있던 헝겊 말이를
꺼내 풀어 가리비를 보자, 삼촌을 한번 흘겨 본 후 가리비를
가방 반대쪽에 갖다놓았다. 마치, "여기가 어딘데, 내가 누군
데 잔머리를 굴려?" 이제 가리비는 희생양으로 할 일을 다 했
다. 세관원은 삼촌의 사타구니를 가리키며 내놓으라고 했다.
삼촌은 더욱 애처로운 모습으로 버텼다. 그러자 세관원은 눈
을 부릅뜨고 빨리 내놓으라고 호통 쳤다. 그제야 삼촌은 혁대
를 풀고 불알 밑에 매달려 있던 로렉스 시계를 꺼내 주었다.

거의 울듯이. 세관원은 그 로렉스 시계를 자세히 살펴본 후 어디서 샀으며 영수증은 있냐며, 있으면 내놓으라고 했다. 삼촌은 주머니에 넣어둔 영수증과 보증서까지 내주었다. 영수증과 보증서를 살펴본 세관원은 "정상적으로 샀으면서 왜 감추냐." 했고 삼촌은 "세금이라도 맞을까봐." 세관원은 피식 웃으며 "아! 입국할 때나 세금을 매기지 출국할 때 세금은 무슨 세금, 좀 더 좋고 비싼 것도 많은데 사가질 않고, 이까짓 게 얼마나 된다고, 그래도 돈도 없고 잘 몰라서 세관원은 아, 질질 짜지 말고 빨리나가. 다음!" 삼촌은 얼른 물건들을 가방에 집어넣고 그 폼 잡고 서있는 세관원에게 절을 한번 꾸벅한 후, "살라마리쿰!(안녕)"하고 가방과 통기타를 들고 부리나케 세관대를 빠져나갔다. 보나마나, 그 세관원은 "자식이 어디서 잔머리를 굴려. 내가 누군데." 어깨에 힘주고 있었을 것이다. 삼촌은 거추장스럽기 만하던 중절모자도 가방 속에 쑤셔 박았다. 그리고 가리비에겐 미안해했다. 같이 못가서.

그렇게 삼촌의 미션 임파서블이자 007작전은 좀 창피하긴 했지만 각본대로, 찰리 채플린 같은 연기와 함께 끝이 났다. 동료들은 모두 보물들을 압수당했지만, 그래도 한 명은 신주 모시듯 간직하고 있던 계란만한 '보○조개' 두 개를 원시적인 방법이긴 하지만 양쪽 겨드랑이 실로 팔뚝에 잡아 묶고 무사히 세관대를 빠져나올 수 있었다. 모로 가도 서울만 가면 되는 것이다.

삼촌과 일행은 100여 명 정도 탈 수 있는 소형 여객기인

싱가폴 에어라인을 타고 있었다. 여객기는 제트기류를 만나면 고도 변경을 한다. 갑자기 기체가 요동치며 기체가 뚝뚝 떨어졌다. 곧 기내 방송으로 기상 악화로 회항 한다는 방송이었다. 사실 대형 여객기는 웬만한 기상 악화에도 끄떡없다. 그러나 소형 여객기는 얘기가 다르다. 크게 선회한 후 하강하기 시작해 얼마 후 착륙한 곳이 대만이었다. 늦은 밤 항공사의 버스로 도착한 곳은 '타이페이'의 항공사 지정 호텔이 있다. 2인 1실의 호텔방에서 그날 밤을 자게 되었다. 그날 밤 호텔 지배인이 수작을 걸어왔다. 원한다면 여자들을 불러주겠다고 (US 100). 있을 리가 없었다. 하릴 없이 냉장고에 비치된 맥주들을 마셔댔다. 다음날 새벽, 항공사 버스를 타려는데 지배인이 쫓아 나왔다. 밤새 마신 맥주 값을 내고 가라는 것이었다. 공짜가 아니었던 것이다.

주머니들을 탈탈 털어 줄 수밖에 없었다. 안개 자욱한 새벽 길을 공항을 향해 달려갈 때 삼촌은 참으로 신기한 구경을 했다. 산모퉁이를 돌다, 좁고 긴 돌계단이 이어진 산꼭대기엔 웅장한 절이 있었고 스님들이 절 마당에서 아침 체조인지 무술인지를 단체로 펼치고들 있었다. 그야말로 영화에서나 보고 무협지에서나 읽었던 소림사의 무술 수련, 그대로였다. 더군다나 자욱한 안개 속에서의 웅장한 절의 모습과 절도 있는 '승'들의 수련 광경은 환상적으로 마치 꿈을 꾸는 것만 같았다. 한마디로 구경 한 번 잘했다.

김포공항의 세관원은 제다의 세관원과는 분명 달랐다. 가방

속을 뒤진 후 뿔 고동, 도자기 두 개와 곰 인형 두 개를 따로 놓고 묻기 시작했다. 솔직히 말하라고 삼촌은 솔직히 말했다. 그럼 증명해 보라고 했다. 삼촌은 가방에 있던 망치로 도자기 표면을 살살 두들겨, 겉 조각들을 떼어내고 뿔 고동을 보여주고 곰 인형의 실밥을 뜯고 대왕 조개도 꺼내 놓았다. 세관원은 통기타를 두드리며 이 속에 뭐가 들었냐고 물었다. 역시 기타 줄을 풀고 돌려막은 판과, '보○조개' 8개도 꺼내 놓았다. 진풍경이었다. 이미 감 잡고 캐묻는 데는 방법이 없었다. 세관원은 당신 같은 사람은 처음 보았다며, 도대체 제다공항에선 어떻게 빠져나왔냐고 물었다. 삼촌은 자초지종을 애기했다. 세관원은 "놀랠 노 짜군. 당신 큰일 날 사람이군. 참고해야겠군. 왜 잡아떼지 않았나?", "이미 감 잡으셨는데 소용 있나요?" 김포공항 세관원은 "어쨌든 그 용한 재주로, 엉뚱한 생각일랑 말게. 재주는 더 이상 부리지 말고." 하고는 삼촌이 차고 있는 로렉스 손목시계로 눈길을 돌렸다. 삼촌은 각오하고 있었다. 로렉스 손목시계 역시 작전용으로 세금까지 피할 생각은 없었다. 벗어주자, 살펴본 후 돌려주며 "케이스도 없고 일단 찼으니, 중고품이고 팔아봐야 얼마 안 되니 웬만하면 선물을 하시던가, 그냥 차슈." 삼촌은 고마웠다. 사실 세금을 매겨도 할 말이 없었다.

당시, 김포공항 세관원들은 일 년 동안 피땀들을 흘린 후, 귀국하는 근로자들에겐 비교적 관대했다. 그러나 그들도 명분이 있어야만 한다. 아무리 근로자들이 그렇게 피땀을 흘리며 일한 후 일 년 동안 가불을 아껴가며 모아, 사온 고급 시계나

고급 카메라, 진주와 같은 귀금속들을 봐주고 싶어도 분수에
넘치거나, 그것도 여지가 없이 포장도 딱지도 뜯지 않고 케이
스까지 챙겨 숨겨 들여오면 세관원도 명분이 있어야만 그나
마 봐줄 수가 있다. 삼촌은 그런 점까지 알고 있어. 그 세관
원에게 명분을 제공하고 처분만 바랬던 것이다. 그 세관원은
능력만 뛰어난 게 아니라, 가슴까지 따뜻한 대한민국 김포공
항 세관원이었다. 그와 같은 세관원이 있는 한 밀수꾼들은 꼼
짝 마라다.

삼촌은 경험이 있다. 한 번은 몇 푼이라도 벌어볼까? 하고
담만에서 귀국할 때 당시로선 고급 카메라인 '니콘F2' 고급카
메라를 사들고 오다, 세관에서 50만 원의 세금을 맞았다. 며
칠 후 세금을 내고 찾은 카메라를 남대문 지하상가 카메라 전
문점에서 120만원에 팔았다. 담만에서 살 때의 가격은 70만
원이었다. 말하자면 본전이었던 것이다.

세관원은 "어쨌든 그동안 고생 많았슈.", "고맙습니다." 삼촌
은 그 로렉스 손목시계를 종로의 금은방에서 90만 원에 토사
구팽 했다. 타북에서 살 때의 가격은 50만 원이었다. 그러나
구입 영수증이나 보증서가 없으면 사지도 않는다. 금은방에선
출처가 불명확하거나, 보증서가 없으면 쳐 다도 보질 않는다.
케이스야 수두룩하지만 보증서는 위조할 수가 없기 때문이다.
그 진품왕관, 로렉스 손목시계는 깨끗이 닦여져, 보증서와 함
께 케이스에 담겨져 진열되어 비록 금딱지는 아니었지만 최
소한 150만 원 이상에 팔릴 것이다.

그 보물들 중, 뿔 고동 한 개, 대왕조개 한 개, 주먹만 한 보○조개 두 개, 계란만한 보○조개 다섯 개'는 내 차지가 되었다. 모두 뺏고 싶었지만 참았다. 그때 나는 고등학생이었다. 그 보물조개들을 내 책상머리에 진열해 놓고 애지중지 했지만 그동안 그렇게 눈독을 들여도 넘어오지 않던 그 도도하고 콧대 높던 계집애에게 그 계란만한 보물조개를 보여주자 그만 넋을 잃고 매달리는 바람에 결국 뺏기고 말았다. 그리곤 그 계집앤, 그 보물조개를 금목걸이에 매달아 그 봉긋한 가슴 한가운데 달고 다녔다. 또래 계집애들의 선망의 대상이었고 여왕 대접을 받았다. 따라서 그런 계집애들 중엔 자신의 진짜 금목걸이나 진주목걸이와 바꾸자는 계집애도 있었고, 심지언 자신의 엄마 다이아몬드 목걸이를 훔쳐라도 왔는지 맞바꾸자는 철없는 계집애도 있었지만, 그 계집앤 처 다도 안 봤다. 어쨌든 그렇게 아깝기만 한 그 보물조개 세 개를 고등학생이던 삼년 동안에 그런 계집애들에게 뺏겨버렸고 나머지 두 개도, 대학생 시절 뺏기고 그 주먹만 한 보물조개 두 개 중 한 개도 앞서 얘기한 그 두 문제로도 안 되던 미스코리아도 충분히 되고도 남을만한 계집애를 자빠뜨리는데 써 먹고 말았다.

그러나 나머지 하나는, 세상없어도 내 손에서 놓지 않았다. 왜냐하면 그 하나는 꿈에 그리는 그리고 장차 내 마누리가 될 여인에게만 최후의 수단으로 써 먹어야만 하기 때문이다. 물론 써 먹는다 할지라도 속셈은 따로 있었다. 그 속셈이란 써 먹어도 당연히 내 손에 있을 것이며 설사 잘못 된다 할지라도. 다른 것은 다 쥐도 그 보물조개는 두고 갈 테냐, 말테냐 해서 가든 말든 내 손에 남아 있으리란 속셈이었다. 재탕 삼탕을 위해서라도. 사실 그 보물조개는 말 그대로 보물이었고 돈 주고도 살 수 없을 뿐만 아니라, 산다 해도 보기엔 똑같아 보여도 십중팔구는 모조품들이다. 삼촌의 말론 그 보물조개는 우리나라 남해안에서도 심심찮게 발견되고 백화점의 명품 도자기 코너나 세라믹 그릇들과 도자기 전문 대형 매장의 진열대에서 상품이 아닌 전시용으로 볼 수도 있는데 그 역시 대부분이 장인들이 빚어 구워낸 모조품들이고, 삼촌은 보면 알 수 있다는 것이었다. 그리곤 내게 천연인지 인조인지를 '감별' 할 수 있는 요령과 비결을 가르쳐 주었다. 그 요령과 비결은 다음과 같다.

우선, 장인들의 솜씨 또한 놀랍기 때문에 천연과 비교해 보아도 분간할 수 없을 정도로 똑같다. 따라서 예술적 안목과 함께 모양과, 색깔, 무게나 소리 등을 주의 깊게 살펴보아야 한다. 특히 무어라 설명할 수 없는 느낌과 감촉이 무엇보다 중요하다. 모양은, 천연 보물조개는 완벽한 좌우 대칭이자 타원형이다. 인조는 장인들이 제 아무리 똑같이 빚었다 할지라도 어쩔 수 없는 가마 속의 열기로 미세하게라도 뒤틀리거나 변형된 부분이 있다. 몸통 표면도 미세한 실금들이 눈에 띈다. 천연은 실금하나 없이 매끈하다. 색깔은 장인이나 명인들이 빚어낸 자기들을 유약에 담가 가마 속에서 구워져 찬란한 빛을 발하는 명품 청자나 백자들은 그렇다 쳐도, 일반적인 자기들로는 그 보물조개들이 혓바닥인지 뭔지 알 수 없는 비어져 나온 속살로 자신의 몸통을 감싸곤 역시 알 수 없는 신비의 원액을 뿜어내며, 매끈하게 코팅을 해 그 짠 바닷물에도 삭지 않고 찬란하게 빛나는 그 신비한 천연의 아름다움과는 비교도 되지 않는다. 무게도, 인조는 들어보면 왠지 모르게 투박하고 감촉도 탁탁하고 무게가 느껴지는데 반해, 천연은 가뿐하며, 감촉과 느낌도 탄탄하며 반들반들하다. 소리도 젓가락으로 살살 두드려보면 인조는 퉁퉁거리지만 천연은 통통거리는 청아한 소리를 낸다. 이러한, 모든 것들을 종합적으로 살펴보고 확인해보면 천연과 인조를 구별해 낼 수가 있다. 또한 그러한 안목으로 천연 보○조개를 감상하면 그 찬란하게 빛나는 검붉은 색깔 속에 균일하게 박혀있는 검은 점박이들의 모습은 그처럼 오묘하며 신비스러우며 경이롭기 그지없다. 그야말로 자연미의 극치다.

따라서 나는 아직도 알 수 없는 그 보물조개의 학명이 도대체 무엇인지 궁금해서, 학교 도서관이나 인근 도서관, 인터넷도 뒤져보았지만 조개 도감에도 해양생물 책자, 관련 책자들 속에도 꼬막이나 전복, 홍합, 키조개, 가리비, 대왕조개, 뿔 고동, 뿔 소라 등은 있었지만 그 보물조개의 학명은커녕 구경도 할 수 없었다(분명 학명이 있을 텐데.). 소개할 수가 없어 아쉽기만 하다.

시험 삼아, 그 보물조개들이 진열돼 있는 세라믹 그릇들과 꽃병, 도자기 전문 매장을 찾아 살펴보았는데 척 보기에도 별로였고 좀 더 자세히 살펴본바 모두가 인조임을 알 수 있었다. 매장 주인에게 확인 차 물어본 결과 사실임을 확인했다. 그 매장 주인은 천연 '보○조개'는 천연 진주만큼이나 귀하고 구경할 수도 없고 값도 굉장히 비싸다는 것이었다. 궁금해서 만약 주먹만 한 천연 보물조개라면 얼마나 되겠냐고 하자, 있을 리도 없지만 있다면 부르는 게 값이라는 것이었다. 삼촌과 내가 하나씩 갖고 있는 그 주먹만 한 '보○조개'는 진짜 보물조개였던 것이다.

제7부 삼감침에 대하여

상감침

201X년 사월 말엽의 어느 일요일 아침 눈을 떴을 때는 벌써 열시가 넘어있었다. 일찌감치 한번 눈을 뜨긴 했지만 곧 오늘이 휴일임을 깨닫곤 이내 내쳐 잠을 잤기 때문이다.

누운 채 잠시 숨을 고른 후 다시 한 번 벽시계를 살펴보곤 이윽고 자리에서 일어났다. 길게 한번 기지개를 켠 후 침실을 나섰다. 아내는 이미 나가고 없는지 거실은 조용했다.

사실 나는 이집에서 아내와 단둘이 살고 있다. 내 아내는 처녀 때부터 독실한 천주교 신자였다. 따라서 아내는 일요일만 되면 나와는 반대로 평일보다 더욱 바빠지는 사람이었다. 그런 연유로 말미암아(오래전 얘기이긴 하지만) 나는 한동안 아내에게 무척이나 시달리며 그때까지의 내 삶의 방식이 근본적으로 위협을 받을 수밖에 없는(나는 그것을 원치 않았다.) 위기를 맞은 적이 있었다. 그 사연은 이렇다.

그 당시 아내는 일요일만 되면 어떻게든지 나를 성당으로 끌고 가려했고, 그때마다 나 역시 끌려가지 않으려고 발버둥을 치곤했었다. 결국 시달리다 못한 나는 한 가지 조건을 내걸었다. 그러자 역시 그동안 자기 못지않게 끈질기게 버티는 내 황소고집에 그만 지쳐있던 지라 그러한 내 제안에 한 가닥 가능성을 발견했는지 반색을 하며 그럼 좋아요 어디 말씀해보세요 하면서도 한편으론 의심스런 눈초리로 이 엉큼하고 능글능글한 인간이 그리 쉽게 백기를 들진 않을 텐데 분명 무슨 꿍꿍이 속셈이 있으리라……. 생각했는지(나는 아내가 그런 생각을 할 줄 빤히 알고 있었다.) 이런 말을 했다.

"만약, 내가 당신이 말하는 조건을 들어주면 더 이상 두 말 않겠다는 맹세를 해야 하며 단, 전제 조건으로 당신의 조건은 나는 물론 그 누구라도 합리적임을 납득하고 인정 할 수 있는 조건이어야만 해요. 또한 내가 들어 주려야 들어줄 수 없는 불가항력적 내용도 안 돼요(그러면서) 만일 당신의 조건이 그럼에도 이러한 전제 조건에 부합되지 않을 뿐만 아니라 당신이 그 사실을 인정할 수밖에 없는 경우 철회는 물론 어떠한 새로운 조건도 내 놓을 수 없으며 그 자체로 내가 당신의 조건을 들어준 것으로 간주하겠어요. 그래도 좋다면 어디 조건을 말씀해 보세요." 마치(자, 이 미꾸라지야 이젠 어쩔 수 없겠지?) 의기양양해 했다.(나는 속으로 흥! 천만에 말씀) 물론 맹세하겠소. 대신 당신도 내 조건이 하자가 없음을 스스로 인정하면서도 들어줄 수 없다면 더 이상은 나를 힘들게 하지 마시오. 하며 다짐을 받았다. 아내의 눈치를 흘끔흘끔 살피며 내 조건을 말하기 시작했다.

당신은 진정으로 당신의 하느님을 거룩하고 전지전능하신 분으로 믿고 있겠지? 그러자 아내는 내 믿음만큼은 존중해줘요 하며 으르렁 거렸다. 그래서 말인데, 그렇게 거룩하고 전지전능하신 하느님께서 단 한 번만이라도 내게 분명히 '내게로 오라' 말씀해 주시거나 아니면 그 누구라도 절망에 빠진 사람을 구원해주심을 명백히 보여주신다면 그땐 앞장서서 성당으로 갈 것이요 하곤 혹시 물어뜯지는 않을까? 조마조마한 심정으로 아내의 눈치를 살폈다. 아내는 그러한 내 비현실적 억지 조건을 따지거나 반박할 수 있는 입장이 아니었다. 거룩한 하느님의 전지전능을 부정할 수는 결코 없었기 때문이다. 그러나 아내는 역시 똑똑한 사람이었다.

잠시 생각하는 듯 하더니 마치 '너 잘 걸렸다.' 하는 듯이 내 말을 일축하곤 "방금 말했었죠? 우선, 당신이 내건 조건은 하느님을 상대로 한 것이지 나를 상대로 한 것은 아니에요. 따라서 합리적일 수 없어요. 또한 설사 나를 상대로 했다 해도 명백히 전제 조건에 부합될 수 없어요. 나는 전능하신 하느님이 아니니까요." 하지만 나는 준비돼 있었다. "물론 나도 잘 알고 있소. 때문에 당신께 부탁하는 거요. 당신도 잘 알다시피 나는 하느님께 그러한 요구는커녕 애원할 자격조차 없는 사람이요. 하지만 당신이 내대신 간절히 기도해준다면 하느님은 분명 당신을 어여삐 여겨 들어주실 것이 아니겠소?(내 조건을) 전능하신 분인데 그러면 그것은 곧 당신이 내 조건을 들어준 것과 마찬가지요. 당신에게 기도는 불가항력이 아니잖소?"

아내는 계속 궤변을 늘어놓으며 뻔뻔하게 뻗대는 나를 한숨을 내쉬며 '도대체 이 대책 없는 인간을 어쩌면 좋단 말인가.'

하며 노려 볼 뿐이었다.

　이 후 아내는 포기한 듯 했고 나는 비로소 아내의 시달림에서 벗어날 수 있었다. 그러나 나는 알고 있었다. 분명 아내는 기도할 때마다 이런 기도를 하리라는 것을……. "주여, 이 불쌍하고 가련한 어린양을 하루 속히 주님의 품으로 인도해 주소서." 그때 나는 결코 내게 그때의 맹세를 지킬 수밖에 없는(그것도 기꺼이) 오늘과 같은 날이 올 줄은 진정 꿈에도 몰랐다.

　어쨌든 나는 우선 거실 유리문을 열고 바깥 날씨부터 살펴보았다. 모처럼 미세먼지 걱정은 전혀 할 필요가 없는 참으로 맑고 쾌청한 날씨였다. 다음으론 아내가 차려둔 식단을 살펴보았다. 오늘은 된장찌개였다. 이미 식어버린 찌개를 가스 불에 올려놓곤 화장실로 들어가 휴일인지라 대충 세면을 마친 후 이미 자글자글 끓고 있는 된장찌개와 밥통에서 먹을 만치만 밥을 담아 식탁에 올리곤 자리에 앉아 잠시 아내를 떠올렸다. 사실 이렇듯 아내가 차려주거나 차려둔 식탁 앞에 앉기만 하면 나는 그저 항상 '감사히 먹겠습니다'였다. 만약 오복이나 칠복에 식복이 포함된다면 나는 식복 하나 만큼은 보장 받은 사람이다. 왜냐하면 아내의 음식 솜씨 하나 만큼은 아무나 쉽게 흉내 내거나 따라할 수 없는 이미 아마추어의 수준을 넘어선 경지였기 때문이다. 따라서 아내를 만난 이후론 반찬 투정과 같은 말은 이미 내게서 버림받고 잊혀진 단어였다. 역시 만족하게 식사를 마친 후 한동안 뉴스를 시청한 뒤 추리닝으로 갈아입곤 천천히 옥상으로 올라갔다. 내가 살고 있는 이집은 이층으로 된 슬래브 건물이었다.

올라선 옥상에서 푸른 바탕에 흰 줄무늬가 쳐진 파라솔과 함께 약 직경 1.5m정도 넓이의 흰 원형 테이블이 역시 같은 색의 나무의자 두 개와 함께 놓여 있었다. 그 자리야말로 바로 내가 이 집에서 마음껏 담배를 피우며 휴식을 즐길 수 있는 유일한 장소였다. 나는 곧 그리로 갔다. 테이블 위엔 일요일이면 항상 그랬듯 아내가 준비해둔 보리차와 매번 바뀌는 과일과 간식이 담긴 쟁반이 놓여 있었고 그 옆엔 잘 닦여진 재떨이와 담배 그리고 라이터가 놓여 있었다. 단지 테이블 위엔 조그만 쪽지가 한 장 찰싹 달라붙어 있었다. 그 쪽지엔 "참는데도 한계가 있어요."라는 협박 문구가 씌어져 있었고, 창조자가 부여한 이 쪽지의 생명시한은 이 테이블에서 담배가 사라지는 날이었다. 나는 이 쪽지를 볼 때마다 매번 살려 줄까말까 살려줄까 하며 갈등을 겪곤 했지만 그때마다 "살려주세요." 하며 애처롭게 바라보는 그 쪽지가 너무나도 불쌍하고 가련해 결국은 살려주곤 했었다. 지금도 마찬가지였다. 잠시 바라보던 쪽지에게 안심해라 하곤 자리에 앉자마자 재떨이로 쪽지를 덮어놓곤 담배부터 한 대 꺼내 물곤 불을 붙인 후, 느긋하게 이미 온통 짙푸른 녹음으로 뒤덮인 우암산의 전경을 이리저리 둘러보며 또 다시 상상의 나래를 펼치기 시작했다. 이 우암산은 이곳 청주라는 도시의 대표적인 상징이다.

이 산은 봄이 오면 곳곳에 온갖 기화요초들이 앞 다퉈 피어 저마다의 자태를 한껏 뽐냄은 물론 무엇보다 사월 초순이 되면 이산의 중턱을 휘감아 도는 산중 도로를 따라 줄지어 늘어선 가로수에선 이 가로수들은 모두가 벚꽃나무들이다. 벚꽃들이 망울지기 시작하여 중순도 채 되기 전 만발하여 남에서 북으로 북에서 남으로 녹림 사이로 산허리를 한줄기 빛처럼 길게 가르며 눈부시게 빛날 때의 광경은 참으로 보는 이들로 하여금 경탄을 자아낼 수밖에 없는 장관이 아닐 수 없었다.

여름이 되면 계곡마다 청량한 계곡물이 흘러넘쳐 달 밝은 밤이면 선녀가 내려와 목욕하는 모습을 몰래 훔쳐보는 나무꾼을 볼 수도 있을 뿐만 아니라 가을이 오고 구월이 되면 점차 온갖 형형 색깔로 물들기 시작하는 단풍잎들이 마침내 절정을 이루었을 때의 그 황홀경은 또 어떠한가. 그러다 겨울이 되어 흰 눈이 온산을 뒤덮으면 그 설경 속엔 틀림없이 다람쥐나 노루 등이 앞뒤 굽으로 눈밭을 파헤치다 그 앙증맞은 두 귀를 쫑긋 거리며 주위를 살펴보는 모습과 때때로 애써 가꿔놓은 농작물을 마구 파헤쳐 놓곤 길길이 날뛰는 농작물 주인을 피해 도망치는 어미 멧돼지와 새끼들은 또 그 얼마나 정겨운 모습인가.

그러다 심지언 어디엔가 은밀히 감춰진 동굴 속에선 은거하며 비급을 앞에 놓고 기오 막측한 절세의 무공을 연마하며 기암절벽과 계곡 그리고 설원을 날고뛰며 누비는 기인이사들의 환상적인 모습과 광경들이 떠오를라 치면 이 우암산은 내겐 선경이자 비경 그 자체였다.

아마도 이 글을 읽는 대다수 독자들은 "뻥"이 좀 지나치지 않나 하겠지만 나는 조금도 개의치 않을뿐더러 반박할 생각도 전혀 없다. 굳이 할 말이 있다면 원래 글이나 말은 그런 법이 아닌가? 하는 정도다. 또한 부분적으론 사실이기도 하니까. 게다가 만약 이 산을 전혀 모르는 이를테면 타지 인들이거나 외국 사람들이라면 그런가보다 하면했지, "뻥"일뿐 이로만 치부할 근거는 없지 않을 수도 있지 않겠는가? 어쨌든 지금의 나는 엿장수니까 내 맘 대로다. 따라서 엿장수가 돼 있는 이 순간만큼은 그 누구보다 그리고 그 어느 때보다 내겐 행복할 시간일 뿐이다. 이윽고 헤매던 꿈속에서 벗어나 현실로 돌아온 나는 이번엔 돌아 앉아 현실 세계를 바라보기 시작했다.

바로 눈앞엔 여자중학교와 여자상업고등학교가 나란히 자리 잡고 있는데, 휴일인지라 조용했다. 그러나 평일이었다면 지금 쯤은 한창 시끌시끌했을 것이다. 여러 채의 학교 건물에 나있는 교실 곳곳의 열어 젖혀진 창문에선 머리만 내밀거나 상반신까지 내민 채 뭐라고 소리치거나 떠들어대는 여학생들을 볼 수 있을 뿐만 아니라 운동장에선 훈시를 듣거나 집단 체조라도 하는 생기발랄한 여학생들과 여기저기서 깔깔거리며 제멋대로 까불며 뛰노는 깜찍스럽기 만한 여학생들의 모습을 절로 떠오를 수밖에 없는 미소와 함께 구경하며 또 다른 행복감에 젖어 있으리라. 그러나 이런 기회는 사실상 휴가 때나 평일임에도 특별한 사유라도 생겨 집에 있지 않는 한 그리 흔치 않았다. 왜냐하면 나는 이제 곧 은퇴할 때가 되긴 했지만 아직은 아침마다 서둘러 출근할 수밖에 없는 공직자였기 때문이다.

잠시 동안 그러한 상념에 젖어있던 나는 이번엔 일어나 바로 앞의 옥상 난간에 두 팔을 올려놓고 아래를 이리저리 둘러보기 시작했다. 아래는 이른바 주택가 도로였는데 꽤 넓은 편이었다. 그리고 바로 맞은편은 2m 남짓 높이의 학교 블록 담장이 좌, 우로 길게 펼쳐져 있었고, 담장 곳곳엔 늘상 그렇듯 승용차들이 정차돼 있었다. 지금은 휴일인 탓인지 간혹 주차하곤 하는 관광버스나 택배 짐차 등은 보이지 않았다.

내 쪽은 골목들 사이로 각종 주택들이 도로에 인접해 늘어서 있는데 그 중 내 집의 위치는 학교 담장의 중간쯤이었다. 점차 무료해지는 가운데 다시금 담배 한대를 꺼내 물고 불을 붙인 후 고개를 들었을 때 문득 좌, 측으로부터 내 쪽으로 걸어오는 한 남자가 눈에 들어왔다.

무료해지던 참이기도 했지만 사실 내겐 크게 두 가지 버릇이 있다. 첫 번째는 시간만 있으면 언제 어디서든 사물이나 현상들을 살펴보며 판단하고 결론까지 내리곤 하는 버릇이다. 그럴 때의 판단이나 결론은 대부분 내 자부심을 충족시켜 주곤 했다. 물론 가끔은 상처를 받기도 했다. 따라서 아리송하거나 전문적인 분야만큼은 가급적 판단이나 결론을 유보하곤 했다. 두 번째는 그러한 판단이나 결론은 물론 그 외에도 명백한 실수나 잘못 등은 깨끗이 자인하곤 두 번 다신 되풀이 않겠다는 다짐이었다. 이 두 가지 버릇은 내겐 더욱 큰 자부심을 가질 수 있는 가장 큰 원동력이었다.
이 어쩔 수 없는 첫 번째 버릇이 또 다시 발동되기 시작했다.

살펴보기 시작한 그는 머리엔 별 특징 없는 검정색 모자를 쓰고 있었고, 옷차림은 간편한 밤색 재킷과 일반적인 검정바지였다. 그의 오른손엔 노란 바탕에 검은 줄로 체크 된 불룩한 천 가방이 들려 있었는데, 제법 묵직해 보였다. 그러나 곧은 자세로 묵묵히 앞만 보며 걸어오는 자세만큼은 왠지 평범치가 않았다..특히 일정 보폭으로 걷는 그의 두 발은 마치 두 개의 시계추가 번갈아 왔다 갔다 하는 것만 같았다. 나는 그의 내면세계는 그의 자세만큼이나 아니 그 이상으로 무척이나 신중하고 침착하리라, 생각하며 한 편으론 그의 천 가방만큼은 만일 정숙한 중년 여인이 안거나 들고 있었다면 썩 잘 어울렸겠지만 아무래도 그와는 어울리지 않는다는 생각도 하고 있었다.

그 역시 그런 점을 모를 리 없겠지만 아마도 그때까지 살펴본 그에 대한 느낌으로 보아 어떤 특정 물품을(이건 내 짐작이다.) 운반하기엔 더없이 간편하고 실용적인 점에서 그러한 어울림 따위는 그다지 개의치 않는 것 같았다. 그 사이 그가 좀 더 가까워지자 이번엔 그의 얼굴을 살펴보기 시작했다. 그러나 그의 무심한 표정은 내게 그 어떤 헤아림도 허용치 않았다. 결국 나는 그 어떤 판단이나 결론도 유보할 수밖엔 없다는 결론을 내렸다. 다만 그의 연령만큼은 판단해 보기로 했다. 60대 중,후반? 아니 후반이리라 이 판단은 후일 거의 오차가 없었음이 확인되었다. 이윽고 그는 내가 자신을 지켜보고 있음을 아는지 모르는지 아니면 알고도 모르는 체 하는지 한결 같은 자세로 내 발밑 앞을 지나 등을 보이며 십여 m쯤 멀어져갔다. 그때였다.

갑자기 어디선가 종잡을 수 없는 괴상한 소리가 주위의 적막을 깨뜨렸다. 이 한적하기만한 주택가에선 좀처럼 들어볼 수 있는 소리가 아니었고 들어본 적도 없었다. 반사적으로 주변을 둘러보다 곧 그 괴상한 소리의 출처가 오른쪽에서임을 알아차렸다. 동시에 그 역시 뚝! 걸음을 멈추었다. 그 순간 또 다시 이번엔 더욱 큰 도대체 비명인지 아우성인지 역시 종잡을 수 없는 괴성과 더불어 삼십여 미터쯤 전방의 골목으로부터 등이 구부정한 한 노파가 산발을 한 채 흰 치마를 펄럭이며 뛰쳐나왔다. 말이 뛰쳐나왔다지 그저 두 팔을 마구 허우적거리며 갈팡질팡 거리고 있었고, 비틀거리는 두발은 금세라도 엎어지거나 고꾸라질 것만 같았다. 영락없이 미쳤거나 실성한 모습이었다. 그런 가운데서도 노파는 계속 소리치고 있었다. 이번엔 분명히 알아들을 수가 있었다. 그 소리는 바로 "상감침이다! 상감침이다! 아유 무시라 무시라." 하는 소리였다.

이때 마치 도로에 박힌 말뚝 같이 서있던 그가 갑자기 한소리 크게 외치더니 도로 한복판에서 허우적거리고 있는 노파를 향해 황급히 뛰어가기 시작했다. 뛰어가기 전 그가 외친 한 소리는 엄마! 하는 소리였다. 벌건 대낮에 눈앞에서 벌어진 난데없는 괴변에 두 눈을 부릅뜬 채 뚫어지게 지켜보던 나는 도대체 지금 내가 꿈을 꾸고 있나? 하는 생각마저 들었다. 그러나 결코 꿈은 아니었다. 나는 그저 혼란스럽기 만한 가운데서도 더욱 집중해서 그와 노파를 지켜보았다. 계속 "엄마! 엄마!" 소리치며 뛰어가던 그는(그 와중에도 그 천 가방은 움켜쥐고 있었다.) 마침내 여전히 도로 한복판에서 허우적거리고 있는 노파와 맞닥뜨리자 결국 들고 있던 천 가방을 내팽개치곤 두 팔로 노파의 두 어깨를 움켜잡곤 흔들어대며 다그치기 시작했다.

"엄마! 엄마!" 지금부터는 확실히 확인했으므로 노파를 노모라 하겠다.

"왜 그래 응? 정신 차려 상감침이 뭔데 그래 응? 엄마!"

그러나 그의 노모는 자신의 아들을 전혀 알아보지 못한 채 그의 팔에 휘둘리다 급기야 도로 바닥에 널브러지듯 주저앉고 말았다. 그러자 덩달아 주저앉은 그는 "엄마! 정신 차려 엄마!" 하며 어쩔 줄 모르며 허둥대기 시작했다. 그러나 곧 정신을 차린 듯 이내 노모의 온 몸을 주물러 대기 시작했다. 효과가 있었는지 노모는 또 다시 가쁜 숨을 몰아쉬며 "상감침이다. 상감침이다. 무시라. 무시라." 하는 소리를 되풀이하기 시작했다.

그러한 두 모자를 지켜보는 나는 그저 기가 막히기만 했다.

그런데 그때 한 대의 검정 승용차가 두 모자 쪽으로 다가오는 모습이 내 눈에 들어왔다. 그 역시 그 승용차를 보았는지 급히 노모를 안아 올려 담장가로 피했다.

천 가방은 그대로 둔 채 경황이 없었는지 아니면 어쩔 수 없었는지 둘 중 하나였다.

그 승용차는 나동그라져 있는 천 가방 옆에 다다르자 잠시 멎는 듯 하더니 그대로 지나쳐 내 앞을 지나쳐 갔다. 나중에 알았지만 그 검정 승용차의 운전석엔 한 중년 신사가 앉아 있었다. 이때 그는 그 승용차가 지나가자 안 되겠다 싶었는지 노모를 안아 올린 채 맞은편 골목으로 들어갔다. 그리곤 잠시 후 뛰어나오더니 천 가방을 잽싸게 움켜쥐곤 다시 재빠르게 골목으로 뛰어 들어갔다. 더 이상은 보이지 않았다.

  잠시 옥상에서 망설였지만 내 어쩔 수 없는 첫 번째 버릇과 궁금증은 나를 그대로 옥상에 놔두질 않았다. 곧장 밑으로 내려가 방금 전 두 모자가 들어간 골목으로 다가갔다. 그 골목 입구에 이르자 바로 눈앞에 앉아있는 두 모자가 보였다.

  여기서 잠시 이 골목 입구의 모양을 설명해 보겠다. 이 골목 입구는 한쪽은 이층 양옥집이었고 또 다른 쪽은 삼층 빌라건물이었다. 빌라의 현관은 골목 쪽이었고 양옥집 현관은 도로 쪽이었다. 빌라의 현관 앞은 골목의 폭과 거의 같은 면적이 건물의 길이만큼 확보돼 있는 반면 양옥집 현관 앞은 도로에서 약 2m 정도 들어와 있었고 현관의 좌, 우, 폭은 약 4m정도였다. 결국 빌라의 현관 앞은 큰 마당인 반면 양옥집 현관 앞은 아주 쪼그만 마당인 셈이다. 두 모자는 바로 그 양옥집 현관의 2m 남짓한 측면 담벼락에 기대 노모는 두발을 한쪽으로 구부린 채 바닥에 주저앉아 있었고 그는 두 무릎을 모아 세우고 노모의 오른손을 왼손으로 꼭 잡은 채 옆에 놓인 천가방과 함께 담벼락의 밑 턱에 걸터앉아 있었다. 그러한 두 모자와 천 가방을 오후의 밝은 햇살이 따뜻하게 비춰주고 있었다. 이때 나는 두 모자의 바로 맞은편인 빌라의 건물 벽에 기대 조심스럽게 서있었고, 서있는 큰 마당은 햇빛이 빌라 건물에 가려져 그늘져 있었다.
  그때부터 하나둘 이 그늘 속으로 구경꾼들이 끼어들기 시작했다. 먼저 양옥집의 현관문이 조심스럽게 열리더니 나이께나 먹은 주인 여자가 슬며시 나와 잠깐 두 모자를 살펴보곤 어쩔 수 없었는지 내 쪽으로 다가와 눈인사를 한 후 내 앞에 약간 비켜섰다. 뒤이어 빌라의 현관문이 열리며 또 한 여자가 양옥집 주인여자 옆에 붙어 섰다. 다음엔 도로에서 한 할머니와 중년 여자가 두 여자 옆에 끼어들었고 마지막으로 정장 차림의 웬 중년 신사가 두 모자를 유심히 살펴보곤 조심스럽게 여자들 앞을 지나 나와는 조금 떨어진 빌라 벽에 등지고 서자 팔짱을 끼며 두 모자를 주시하기 시작했다. 자세로 보아 금방 갈 것 같지는 않았다. 사실 말은 길었지만 내가 이 골목에 들어선 후 지금까지의 시간은 십여 분 정도였다.

그동안 그는 자신의 노모가 안정되기를 기다리는지 한 손으로 노모의 어깨와 팔다리 등을 주무르기만 할 뿐 별말이 없었고 노모 역시 말없이 고개만 좌, 우로 도리질을 하고 있었다. 그러나 이윽고 중년 신사까지 자리를 잡았을 때 그는 마치 기다리기라도 한 듯 다음과 같은 말을 하기 시작했다.

"엄마 이제 좀 괜찮아 응? 나 알아보겠어? 내가 누구야. 응?" 그러나 노모는 아무런 말도 없이 도리질만 해댈 뿐이었다. 그는 재차 "엄마 나 ○○야 엄마 아들 ○○, ○○ 몰라? 엄마 아들." 그러나 노모는 고개만 갸웃거리고 있었다. 그러자 그는 그러한 노모의 얼굴을 살펴보며 "알았어. 엄마 근데 엄마 아까 엄마가 마구 상감침이다! 상감침이다! 하고 소리쳤는데 그게 무슨 소리야? 응? 상감침이 뭔데? 응?" 그러자 노모는 "상감침?" 하더니 또 다시 몸을 떨기 시작했다. 그리곤 두려운 표정으로 "그 놈은 귀신이야 귀신 무서운 귀신이라구. 길다랗고 삐쭉한 침을 들고 나를 찌를려고 막 쫓아왔단 말야. 아유 무시라, 무시라." 그는 얼른, "알았어. 엄마 알았어. 근데 엄마 귀신은 없어. 귀신은 없는 거라고. 엄마가 잘 못 본거라고. 허깨비를 본거라고. 그러니까 걱정할 것도 무서워 할 것도 없어. 허깨비는 바로 없어지니까. 응?" 그러나 노모는 막무가내였다. "아냐, 아냐. 내가 봤어. 봤다구. 얼마나 무서웠는데. 울상을 한 채 몸을 부들부들 떨어댔다." 그는 할 수 없다는 듯 노모의 어깨를 토닥거리며 "알았어. 엄마 그럼 내가 그놈 혼내줄게. 나는 귀신같은 거 하나도 안 무서워. 그러니까 다시는 엄마한테 얼씬도 못하게 막 혼내줄게 알았지? 응? 엄마." 그러자 노모는 금방 반응했다. "안 돼 안돼. 큰일 나 그놈이 얼마나 무서운 놈인데. 싸우면 안 돼. 큰 일 난단 말야." 하는 모습은 영락없는 아들을 걱정하는 노모의 모습 그대로였다.

나는 이상한 생각이 들기 시작했다. 분명 자신의 옆에서 계속 말하는 그가 여전히 자신의 아들임을 인지하지 못함이 분명함에도 그의 말에 대꾸하거나 오히려 되묻기조차 하는 노모의 말투나 내용은 너무나 적절하기만 했기 때문이다. 더구나 노모는 이미 아흔은 충분히 넘었을 고령임을 감안할 때 참으로 의아스럽기만 했다. 물론 한참 나중에야 안 사실이지만 그의 노모는 공식적으로도 백세가 되신 분이셨다.

그때 그는 그러한 노모의 모습을 유심히 살펴보며 잠시 동안 무언가를 골똘히 생각하더니 이윽고 전혀 예측치 못한 생뚱맞은 말을 하기 시작했다. 그가 하기 시작한 말은 이러했다. 엄마 "아킬레스"라는 사람 알아? 나는 그의 뜬금없는 말에 순간 어리둥절해졌다. 도대체 그가 무슨 말을 하려는지 종잡을 수가 없었다. 물론 "아킬레스"라는 말이 무슨 말인지는 잘 알고 있었지만.

그런 점에서 앞에 있는 여자들 역시 어리둥절해 있었고, 흘긋 살펴본 중년신사는 수첩에 볼펜으로 무언가를 적고 있었다. 나는 혹시 기잔가? 하는 생각을 잠깐 해보았지만 이내 다시금 그의 말에 집중하기 시작했다. 그때 그는 노모가 몰라. "누군데? 이 동네 사는 사람이야? 아냐. 엄마. 그 사람은 아주 오래오래 전에 먼 나라에 살았던 사람이야. 그럼 지금은 안살아? 응. 안살아. 왜? 그건 죽었으니까 안 살지.", "죽었다구? 응. 아이구 그럼 왜 나한테 그런 얘길 해? 응. 왜 내가 그런 얘길 하는지 잘 들어봐."

그때 나는 놀라고 있었다. 분명 노모는 올바른 정신이 아니었음에도 그의 말을 정확히 알아듣고 있었을 뿐만 아니라 되묻는 말조차 너무나 논리 정연했기 때문이다.

그 역시 노모의 그러한 말과 반응들을 더욱 유심히 주시하며 말을 이어갔다. "그 '아킬레스'라는 사람한테는 아주 예쁘고 똑똑한 선녀 엄마가 있었어. 선녀 엄마? 응. 선녀 엄마." 노모는 선녀 엄마라는 말에 관심을 보였다. "그런데 그 선녀 엄마는 '아킬레스'라는 사람이 갓난아기였을 때 그 갓난아기를 강물에 담갔다 꺼낸 거야.", "강물에? 왜?", "응. 그건 그 강물은 아주

신기한 강물이었는데 갓난아기를 그 신기한 강물에 담갔다 꺼
내면 그 갓난아기는 아주아주 힘 쎄고 튼튼한 몸이 되는 거야.",
"정말?", "그럼 정말이지. 그래서 칼이나 침으로 막 찔러도 끄떡
없게 된 거야.", "침으로 막 찔러도 끄떡없다고? 그럼 끄떡없
지.", "그래서?", "그래서 그 '아킬레스'라는 사람은 커서 나쁜 놈
들을 마구 혼내준 거야.", "응. 그랬구나." 나는 그때 그가 무슨
의도로 그런 얘기를 하는지 어렴풋이 알 것 같았다.

"그런데 그 예쁘고 똑똑한 선녀 엄마도 갓난아기를 그 신기한
강물에 담글 때 그만 깜빡! 한 거야. 깜빡?", "응. 그게 뭔데?",
"응. 들어봐 엄마. 그때 선녀 엄마가 꼭 잡고 있던 갓난아기의
두 발목만큼은 그 바람에 그 신기한 강물에 젖질 않았던 거야.
그 때문에 그 '아킬레스'라는 사람의 두 발목만큼은 아주 약했
던 거야.", "아~그렇구나. 그래서.", "그래서 나쁜 놈들이 그 사
실을 알고 그 사람이 자고 있을 때 몰래 들어와 그 약한 발목
을 칼로 푹! 찌른 거야.", "칼로?", "응. 칼로", "아이고 아프잖아
그래서 어떻게 됐어? 응?", "응. 그만 죽고 말았어. 그 칼에 찔
린 상처가 크게 도져서 칼에 '독'까지 발라놔서." 그러자 노모는
아이고 불쌍해라 하며 눈물까지 글썽거렸다. (이때 여자들은 그
의 알쏭달쏭하고 기묘 하기만한 얘기가 점점 재밌어지는지 귀
들을 잔뜩 기울이고 있었다.)

그는 노모의 안타까워하는 모습을 살펴보며 계속해서 이런
말을 하고 있었다.

"그러니까 엄마. 내 말은 아무리 무섭고 힘센 사람도 꼭! 한

두 군데는 아주 약한 데가 있다는 거야. 그러니까 그 상감침이라는 놈두 마찬가지로 그 아주 약한 데가 한두 군데도 아니고 세 군데나 있다는 거야." 노모는 대뜸 반응했다. "뭐라구? 그 무서운 놈두 약한 데가 있다구? 정말이야?", "정말이지 그럼. 그것두 세 가지나.", "세 가지나? 그게 뭔데?", "응. 그건 계산하는 거 하구, 글과 이름 쓰는 거, 그리고 붕어빵이야. 그놈은 이 세 가지를 아주 싫어하고 무서워해." (나는 순간 그의 엉뚱하고 터무니없는 말에 하마터면 컥! 하고 웃음이 터져 나올 뻔했다.) "왜 그런지 알아? 그 놈은 계산도 할 줄 모르고 이름도 쓸 줄 모르는 아주 바보 멍청이거든. 게다가 붕어빵은 소리만 들어도 놀래서 벌벌 떨며 무서워하는 놈이거든. 그런데 엄마는 계산도 잘하고 이름도 잘 쓰잖아. 거기다 붕어빵은 또 얼마나 맛있게 잘 만들어. 안 그래? 엄마 그러니까 그 놈이 뭣도 모르고 엄마를 쫓아왔지. 그놈이 만약 그런 엄만지 알았으면 기함을 하곤 뒤도 안돌아보고 냅다 도망쳐 버렸을 걸?" 그러자 노모는 "그 무서운 놈이 나를 보면 도망쳐 버린다고?" 중얼거리며 의아한 표정을 지었다. 그는 얼른 재차 말했다. "그럼, 제까짓 게 엄마가 얼마나 계산도 잘하고 이름도 잘 쓰는데다 그 무섭기 만한 붕어빵도 아주 잘 만드는지 알면 아이구머니! 하며 질겁하고 도망칠 수밖에 더 있겠어?" 노모는 아리송한 표정으로 "내가 계산도 잘하고 이름도 잘 쓰고 붕어빵도 잘 만든다구?" 중얼거렸다. 나는 정말 놀랄 수밖에 없었다. 분명 노모는 혼란스러워하곤 있지만, 그가 하는 말을 정확히 알아듣고 있었기 때문이다.

그 역시 살펴보는 노모의 표정에서 그런 점들을 감지하고 있는지 곧, "그럼 엄마가 얼마나 계산도 잘하고, 이름도 잘 쓰고 붕어빵도 잘 만드는지 말해줄게 들어봐." 한 다음 찬찬히 다음과 같은 말을 하기 시작했다. 나는 그때 비로소 그가 처음부터 지금까지 한말들의 의미와 의도를 확연히 알 수가 있었다.

사실 그로선 이미 노모의 뇌리 속에 각인된 상감침이란 무서운 귀신과 그로 인한 공포심에 사로잡혀 심신이 미약 할대로 미약해진 노모를 아무리 윽박지르고 다그친들 아무 소용이 없음을 절감했으리라. 따라서 그로선 최우선으로 그러한 노모를 진정시키고, 안정시켜야 한다는 일념뿐이었으리라. 결국 생각 끝에 아킬레스니 붕어빵이니 하는 얘기들을 했겠지만 지금으로선 도저히 납득할 수가 없었다. 물론 재미는 있었지만.

도대체 제 정신이 아닌 노모에게 그런 얘기들이 무슨 소용이 있단 말인가. 그러다 문득 이런 생각이 들었다. 하지만 그의 얘기는 우리는 물론 제정신이 없는 노모조차 자연스럽게 받아들이고 반응할 만큼 설득력이 있었고 그 때문인지 확신할 수는 없었지만 지금의 노모는 분명 처음과는 확연히 달라진 모습이었다. 다만 안타까울 수밖에 없는 것은 노모는 여전히 자신의 아들을 알아보지 못한다는 엄연한 사실이었다. 그럼에도 지금까지의 그의 모든 노력은 그저 눈물겹기만 했다. 동시에 이러한 경황 속에서도 어찌 저토록 인내하며 감수할 수 있을까. 참으로 끝 모를 그의 정신력과 인내심이 과연 어디까지인지 그저 놀랍기만한 가운데 나는 그의 깊은 정신세계와 진면목에 좀 더 가까이다가갈 수 있었다. 더불어 이제부턴 사소한 듯한 그의 그 어떠한 말 한마디라도 간과하거나 놓치지 않겠다는 심정으로 도무지 예측할 수 없는 그의 말이 더욱 궁금해지고 기대가 됐다.

그러니까 엄마는 해마다 추석이나 설날이 되면 나하고 손잡고 형한테 가곤했지, 그러자 노모는 "형? 형이 누군데?", "아, 있잖아. 원주에 사는 형 몰라?" 그리곤 도리질을 하는 노모를 보곤 한숨을 한번 내쉰 후 하던 말을 이어나갔다. "그렇게 형 집에 가면 그때마다 기다리고 있던 주희 아빠랑 주희 엄마 그리고 주희, 주현, 현수, 하서방과 김서방 또 영민이 수진이 지훈, 채훈 모두가 왕 할머니 오셨다 하며 손뼉들을 치며 좋아하고 반가워했잖아. 안 그래? 엄마." 그때 노모는 얼굴을 찡그리고 있었다. 그 모습은 누구나 애를 써도 뜻대로 잘되질 않을 때 짓는 바로 그런 표정이었다. 그는 그러한 노모의 모습을 유심히 살펴보며 말을 계속했다.

그때 나는 알 수 있었다. 지금 그가 또박또박 열거하는 여러 이름들은 분명 평소의 노모에겐 결코 잊을 수 없는 이름들이며, 따라서 그로 말미암아 그 중 단 한 이름만이라도 떠올라 그것이 도화선이 되어 그 무엇이든 촉발시켜 자신까지 알아 볼 수만 있다면 하는 간절한 바람이며 또 다른 한줄기 빛이자 희망임을, 나는 가슴이 뜨거워지며 나도 모르게 그때까지 아무렇게나 걸치고 있던 추리닝의 옷자락을 여미며 숙연해졌다.

그렇게 한바탕 떠들썩 법석들을 떨고 나면 제사도 지내고

(참고로 그의 아버님은 그가 다섯 살 때 돌아가셨다.) "밥도 먹고 떡도 먹고 한 다음엔 어땠는지 알아?", "어땠는데?", "그러니까 들어봐. 주희 아빠랑 주희 엄마 그리고 하서방, 김서방, 주희, 주현이, 현수 모두 함께 엄마한테 큰절을 올린 후 엄마한테 앞 다퉈 돈 봉투를 내밀며 엄마, 어머님, 할머니 용돈이에요." 하면 엄마는 환히 웃으며 "아이구 고맙다. 잘 쓰꾸마." 하곤 했잖아. 다음엔 영민, 이랑 수진이 지훈이랑 채훈이가 납죽 업드려 왕 할머니 절 받으세요. 하면 엄마는 "오냐, 오냐 하면서 얼른 준비했던 세뱃돈을 고 녀석들에게 노나주곤 했잖아."

여기서 나는 잠시 그가 말한 '노나'라는 용어에 대해 언급해 보겠다. 사실 '노나'라는 용어는 관습적이긴 하지만 만일 교과서에 담는다면 '나눠'로 표기하는 것이 올바를 것이다. 따라서 여기서 그가 말하는 '노나'는 물론 여타 관습적 또는 하자가 있거나 아예 잘못된 용어들일지라도 적어도 그의 노모에게 만큼은 오히려 더욱 정겹고 친숙한 용어들일 수 있음을 감안, 그는 분명 의도적으로 그러한 용어들을 사용하고 있음을 나는 간파하고 있었다. 때문에 나는 그가 말한 모든 말과 내용들을 그저 사실대로 적을 뿐이며, 또한 그래야만 하는 것이 내 의무라고 믿으며 독자들 역시 그런 점을 감안하리라 믿는다.

그러면 그 녀석들은 '왕할머니 고맙습니다.'하며 깡충깡충 뛰며 "좋아했잖아. 안 그래? 생각 안나?" 그리곤 여전히 찡그리고 있는 노모의 표정을 살펴보며 재차 애기를 이어나갔다. 그리고 나면 이번엔 형이 "안방에서 큼직한 돼지 저금통을 들고 나와 배 뚜껑을 열고 모아두었던 동전들을 거실 방바닥에 와르르 쏟아놓곤 했잖아." 그러자 노모는 "와르르? 와르르가 뭐야?" 그는 "응. 그야 동전 쏟아지는 소리지.", "아~그렇구나." 하자 그는 또 다시 노모의 표정을 살폈다.

나는 그가 노모가 어떠한 형태로든 반응을 보이기만하면 그때마다 한층 더 노모의 모습을 주의 깊게 살펴본다는 사실을 새삼 알 수 있었다. 참으로 지극한 노력이었다. 그의 얘기는 계속된다.

그럼 엄마는 활짝 반기며 "아이고 주희 아빠. 이거 또 다 나 주는 거야?" 그러면 형은 벙글거리며 "그럼 엄마 오면 줄려구 모아 논건데, 그럼 엄마는 어이구 이렇게나 많이? 하면서 먼저 백 원짜리와 오백 원짜리를 따로따로 골라 놓은 다음에 손바닥에 백 원짜리부터 하나하나 모으면서 이렇게 세기 시작했잖아." 하고는 그는 오른손을 노모의 눈높이까지 들어 올려 손바닥과 손가락을 쫙 편 후, 엄지손가락부터 하나씩 꼬부려가며 숫자를 세기 시작했다. '잇찌, 니, 산, 시, 고' 한 다음에 꼬부렸던 새끼손가락을 반대로 펴가며 '록고, 시찌, 하찌, 규, 쥬' 그때 그렇게 숫자를 또박또박 세고 있는 그를 바라보던 앞의 할머니가 "아니 저게 무슨 소리래." 옆에 있는 여자에게 속삭였다. 그러자 그 여자는(그 여자는 노인정 총무였다.) "할머니 그건 하나에서 열까지 일본말로 세는 소리에요." 역시 속삭였다. 그러자 할머니가 "아, 그래서 일본 할머니라고 하는 구나." 총무는 "예, 저 할머닌 일본 할머니라고 하지만 또 인텔리 할머니라고도 해요.", "인텔리? 그게 뭔 소린데.", "아이, 그건 유식하단 말이예요.", "아니 저 할머니가 그렇게 유식해?", "그럼요 저 할머닌 어릴 때 부모님 따라서 일본으로 건너가 살았대요. 거기서 여학교도 나왔고요.", "여학교까지? 아이고 그럼 아는 게 많겠네.", "그럼요 여학교까지 나왔는데 거기다 저 할머닌 처녀 때 부모님이 삼촌들과 함께 함바집을 꽤 크게 하고 있었는데." 그러자 할머니가 "함바집은 또 뭐야?", "아이참 할머니두 아, 있잖아요. 큰 공사장 같은데 있는 밥집.", "아, 그 밥집.", "네. 그때 처녀였던 저 할머니가 밥값 외상값이며 온갖 물건 값 등을 도맡아 책임지고 관리하는 경리였데요." 그러자 할머니는 놀라며 "아이고 알고 보니 정말 대단한 할머니네.", "그런 건 아무나 하는 일이 아닌데 그럼요. 여학교까지 나왔는데.", "그래서 또 아는 거 있어?", "자세한 건 모르는데 저 할머닌 거기서 한국 사람과 결혼해서 살다 해방이 되자 다시 우리나라로 건너오게 되었데요." 그때 나는 속으로 하긴 그 시절 조선 처녀가 여학교까지 나온 건 대단한 일이긴 하지, 하는 생각을 하며 그의 이야기도 듣고 있었다. 당시 일본의 교육제도는 여학교의 경우 중, 고등교육을 합친 육년 과정이었다.

하고 나면 엄마는 그 열 개의 백 원짜리 동전을 한 옆에 세워놓고 "다음엔 어떻게 했는지 알아?", "어떻게 했는데?" 그러자 그는 노모의 그러한 말과 반응을 안타깝게 바라보며, "다음엔 백 원짜리 동전을 한 움큼 쥐고선 아예 세지도 않고 동전을 몇 개씩 그 세워놓은 열 개의 동전들에 대고 쌓다가 높이가 딱! 맞으면 '아, 됐다.' 하곤 또 똑같이 반복하는 거야. 그렇게 백 원짜리가 다 끝나면 다음엔 오백 원짜리 동전들을 또 그렇게 하구 그렇게 동전 쌓기가 모두 끝나면 엄마는 먼저 백 원짜리 무더기를 손가락으로 하나씩 톡톡 두드리며, '잇찌, 니, 산, 시' 하다 '쥬하찌'에서 끝나면 와, 만팔 천이다. 하고는 또 오백 원짜리 무더기를 똑같이 두드리며 '잇찌, 니, 산, 시' 하다 '하찌'에서 끝나면 또 와, 사만 원이다." 하면서 남아있는 백 원짜리를 '잇찌, 니, 산, 시, 고' 그리고 오백 원짜리 세 개를 '잇찌, 니, 산'하고선 잠시 동안 그때 노모는 그가 숫자를 셀 때마다 똑같이 입은 달싹달싹 거리고 있었고 고개 역시 아래위로 까딱까딱 거리고 있었다. 그는 숫자를 세면서도 그러한 노모의 모습을 주시하고 있었다. 계산한 다음엔 "우와~ 전부 육만 원이다." 하면서 옆에서 벙글거리며 지켜보던 형한테 "이거 정말 나한테 다 주는 거야?" 하면 형은 "그럼 엄마 다 가져. 그럼 엄만 그랬잖아 집에 가면 노인정에 가서 할망구들한테 오백 원짜리 하나씩 노나 주면서 큰 아들이 준거라고 자랑해야지." 하면서 굉장히 좋아 했잖아 그럴 때면 주희 엄마는 꼭 옆에서 아이고 "우리 어머님은 좋으시겠네. 하곤 했잖아 안 그래? 엄마 생각 안나?" 그때 노모는 잠시 하늘을 바라보고 있었지만 결국 또 다시 얼굴을 찡그리고 말았다.

그때 벙글거리며 노모를 지켜보던 그의 친형님은 위대한 노모님의 큰 아들답게 사범고등학교를 수석 졸업 후, 교생, 교사

시절 성균관대학교 야간 대학 법학과 수료했다. 교감, 장학사 그리고 마침내 초등학교 교장까지 정규 코스를 모범적으로 마친 후 대통령 표창과 함께 정년퇴임한 누구나 존경해 마지않는 교육자였다. 만약 그러한 그에게 '한'이 있다면 홀로인 동생의 곁에 있을 수밖에 없었던 노모님을 어찌할 수 없어 직접 모시지 못한 점이리라.

그는 그런 노모의 모습을 살펴보며 또 다시 한숨을 한번 내쉰 후 말을 이어나갔다. "그러니까 이젠 엄마가 얼마나 계산을 잘하는지 알겠지?", "내가?", "그럼 엄마는 그렇게 세기도 잘하고 더하기도 잘하고 곱하기까지 잘하잖아 그런데 상감침 그놈은 셀 줄도 모르고 2+3도 모르는 바보 멍충이라고 했잖아. 거기다 그놈은 이름도 쓸 줄 모른다고 했지? 그리고 엄만 이름도 아주 잘 쓴다고. 그럼 엄마가 얼마나 이름과 글씨를 잘 쓰는지를 말해줄게." 하며 이번엔 이름에 매달렸다.

어느덧 시간이 꽤나 흘렀다. 그러나 그는 자신의 노모가 충분히 안정된 후에야 집으로 모시고 가려는지 아니면 어떻게든지 노모가 자신을 알아볼 때까지 희망의 끈을 놓지 않고 해볼 때까지 해보려는지 계속 이런 말을 하기 시작했다. 이때 무엇보다 다행스러운 것은 따뜻한 햇살이 두 모자를 계속 비춰주고 있다는 사실이었다.

"엄만 언젠가 나하고 동사무소에 간적이 있지?", "동사무소? 응, 그게 뭐야?" 그러자 그는 난감했는지 잠시 후에야 "아, 있잖아 주민등록등본이랑 호적등본 같은 거 떼어주는데 그래?", "그럼 그런 거 띠러 갔어?" 나는 그때 저 노모가 정신이 나간 게 정말 맞긴 맞나 혹시 하는 생각마저 들었다.

"아냐 내가 엄마 인감증명이 필요해서 간 건데 엄마가 꼭 와야 한다고 해서 같이 간 거야.", "그래? 그래서?", "응, 그래서 엄마가 가니까 그 동사무소 담당이 엄마한테 이렇게 물었잖아. 할머님 여기 보니깐 큰아드님이 계시는데 혹시 큰 아드님 이름 아세요?" 하자 엄마가 "그럼 내 큰아들 이름도 모를까봐!" 그러자 그 사람이 "그럼 한번 말씀해보세요." 하자 엄마는 바로 또랑또랑하게 "○○○"하고 대답하자 그 사람은 은근히 놀라더니 다음엔 "그럼 할머님 혹시 할머님 이름도 쓸 줄 아세요?" 하고 묻더니 엄마가 대뜸 "그럼 내가 내 이름도 쓸 줄 모를라구?" 그렇게 엄마가 큰소리를 치자 그 사람은 쩔쩔매며 종이하고 볼펜을 내주면서 "그럼 한번 써보세요." 했고 엄마가 종이에 '○○○'하고 또박또박 써서 내주자 그 사람은 눈을 뚱그렇게 뜨면서 "놀랬잖아.", "왜 놀래?", "아, 그야 엄마가 너무 글씨를 잘 썼으니까 그런 거지 그것도 한문으로.", "아, 그래서 놀랬구나.", "그럼 놀래잖코. 그리고 나서 그 담당자는 두 말 없이 인감증명을 띠어 주더라구."

"그러니까 이젠 엄마가 얼마나 계산도 잘하고 이름도 잘 쓰는지 알겠지? 거기다 그 뿐인 줄 알아? 엄만 매달 마을금고에 돈 찾으러 가면 또 어쨌는지 알아?", "어쨌는데?", "엄마가 마을금고에 들어가면 그 예쁘고 마음씨 착한 마을금고 아가씨가 아유 할머님 오셨어요? 반갑게 인사를 하면 엄마도 몸을 약간 옆으로 꼬며 수고하십니다. 일본식 인사를 하곤 했잖아. 그리곤 통장을 내주며 연금이랑 장수 수당이랑 잘 들어왔는지 봐달라고 하곤 그 아가씨가 그 통장을 기계에 집어넣고 타닥타닥 한 다음 엄마한테 보여주며 할머님 여기 잘 들어 왔어요 하면 엄마는 자세히 살펴본 후 음, 잘 들어왔구나 하곤 다음엔 출금전표에 또박또박하게 찾을 금액과 이름을 쓰곤 엄마 도장을 꾹! 찍고 내주면 그 예쁘고 마음씨 착한 금고 아가씬 아유 어쩌면 이렇게 글씨를 잘 쓰세요. 하곤 했잖아." 그는 "내가?" 하며 고개를 갸웃갸웃 거리는 노모를 살펴보며 이번엔 다른 이야기를 하기 시작했다.

"엄마 아까 내가 '상감침' 그놈이 젤 무서워하는 게 뭐라고 했지?" 조심스럽게 묻자 노모는 전처럼 떨지는 않았지만 그래도 상감침이라는 소리를 듣자 두려워하는 기색이 역력했다. 그러면서도 "엄마 내가 붕어빵이라고 했잖아." 그러자 노모는 "붕어빵?" 한소리 하더니 이상하다는 표정으로 "그 무서운 놈이 왜 붕어빵을 무서워하지? 붕어빵이 얼마나 맛있는데." 중얼거렸다. 순간 나는 깜짝 놀랐다. 분명 얼마 전까진 붕어빵이 무엇인지 잘 모르는 것 같았는데 지금은 마치 누구보다 잘 아는 듯이 말하고 있질 않는가? 가슴이 두근거리기 시작했다. 그러나 한편으론 노모의 뇌리 속엔 아직도 여전히 상감침의 잔영이 남아있다는 사실 또한 분명히 알 수 있었다.

그 역시 노모의 중얼거림을 듣자 반신반의하며, 노모의 얼굴을 더욱 유심히 살펴보며 마치 고삐를 늦춰선 안 되기라도 하는 듯 재차 말하기 시작했다. "엄마! 상감침 그 놈이 왜 그렇게 붕어빵을 무서워하게 되었는지 말해줄게 잘 들어봐 엄마." 나는 그가 도대체 무슨 말을 하려는지 더욱 궁금해졌다. 중년 신사 역시 무척이나 궁금한 표정이었고 할머니와 여자들도 점차 점입가경에 들어서는 그의 기묘하기 짝이 없는 얘기에 아예 침까지 꼴딱꼴딱 삼켜대며 그의 말에 열중하고 있었다.

"그 놈이 어느 날 배가 무지하게 고파 있었는데 뭐 먹을 게 없나 하며 가만히 주위를 살펴보니 조그만 포장마차가 한 대 있는데, 거기서 한 아줌마가 고소한 냄새를 풍기는 붕어빵을 굽고 있는 거야. 그놈은 얼른 포장마차로 쫓아가서 붕어빵을 굽고 있는 아줌마한테 으르렁거리며 붕어빵 하나주면 안 잡아먹지~ 한 거야. 그러자 그 붕어빵 아줌마는 너무 놀라서 그만 기절해 버린 거야 그러자 그놈은 옳타구나 하고 막 구워낸 붕어빵을 그냥 입안에 쳐 넣곤 꽉! 깨물었던 거야." 그러자 노모가 즉각 "그럼 안 되는데?" 나는 또 놀랬다. 그 역시 노모의 그런 반응에 놀라면서도 얼른 "그럼 안 되지 방금 구워낸 붕어빵이 얼마나 뜨거운데." 맞장구를 쳤다. 그러면서 "그런데 그 놈은 바보멍청이라 그걸 몰랐던 거야. 그러니 그놈의 입안에 혓바닥이고 뭐고 온통 그 뜨거운 붕어빵 껍질과 팥고물들이 달라붙었으니 얼마나 뜨거웠겠어. 꽉! 하는 비명을 내지르며 입안에 온통 달라붙은 붕어빵을 마구 뱉어내며 정신없이 도망쳐버린 거야. 그때부터 그놈은 붕어빵만 보면 기함을 하며 무서워하게 된 거야. 그러니 그놈은 붕어빵도 그렇게 무서운데 그 무서운 붕어빵을

만드는 사람은 또 얼마나 더 무섭겠어. 그런데 엄마는 붕어빵을
아주 잘 만들잖아 안 그래?" 그러자 그때까지 고개를 갸우뚱거
리며 듣고 있던 노모가 "내가?" 하며 반문했다. "그럼 엄마가
붕어빵을 얼마나 잘 만드는데. 내가 어렸을 때 엄마는 저 '무심
천' 뚝방에서 붕어빵 장사를 했잖아." 무심천은 우암산과 더불
어 청주의 또 다른 상징이다.

　그럴 때면 나는 그 무심천 물가에서 물고기를 잡거나 물장구
를 치며 놀다가 배가 고파지면 엄마한테 와서 엄마 나, 배고파
하면 엄마는 그때마다 방금 구워낸 따끈따끈한 붕어빵을 하나
종이에 싸서 내 손에 쥐어주며 "뜨거우니까 조심해서 먹어야
해. 하면서 내 머리를 쓰다듬어 주곤 했잖아. 그럼 나는 쪼그리
고 앉아 바삭바삭한 꼬리부터 살살 깨물어 먹고 나서, 다음엔
달콤한 팥고물을 혓바닥으로 살살 핥아먹곤 했잖아. 나는 지금
도 생생한데 엄마는 생각 안나? 응?" 그때 그의 눈가엔 눈물이
그렁그렁 맺혀 있었다. 나 역시 가슴이 꽉 메어왔고, 앞의 여자
들 역시 눈시울이 붉어져 있었다.

　노모는 그런 그의 눈물 젖은 얼굴을 물끄러미 바라보고 있었
다. 그러다 "왜 울어?" 한마디 했다. 그런데 그렇게 말하는 노모
의 표정은 매우 근심스러운 모습이었다. 그는 그러한 노모의 표
정을 잠시 동안 바라본 후 마침내 무언가 작정한 듯 나머지 인
듯한 말을 하기 시작했다. "엄마 그러니까 이젠 엄만 아무 걱정
도 무서워 할 것도 없어 그 놈은 두 번 다신 엄마 앞엔 얼씬도
못할 거야. 내가 그놈을 만났거든." 노모는 금방 반응했다. "뭐

라구? 그 놈을 만났다구?", "응. 만났지.", "그래서 싸웠어?", "싸우긴 왜 싸워. 그까짓 놈하고 그냥 막 혼내줬지 어떻게? 그러니 잘 들어봐 어떻게 혼내줬는지."

"내가 그 놈을 만나자마자 그 놈 앞에 딱! 버티고 서서 눈을 부릅뜨고 큰소리로 이렇게 소리쳤지 야! 이놈아. 너 계산할 줄 알아? 그랬더니 이놈이 쩔쩔매며 어쩔 줄 모르는 거야. 그러더니 이놈이 창피 했는지 그럼 너는 할 줄 알아? 하며 대드는 거야.(나는 그때 또 한 번 웃음이 터져 나올 뻔 했다.) 그래서 얼른 나뭇가지를 하나 주워 들고는 그걸 말이라고 해. 이놈아 하곤 땅바닥에다 2+3=5를 딱! 써놓곤 봤지? 이놈아 하니까 이놈이 겁이 나는지 내 눈치를 살피기 시작하는 거야. 너는 글씨도 이름도 쓸 줄 모르지? 그러자 그놈은 그건 또 왜 물어 하며 길길이 날뛰며 더욱 쩔쩔매고 어쩔 줄 모르며 끙끙대다가 겨우 또 한다는 소리가 잔뜩 겁에 질린 얼굴로 그럼 너는 쓸 줄 알아? 하는 거야.(이때도 나는 웃을 뻔 했다.) 그래서 내가 똑똑히 봐. 이놈아, 하곤 내 이름을 땅바닥에 척척 써놨지. 그리곤 나뭇가지를 그놈한테 던지면서 쓸 줄 알면 써봐 이놈아 하며 닦달을 해댔지. 그랬더니 이놈이 허둥대다가 막 도망치려고 하는 거야. 그때 내가 어떻게 했는지 알아?", "어떻게 했는데?" 그때 나도 속으로 어떻게 했는데? 그에게 묻고 있었다. "있는 힘을 다해 막 도망치려는 그놈한테 붕어빵이다! 하고 냅다 소리쳤지. 그러자 막 도망치려던 그 놈이 꺅! 하는 비명소리를 한 번 내뱉곤 벌러덩 나자빠지더니 꼼짝을 않는 거야. 그래서 나자빠진 그 놈을 발로 툭툭 차며 살펴보니." 그러자 노모가 눈을 뚱그렇게 뜨며 살펴보니? 하자. 그는 천연덕스럽게 "죽었더라구." 순간 노모가 화들짝 놀라며 "죽었다구? 그 무서운 놈이 죽었다구? 죽었다구?" 중얼거리며 가쁜 숨을 몰아쉬기 시작했다. 그리고 어느 순간 노모의 중얼거림이 뚝! 끊겼다. 그리곤 허공을 쳐다보기 시작했다.

잠시 적막이 흐르는 가운데 나는 숨이 막힐 것만 같았다. 그때 그는 그러한 노모의 모습을 무서우리만치 뚫어지게 지켜보기 시작했다. 그리고 나는 아니 우리는 보았다. 가쁘게 들먹이던 노모의 가슴이 천천히 잦아들며 동시에 하얗고 창백하던 노모의 얼굴이 화색으로 물들어 감을……. 또한 동시에 허공을 응시하던 노모의 두 눈에도 생기가 돌기 시작함을……. 그리고 기적이 일어났다.

어느 순간 노모는 옆에서 무서우리만치 자신을 주시하고 있는 그를 보자 반색을 하며 "○○야 언제 왔어?" 순간 나는 심장이 내려앉는 것만 같았고 앞에 서 있던 할머니는 아예 바닥에 털썩 주저앉으며 가쁜 숨만 헐떡이고 있었고 나머지 여자들은 그저 입들을 벌린 채 서로의 얼굴을 멍하니 쳐다보고 있을 뿐 완전히 넋들이 나가 있었다. 또한 중년 신사 역시 도저히 믿을 수 없다는 표정을 짓고 있었고 그의 발밑엔 수첩과 볼펜이 떨어져 있었다. 그리고 그때 그는 자신의 노모를 부여잡은 채 엄마! 하는 목 메인 소리와 함께 지금까지 참고 참았을 그의 두 눈에선 마침내 굵은 눈물이 뚝뚝 떨어지고 있었다.

한참 후 이윽고 내가 겨우 정신을 차렸을 때 두 모자의 도란

거리는 목소리가 들려왔다. "○○야 왜 울어 무슨 일이 있었어?" 참으로 자애롭고 인자한 목소리였다. 그는 "아냐 엄마 눈에 뭐가 좀 들어가서." 하며 옷소매로 눈물을 싹! 닦았다. 다시는 울지 않겠다는 듯이 그리곤 그는 "엄만 왜 여기 나와 있어? 따뜻해서?", "아냐 성당에 가려고 했는데 좀 어지러워서 쉬고 있는 중이야." 노모는 좀 전까지의 일은 전혀 모르는 것이 분명했다. "그래 그럼 지금은 좀 괜찮아?", "응. 괜찮아 이젠 안 어지러워. 넌 어디 갔다 온 거야?", "응. 도서관에.", "그럼 지난번에 빌려온 책들은 다보고 또 다른 책 빌려온 거야?", "응.", "이번엔 무슨 책인데?", "응 엄마 '몬테크리스트백작' 알지?", "몬테크리스트백작? 응 그럼 알지. 내가 그 얘길 모를까봐 얼마나 재미난 얘긴데.", "바로 그 책이야. 그 책 다섯 권하고 아마 엄마도 알고 있을걸. '포우'의 단편집 한 권이야." 하며 옆에 있던 천 가방을 끌어당겨 지퍼를 열곤 책 두 권을 꺼내 노모에게 보여주었다. 나는 그제야 천 가방에 대한 궁금증이 풀렸다.

노모는 그 두 책을 무릎에 올려놓고 매만지며 옛날을 회상하는 듯 했다. 그가 "그럼 엄마 지금도 이 책 이야기 생각나?" 하며 몬테크리스트백작이란 책을 가리키자 "그럼 알지 얼마나 재미난 얘기였는데, 나도 알아.", "엄마가 여러 번 얘기했잖아. 일본에 여학교 다닐 때 체육 선생님이 체육시간에 비가 오기만하면 교실에서 이 책이야기를 해주곤 했다고 그 이야기가 하도 재밌어서 체육시간만 되면 모두가 비가 오기만을 바랬다고."
"또 이런 말도 했잖아. 일본엔 '에도가와 란뽀'라는 유명한 추리소설 작가가 있었는데 그 이름은 본명이 아니고 '에드가알란 포우'라는 미국의 유명한 추리소설 작가를 하도 존경해서 그 사람의 이름을 본따 만든 필명이라고. 그리고 그 사람의 소설 중엔 소파 속에 들어가 벼라 별일을 다 겪는 기상천외한 소설들도 있었다고 했잖아 그러니까 엄마 그때들은 애기 생각나는 대로 한 번 더 해줘 응?", "알았어." 아마도 그는 노모의 현재 상태를 좀 더 확실히 확인해 보려는 것 같았다. 노모는 해줄게 하곤 무릎에 올려놓은 책을 두드리며.

"이 책 주인공은 뱃사람이었는데 아주 잘생긴 젊은이야. 그리고 아주 예쁜 한 처녀를 좋아하고 있었어. 그 예쁜 처녀도 이 주인공을 아주 좋아하고 있었고. 그래서 둘은 곧 결혼 하려고 했었어. 그런데 그 주인공이 뱃길에서 돌아오자 나쁜 놈들이 주인공을 감옥소에 가둔 거야. 왜? 응. 그건 그 나쁜 놈들 중에도 그 예쁜 처녀를 좋아하는 놈이 있어서 그 예쁜 처녀를 뺏으려고 한 거지.", "아, 그래서구나. 그래서?", "그런데 그 주인공은 감옥소에서 한 신부님을 만난거야. 신부님? 응. 아니 신부님이 왜 감옥에 있어 신부님은 좋은 일만 하시는 분이잖아.", "응. 그건 나도 잘 몰라.", "그래서 두 사람은 아주 친해졌어. 서로 외롭잖아.", "그래서?"

그때 나는 노모가 그 소설의 큰 줄거린 그런대로 잘 기억하곤 있지만 자세한 내용들은 잊어 먹었거나 잘 생각나지 않는 것 같았다. 하지만 그 정도도 나는 참으로 대단하다고 생각하고 있었다.

"근데 신부님은 아주 아는 것이 많아서 주인공한테 다 가르쳐 줬어.", 근데 그렇게 의지하며 친하게 지내던 신부님이 그만 죽어 버린 거야.", "뭐라구. 신부님이 죽었다구? 왜?", "그건 나도 잘 몰라. 아마, 나처럼 늙어서 죽은걸 거야. 아이구 그럼 그 주인공 은 어떡해. 할 수 없지. 뭐. 어떡해 그냥 막 울었지. 아이구 그 래서? 근데 그때 그 주인공은 꾀를 낸 거야. 꾀?", "무슨 꾀?", "응. 들어봐 감옥소 사람들이 신부님을 자루 속에 넣어놨었는데 주인공은 얼른 신부님을 꺼내 감추고 대신 자루 속에 들어가 죽은 체 했던 거야.", "아이구 꾀 배기네. 그래서 어떻게 됐어?", "음, 어떻게 됐더라. 아, 그 감옥소 사람들은 그 주인공이 들어 있는 자루를 들고나가 통째로 그냥 바다 속에 던져버린 거야.", "바다 속에? 아니 죽은 사람은 땅속에 파묻는데 왜 바다 속에 던져?", "그건 나두 잘 몰라.", "그래서 죽었어?", "아이구 너두 참 죽긴 왜 죽어 주인공인데.", "아, 그렇지 주인공이 죽으면 안 되지." 노모의 말에 맞장구를 쳤다. 나는 그때 그가 노모의 기 억을 유도하고 있음을 알았다. 또한 할머니를 비롯한 여자들도 점차 흥미진진해지는 얘기에 숨조차 죽인 채 잔뜩 귀들을 기울 이고 있음도. "그럼 잘 도망친 거야?", "그럼! 어떻게? 그야 막 헤엄쳐서 도망친 거지 그 주인공은 뱃사람이니까 헤엄을 얼마 나 잘 쳤겠어."

"안 그래?", "아 그랬구나." 나는 그때도 도대체 지금 누가 누 구에게 말을 하는 건지 그저 기가 막히기만 했다. 지금 두 모자 의 입장은 아까와는 달리 완전 거꾸로였기 때문이다.

"그럼 다음엔? 보물을 찾으러 갔지.", "보물? 무슨 보물?", "응. 그건 신부님이 죽기 전까지 보물지도를 가지고 있었거든.", "아~그러니까 그 주인공이 도망칠 때 그 보물지도를 갖고 있었구나. 그럼 그 보물은 찾았어?", "응, 그건 '섬'이었어.", "섬? 섬 이름이 뭔데?", "음, 무슨 섬이었더라.", "엄마 혹시 그 섬 이름이 '몬테크리스트' 아니었어?", "아 맞다! 바로 몬테크리스트라는 섬이었어.", "아, 그래서 주인공이 몬테크리스트백작이 된 거구나." 하며 노모의 기억을 일깨워 주었다. "그럼 다음엔 어떻게 됐어.", "음, 그 주인공은 자기가 감옥소에 갇혀 있을 때 자기를 걱정해 준 사람들을 막 도와줬어. 보물을 찾았으니까 돈이 아주 많잖아.", "아, 그러니까 은혜를 갚은 거구나. 다음엔?", "다음엔 자기를 괴롭힌 나쁜 놈들을 혼내주기 시작한 거야.", "그래?", "그런 나쁜 놈들은 혼내줘야지. 그런데 엄마 그 나쁜 놈들을 어떻게 혼내줬는지 생각나?" 그러자 노모는 "음, 어떻게 혼내줬더라." 하다가 "아! 생각났다. 그 나쁜 놈들 중엔 아주 욕심쟁이가 있었는데 돈이 아주 많았어.", "그래? 그래서?", "그래서 주인공은 그 나쁜 욕심쟁이를 '굴'속에 가둬놓고 밥을 안 준거야.", "왜?", "응. 그건 그 주인공이 오랜 세월을 감옥소에 갇혀있는 동안 그의 아버진 너무나 슬퍼서 밥도 안 먹고 하다가 돌아가셨거든.", "아, 그러니까 너도 한 번 굶어봐라 하며 괴롭히며 복수한 거구나.", "그렇지 그러니까 그 욕심쟁인 배가 고프잖아. 그래서 주인공한테 막 울면서 먹을 것 좀 달라고 사정한 거야.", "그래서?", "그러자 주인공은 이렇게 말한 거야. 빵 한 개는 백만 원 밥 한 그릇은 오백만원 통닭은 천만 원하며 사먹을래 말래하며 약을 올린거야. 그 욕심쟁인 처음엔 안 먹어! 안 먹어! 그런 법이 어디 있어, 하면서 막 화를 낸 거야.", "와! 재밌다 그래서?", "그러자 주인공은 흥! 콧방귀를 뀌며 어딨긴 어딨어 여기 있지. 사먹기 싫으면 맘대로 해. 하며 더욱 약 올리며 먹을 걸 안준 거야. 그러자 그가 엄마 아무리 돈이 아까워도 그렇지 안 먹으면 굶어죽잖아. 그럼 굶어죽지.", "그래서?" "그래서 그 욕심쟁인 할 수 없이 막 울면서 사먹은 거야.", "아이고 깨소금이다. 그러니까 그렇게 그 나쁜 욕심쟁이를 괴롭히며 혼내준 거구나."

나는 그때 역시 비록 노모가 순서고 뭐고 그저 생각나는 대로 얘기하고 있다는 사실을 알곤 있었지만 그렇다 할지라도 그 정도까지 알고 기억하고 있다는 자체만으로도 그저 참으로 놀라울 뿐이었다. 만약 직접 보고 듣지 않았다면 나는 결코 믿지 않았을 것이다.

"그럼 엄마 다른 나쁜 놈들도 어떻게 혼내줬는지 생각나?" 하곤 노모가 고개를 갸웃거리며 골똘히 생각하자 그는 더 이상은 무리라 생각했는지 곧, "알았어. 엄마 그 얘긴 나중에 생각나면 또 해주고." 하며 마지막인 듯 "근데 엄마 그 주인공 이름은 지금도 기억해?" 그러자 노모는 "음, 뭐였더라." 생각이 잘 나질 않는지 두 눈을 깜박거리기 시작했다. 그러자 그는 엄마 혹시 '에드몽, 에드몽' 하는 소리를 하며 노모를 살펴보기 시작했다. 그러자 노모는 '에드몽? 에드몽?' 하더니 "아! 맞다 에드몽이야." 에드몽하더니 "근데 또 다른 이름도 있었는데." 하며 고개를 갸웃거렸다. 그러나 이내 "아! 그래! 단테스야. 단테스 그 주인공 이름은 '에드몽 단테스'야." 하며 아들을 바라보며 마치 '어때 엄마가 잘 알지?' 하는 듯한 표정을 지었다. 그러자 그는 "우와! 우리 엄마 하나도 안 잊어 먹었네." 하며 마침내 이젠 되었다는 듯 "엄마 나 배고파 그만 집에 가자. 가서 라면이라도 하나 끓여먹을래.", "그래? 그럼 그러자꾸나. 나도 좀 피곤하구나." 하면서도 "○○야. 라면 끓일 땐 떡도 누구 만두도 누구 파도 송송 쓸어놓고. 그리고 꼭 잊지 말구 계란도 하나 탁! 깨서 넣는 거야 알겠지? 그럼 훨씬 맛있어.", "아이구 엄마 내가 어린 애야. 그것도 모르게. 알았어. 근데 엄만 뭐먹을 거야. 또 새우깡?", "그래 난 지금 배 안 고프니까 새우깡이나 먹을란다.", "그래? 그건 엄마 맘대로 해." 그리곤 그는 "자! 그럼 가자." 하며 노모를 부축하며 함께 일어섰다.

그때 일어선 노모는 총무를 보자 반색을 하며 "아유 총무님도 오셨네." 하자 총무는 "아유 할머니 이제야 절 알아보시겠어요." 하다 아차 싫었는지 얼른 말을 돌렸다. "그래 할머니 성당엔 갔다 오셨어요." 하곤 노모가 "갈려고 했는데 좀 어지러워서 못 갔어. 다음엔 꼭 갈 거야." 하자 "아유 그러셨군요. 그럼 이젠 좀 괜찮으셔요.", "응. 이젠 괜찮아.", "알았어요. 할머니 그럼 내일은 고스톱 치러 노인정에 오실꺼죠?", "그럼 가야지.", "알았어요. 기다릴게요. 안녕히 가세요.", "응. 그럼 가꾸마." 하며 기다리던 아들의 손을 잡았다. 그는 그제야 우리들에게 가볍게 한

번 목례를 한 후 남은 한 손으로 천 가방을 들고 노모와 함께 정답게 무언가 도란거리며 양옥집의 담 벽을 따라 마침내는 건너편 골목으로 돌아들어 보이지 않게 되었다. 그러한 두 모자를 보이지 않을 때까지 지켜보던 우리는 그저 한숨을 내쉬며 서로서로 쳐다만 볼뿐 아무 말도 할 수가 없었다. 할머니만 그저 세상에. 세상에 할뿐……

이윽고 두 여자는 제 집으로 들어갔고 할머니와 총무도 갈 길로 가버렸다. 나 역시 가려다 그때까지도 남아있던 중년 신사에게 가볍게 목례를 한 후 조심스럽게 말을 걸었다. "참으로 보고서도 믿을 수가 없군요. 정말 사실이겠지요?" 그러자 그 역시 "물론입니다. 저 역시 두 눈과 귀로 똑똑히 보고 들었음에도 믿기지 않는 건 마찬가지긴 합니다만 특히 제 직업이 직업이니만치 별의별 일을 다 겪었습니다만 정말 이 같은 일은 직접보고 들을 줄은 진정 몰랐습니다." 하곤 "아참!" 하며 양복 안주머니에서 명함을 한 장 꺼내 "저는 이런 사람입니다." 하며 내밀었다. 그렇잖아도 궁금했던 나는 얼른 받아보았다 그 명함엔 충북대학병원 신경정신과 전문의 박사 ○○○라는 문자가 새겨져 있었다.

나는 은근히 놀랬다. 그 병원은 이곳 청주에 있긴 하지만 적어도 충북에선 누구나 알아주는 최고의 의료가관이었기 때문이다. 나는 더욱 조심스럽게 "저 이런 일로 만나 뵙게 된 것도 특별한 인연일 수도 있는데 마침 제 집이 바로 지척에 있는데 모서서 차라도 한잔 대접해 드렸으면 하는데 괜찮으시겠습니까? 사실 방금 있었던 일에 궁금한 점도 많고 만일 박사님께서 조언이라도 해주신다면 정말 많은 도움이 되겠습니다만." 하며 그의 눈치를 살폈다. 그러자 그는 잠시 생각하더니 "좋습니다. 저 역시 선생님께 여쭤보고 싶은 점도 있고." 하며 쾌히 응낙 했다. 나는 속으로 '됐다!' 하며 "고맙습니다. 그럼 모시겠습니다." 하곤 얼른 앞장섰다. 두 말 못하게.

그렇게 그와 나는 차를 마시며 한 시간 여를 담소를 나누었다. 이 후 동년배이기도 한 그와 나는 평생지기가 되었다. 헤어질 때 굳은 악수를 나누며 그가 한 말은 이러했다. "빠른 시일 내 그 두 모자분을 찾아뵙고 붕어빵과 새우깡이라도 대접해 드릴 수만 있다면 얼마나 좋을까요."였고 내가 한말은 "물론입니다 꼭! 그렇게 될 겁니다. 제가 장담하겠습니다"였다. 한 달 후 나는 그 장담을 지켜냈다. 더불어 그와 나에겐 존경해 마지않는 형님과 노모님이 새로 생겼다. 새로운 형님은 우리 보다 다섯 살 위였고 노모님은 우리 보다 무려 서른다섯이나 위셨다.

이 후 나는 형님에게 이렇게 물어본 적이 있었다. "형님 그때 형님께서 하신 이야기 중에 아직도 정말 궁금하고 납득이 잘 안 되는 이야기가 있는데 속 시원히 말씀 좀 해주세요. 그 아킬레스 이야긴데요 그 얘기가 노모님과 무슨 관련이라도 있는지요. 아니면 혹시 무슨 특별한 연유라도 있어서였는지요." 그러자 형님은 빙그레 웃으시며 당시를 이렇게 술회하셨다. "사실 나도 그때 무슨 경황이 있었겠나. 그저 어떻게 하면 노모님을 안정시키고 정신을 되돌릴 수가 있을까 하는 일념뿐이었지. 그래서 이 궁리 저 궁리하기 시작했다네. 사실 나는 평소에 한 가지 버릇이 있는데 그건 극히 난감하고 까다롭거나 어려운 문제에 봉착하면 먼저 전제 조건부터 세우는 버릇이라네. 마치 방정식을 풀듯이. 그런 다음엔 그 전제 조건에 부합되는 조건들을 찾아 하나하나 꿰맞춰가며 문제를 해결하곤 했지 그때가 바로 그런 상황이었지 그래서 그 전제 조건을 이렇게 세웠다네."

"우선 첫 번째로 노모님은 상감침이라는 귀신을 보았다는 점. 물론 누구나 헛것이라고 하겠지만 노모님에겐 사실이었겠지. 따라서 어떠한 연유로든 노모님의 뇌리 속에 각인된 상감침이란 귀신의 존재를 완전히 망각하거나 완전한 이성을 되찾아 설사 또 다시 상감침이란 귀신의 존재가 떠오른다 할지라도 터무니없는 망상이었음을 자각하지 않는 한 결코 정상으로 돌아올 수 없다는 점이었지. 두 번째론 노모님은 극히 고령인 가운데 충격을 받아 이미 정상적인 이성과 판단력을 상실했을 뿐만 아니라 심신도 미약할 때로 미약해진 상태라는 점이었고, 설사 정신을 잃었을지라도. 세 번째론 아무리 나약한 인간일지라도 어떠한 상황일지라도 정신을 잃지 않는 한 경이로운 인간의 정신적, 신체적 조건과 능력은 최소한 잠재적, 조건반사적, 그리고 무엇보다 본능적, 의식은 분명 살아있으리란 믿음이었지 때문에 포기나 절망 따위는 생각조차 안했다네."

"다음으론 이 세 가지 전제 조건을 극복하거나 활용할 수 있는 방법들을 찾기 시작했지. 그리곤 첫 번째 전제 조건을 극복하기 위해선 절대적으로 물리칠 수밖에 없는 상대가 있다면 무릇 그 상대보다 강한 능력으로 물리치거나 아니면 스스로 물러가거나 사라지게 할 수 있는 현명한 방법이 꼭 필요할 수밖엔 없는 이야기를 생각하기 시작했고, 상감침은 귀신이었으니 말이네. 두 번째 전제 조건에 대해선 노모님이 결코 잊을 수 없는 그리운 옛날 얘기나 사실들을 일깨워 미약할 대로 미약해진 심신을 다시금 북돋워 꺼질지도 모르는 인간의 경이롭고 놀라운 치유능력을 촉발시켜 스스로 회복될 수도 있으리란 희망과 믿음 속에 자네도 잘 알게 된 그와 같은 얘기들을 하게 된 거지. 사실 확신 할 수는 없었지만 그래도 내 나름대로 그와 같은 얘기들은 나와 노모님이 너무도 잘 알고 있는 사실들이었기 때문에 두 번째와 세 번째 전제 조건을 충족시킬 수 있다는 믿음으로 그다지 어렵지는 않았다네."

"그러나 첫 번째 전제 조건을 극복할 수 있는 방법은(이야기) 그저 막막하기만 했지 고심하던 중 번뜩! 하늘의 도우심인지 아킬레스 이야기가 떠올랐다네. 그 이야기가 과연 절대적인 효과가 있을지는 그때 알 수 없었지만 자네도 잘 알다시피 그때 그저 한가하게 그보다 더욱 적절하고 효과적인 방법이나 이야기를 찾을 겨를이 어디 있었겠는가? 결과적으로 그 이야기가 절대적인 효과는 아닐지라도 노모님께 큰 영향을 끼친 것만은 분명했다고 나는 확신하고 있다네. 사실 우리들에게 신기한 강물, 선녀나 엄마, 갓난아기, 그리고 동전 붕어빵, 새우깡과 같은 말은 물론 심지언 도깨비니, 허깨비니, 귀신이니 하는 그보다 더 친숙하고 순수한 말들이 또 어디 있겠는가. 결국 나는 내내 노모님의 본성에 매달려 호소한 셈이었지. 내 어머님은 참으로 순수한 분이시라네. 나는 평생에 어머님께서 하신 말씀 중에 고작 나뿐 놈들, 욕심쟁이라는 말보다 더 심한 말은 내 기억 속에 맹세코 들어본 적이 없다네. 그럴뿐더러 어머님은 그러한 말조차 진정 미움이나 원망을 담아 말씀하실 분이 아님을 나는 그 누구보다 잘 알고 있다네. 평생을 그토록 고통스럽고 힘겨우심을 감내하시며 오로지 자식들만을 위해 그 고통을 고통으로 그 힘겨우심을 힘겨움으로 여기지 않으시며 헌신해 오신 어머님은 내게 진정한 사랑이 무엇인지 몸소 실천하시며 보여주시고 가르쳐 주신 분이라네. 그런데도 그러한 어머님이 내 기억 속에 한두 번인가 내 앞에서 그 얼마나 야속한 일이 있으셨기에, 눈물까지 보이셨을 때 내 가슴은 어떠했겠는가? 과연 도대체 이 세상에서 그 누가 그 무엇이 그러한 어머님을 가슴 아프게 하고 눈물까지 보이게 할 수 있단 말인가? 나는 그것만은 결코 용납할 수도 용서할 수도 없다네." 형님은 눈시울을 붉히며 긴 한숨을 내쉬었다.

나 역시 도대체 그토록 강인한 정신력의 소유자인 형님조차 마음속엔 그토록 견딜 수 없는 그 무슨 응어리라도 있단 말인가? 생각하며 그저 착잡하기 만한 가운데 가슴이 답답해져왔다.

"단지 상감침에 관한 마지막 얘기만큼은 내가 생각해도 황당하기 그지없는 얘기였지만 그땐 그런 것을 따질 경황이 아니었지 그저 생각나는 대로 간절한 바람을 담아 최선을 다했을 뿐이라네. 아마도 자넨 이러한 내 말을 들으면서 어떻게 순간순간 그러한 생각들을 할 수 있었느냐고 반문하겠지만 사실 나도 어떻게 그러한 생각들을 할 수 있었는지는 나도 알 수 없다네." 그저 하늘이 도왔다는 말 밖에. 나는 그때 '홈즈'나 '뒤팽'이 따로 없구나 하는 생각을 하고 있었다. 마치 넘을 수도 뚫을 수도 없는 거대한 벽 앞에 서 있는 것만 같았다. 동시에 지금껏 가지고 있던 내 자부심이 그 얼마나 보잘 것 없음도 절감하고 있었다. 사실 나는 앞서도 밝혔듯이 기적과 같은 일은 있을지언정 글자 그대로의 기적은 결코 믿는 사람이 아니었다. 결국 생각에 지친 나는 이런 결론을 내리고 말았다. 형님이야말로 진정 기적과 같은 일을 해낸 분이라고. 마음 같아선 같은 이란 말조차 빼 버리고 싶었지만 그러기엔 마음속 이라 해도 너무나 초라해질 내 모습이 불쌍하고 가여워 차마 그렇게까지 생각할 수는 없었다.

그 이후에도 나는 평생지기와 자주만나 많은 애기와 의견들을 나누곤 했다. 그때 우리의 형님이 술회했던 내용들과 당시의 내심 경과 느낌 등에 관해서도 애기했을 때 그는 이렇게 말했다. "그랬을 테지. 나 역시 그랬을 걸세 동의하네. 그리고 자네가 떠올렸던 그들이 비록 작중 인물들일지라도 그렇다고 현실에도 존재하지 말란 법은 없질 않은가? 사실 나는 지금껏 그토록 강인한 정신력과 인내력 그리고 치밀함마저 겸비한 형님과 같은 사람을 만나 본적이 없다네. 아마 앞으로도 그러리라 생각하네." 나는 그의 그러한 말에 더욱 의기소침해 질 수 밖에 없었다. 그때 그는 그러한 내 모습을 바라보곤 빙그레 웃으며 허지만 여보게 그렇다고 우리 너무 기죽지는 마세 그래도 그런 분이 우리의 형님이질 않은가? 나 역시 할 수 없이 마주 웃으며 그래야겠지? 하면서도 나오는 한숨은 어쩔 수가 없었다.

그는 계속해서 이런 말도 했다. "사실 전문가가 되기 위해선, 이를테면 장인이나 명인 같은 사람들의 수제자가 되어 함께 지지고 볶고 깎고 다듬으며 기예를 전수 받을 수 있는 직접 경험만큼 중요한 일이 또 어디 있겠는가? 직접 수술 한번 없이 의사가 될 수 없듯이 말일세. 그런 점에서 우리 같은 사람들은 비록 환자들을 살펴보거나 또는 언제 어디서 그런 일이 있었다는 등의 간접 경험은 할 순 있지만 그러한 간접 경험만을 토대로 한 노력과 연구만으론 한계가 있을 수밖에 없음을 절감하곤 한다네. 결국은 기껏해야 합리적인 판단이나 기본적인 이론만을 바탕으로 한 논리적 추론만으로 어쩌고저쩌고 할 수밖에 없는 것이 우리들의 현실이란 말일세. 따라서 그때처럼 보고 듣고 하면서 명백한 전 과정을 '직접 경험'할 수 있었던 나는 그야말로 선택 받은 사람이 된 셈이지. 말이 나온 김에 '형님과 노모님의 경우와 비슷한' 한 실례를 들어보겠네."

"몇 년 전 일이고 내가 직접 경험 한 일은 아니네만 지금 내가 근무하는 병원에 한 어린 소녀가 난치병인 백혈병 진단을 받고 머리를 모두 깎인 채 그 지독한 항암 주사를 맞아가며 몇 달째 투병 생활을 하고 있었다네. 그나마 다행이었던 건 소녀가 다니던 학교 학생들의 모금과 각계각층에서 성금들이 답지하여 몇 년 전 남편을 교통사고로 잃고 어린 소녀와 아들 하나를 어렵게 키우던 그 소녀의 어머닌 입원비와 치료비 걱정은 덜 수 있었지. 그런데 말이네 어느 날 그 어머닌 병원 측과 담당의의 극력 반대와 만류에도 불구하고 일방적으로 어린 딸을 데리고 퇴원해 버렸다네. 더군다나 그때 그 어머닌 병원은 병만 키우고 의사들은 모두 도둑놈들이라는 그야말로 무지막지한 말까지 하면서 말일세. 그들은 분개했지. 만만찮은 성금을 위탁 관리하며 보장 받은 쏠쏠한 입원비와 치료비가 한순간에 날아간 탓도 있었겠지만 아마 그보단 자신들의 권위와 자존심 등이 무참히 짓밟힌 점이 더 컸겠지. 어쨌든 사무장이 집으로까지 쫓아가 겁도 주고 사정해 보았지만 그 어머닌 요지부동이었고 병원과 의사들에 대한 불신도 여전했다네. 그런데 그 후 어찌됐는지 아는가? 채 반년도 안 돼 어찌된 셈인지 그 소녀는 언제 그런 일이 있었냐는 듯 윤기 나는 머리와 함께 다시금 학교에 다니게 됐고 지금은 전문대학교에서 자신이 좋아하는 컴퓨터 공학을 전공하며 기숙사 생활을 하고 있다네. 들리는 말론 그 어머닌 딸을 퇴원시킨 후 산과 들을 돌아다니며 알 수 없는 풀이나 뿌리 열매들을 따고 캐서 딸에게 먹였다는 걸세."

"자, 여기서 한번 생각해보세. 현대 의학의 본산이라 할 수 있는 종합병원과 그러한 병원이 내세운 스스로 그 병의 권위자임을 자처하고 자부하던 그 전문 담당의는 도대체 뭐란 말인가? 더불어 만약 그들이 진정한 의료인들이라면 권위와 자존심 체면이고 뭐고 그 어머닐 찾아가 무릎을 꿇고서라도 그 불가사의한 비밀을 파헤쳐 새로운 지평을 열며 현대 의학이 보다 진일보 할 수 있는 기틀과 토대를 마련해야 옳지 않겠는가? 그러나 내가 알기론 그들은 그저 쉬쉬했을 뿐 그러질 않았다네. 아니 못했다네. 그들에게 보다 중요했던 건 바로 그러한 사명감보단 그 망할 놈의 권위와 자존심 그리고 체면 따위였지. 따라서 그들은 내가 이런 말을 했다고 해서 얼굴을 붉히면 붉혔지 트집을 잡을 건덕지는 하나도 없을 걸세. 무엇보다 그 소녀에 관한 기록이 그 병원엔 엄연히 남아있을 테니 말일세.”

그러면서 그는 “형님과 노모님의 경우도 마찬가질세. 그 같은 경우와 같거나 유사한 사례 등에 관해 연구 분석한 논문들은 수없이 많지만 가정만 무수 할뿐 그 어디에도 원인이나 현상 그리고 결과에 관해선 딱 부러지게 이렇다는 정의나 결론을 찾아볼 수가 없었다네. 특히 노모님과 같이 극히 고령의 경우 조금의 잘못됨도 없이 회복되었다는 사례는 어느 논문에서도 찾아 볼 수가 없었지 따라서 노모님의 경우는, 물론! 형님과 같은 지극정성의 보살핌이 무엇보다 주효했지만 그럼에도 나 같은 사람이 할 소리는 아니네만 그저 천우신조란 말밖엔 달리 할 말이 없다네.” 그는 계속해서 이런 말도 했다.

“과연 비유가 적절할진 모르겠지만 사실 따지고 보면 ‘꿩 잡는 게 매’라고 전문가가 따로 있는 건 아니지 자네도 잘 알듯이 공식적임은 물론 스스로도 그 누구보다 전문가라고 자부하던 경시총감이 또 다른 전문가들을 총동원 시키면서까지 그들이 철석같이 믿고 신봉하는 온갖 수단과 방법을 최선을 다해 써보

앞음에도 결코 찾을 수 없었던 편지를 내어 줄 수 있었던 뒤팽이야 말로 그 방면에 진정한 전문가라고 할 수 있질 않겠는가? 하지만 그럼에도 그는 공식적으론 전문가가 아니질 않는가?"

"사실 나는 요즘 많은 갈등과 회의를 느끼곤 한다네. 소위 인간들이 자랑하는 이성과 지성을 바탕으로 확립된 과학적 체계 속에 인류사회와 문명이 발전해왔음을 부정하지 않지만 그렇다고 해서 그 가늠할 길 없는 경이로운 정신세계조차 그러한 천편일율 적인 체계 속에 종속 되고 따르라는 것엔 난 결코 동의할 수 없다네. 결국 종합해 볼 때 우리들이 결코 관과 하거나 해서도 안 되는 것은 이 지구상엔 알고 보면 그와 같은 미스터리하고 불가사의한 일들이 수없이 많다는 사실일세. 나는 언제부턴가 선택 받을 수 있기를 염원하고 갈망해 왔고 마침내 이번에 선택 받았음을 믿고 있다네. 그러나 무릇 선택하고 선택 받음에는 분명 이유가 있음을 또한 나는 잘 알고 있다네. 따라서 선택 받은 나로선 당연히 그 값을 해야 하질 않겠는가? 그래서 말이네만 나는 이번 기회에 그와 같은 사례들과 더불어 무엇보다 형님과 노모님의 경우를 예로 들어 인간관계의 중요성을 보다 집중 연구 분석 하여 그 같은 일들로 고통 받고 신음하는 사람들을 위한 치료법과 예방법들을 극대화 할 수 있는 새로운 논문을 한번 써볼 작정이네. 자네도 좀 많이 도와주게. 혹시 아나 노벨상이라도 받을는지." 하며 그는 빙긋 웃었다. 나 역시 마주 웃으며 "자! 그렇다면 자네의 그 새로운 논문을 위하여 노벨상을 위하여 건배!" 하며 그와 나는 높이 치켜 든 잔을 마주쳤다. 자! 그럼 이제 할 말은 할 만큼 했음으로 이런 말을 남기며 그만 정리하겠다. 이런 말은 아내와 함께 이마를 마주하며 성경을 뒤진 끝에 찾아낸 글귀다. '믿는 자에게 복이 있나니.(마가복음 6장 9절)'

후기. 이 글은 나와 평생지기와 함께 찾아가 형님을 설득한 끝에 마침내 동의를 얻어 발표하게 되었음을 밝히는 바이다. 노모님의 동의는 이와 같은 내용은 일체 함구하고 있었으므로 굳이 구할 필요는 없었다. 또한 나는 평생지기와 형님과 함께 노인정에도 찾아가 총무는 물론 당시 상황을 잘 알고 있을 할머님들께도 부디 함구해 주실 것을 신신당부했음도 아울러 밝혀두는 바이다. 왜냐하면 지금까지의 이 이야기는 모두가 '실화'이기 때문에 어쩌면 지금도 노인정에서 고스톱을 치시고 계실지도 모르는 노모님께 두 번 다시 '상감침'이란 말이 들려선 안 되기 때문이었다. 노모님이여 부디 만수무강 하시기를.

목수 이야기 <목수마을>

어느 마을에 할아버지도 목수였고, 아버지도 목수인 목수 아들이 살고 있었다. 그러나 그 아들은 아버지가 평생 고생하며 남들의 집은 그렇게 훌륭하며 근사한 멋진 집을 지어주면서도, 여전히 할아버지가 지어준 통나무집에서만 사는 게 마땅찮았다. 결국 목수 아들은 도시로 나가 많은 돈을 벌어 며느리와 아들을 데리고 금의환향했다. 더 이상 고생하며 살지 마시라고. 그 통나무집을 허물고 목수들을 불러 그 마을에서 제일 훌륭하며 근사하며 멋진 집을 지어. 목수 아버지를 극진하게 모셨다. 그런 아들을 마을 사람들은 효자라고 칭송했다. 그런데 어찌된 일인지 목수 아버지는 항상 우울해 했다.

그런가 하면 그 마을에는 역시 할아버지도 목수였고 아버지도 목수인, 목수 할아버지가 지어준 통나무집에서 살고 있는 목수 아버지가 지어준 통나무집에서 역시 며느리와 아들과 함께 살고 있는 목수 친구가 있었다. 그런 목수 친구의 목수 아버지를 만났을 때, 그 목수 아버지의 모습은 그렇게 행복해 보일수가 없었다. 목수 아들은 궁금해졌다. 도대체 어떻게 모시기에 그렇게 행복해 하는지, 목수 아들은 목수 친구를 몰래 뒤 따라갔다.

목수 친구는 나무울타리가 쳐진 곳으로 들어갔고 그는 울타리 밖에서 울타리 틈새로 몰래 훔쳐보기 시작했다. 울타리 안쪽은 넓은 마당에 통나무집 두 채가 나란히 서 있었다. 목수 친구는 그 중 굴뚝에서 연기가 피어오르는 통나무집으로 들어갔다. 잠시 후 마치 기다리고 있었다는 듯이 목수 친구의 아버지가 나와 통나무집 벽에 쌓여 있던 짧은 통나무들을 몇개 가져다, 그 앞에 세워진 굉장히 굵고 짧은 통나무위에 올려놓고 그 옆에 세워 놓은 도끼로 힘차게 여러 조각으로 쪼개기 시작했다. 얼마 후 쪼개진 통나무 조각들을 한 아름 끌어 안고 옆, 통나무집으로 들어갔다. 잠시 후 그 통나무집의 굴뚝에서도 연기가 피어올랐다.

잠시 후 나오는 목수 친구의 목수 아버지는 커다란 톱을 둘러메고 있었다. 동시에 목수 친구도 목수 아버지의 통나무집에서 망치를 들고 나왔다. 그리곤 함께 뒷마당으로 돌아갔다. 목수 아들도 얼른 쫓아가 역시 울타리 틈새로 엿보기 시작했다. 뒷마당엔 짓다만 또 다른 통나무집이 있었다. 목수 친구는 망치를 들고 사다리를 타고 짓다만 통나무집의 지붕 위로 올라가 밑에서 한 옆에 쌓여 있는 통나무들 중에서 적당히 굵고 적당히 기다란 통나무를 골라 역시 적당한 길이로 목수 아버지가 그 커다란 톱으로 쓱싹쓱싹 잘라 올려주는 통나무를 받아 망치로 뚝딱뚝딱 지붕을 엮기 시작했다.

그때 목수 친구의 어린 아들이 뛰어와 통나무 더미에서 역시 적당히 굵고 긴, 통나무를 골라 끙끙 거리며 목수 할아버지에게 넘겨주자, 목수 할아버지는 역시 쓱싹쓱싹 잘라 지붕으로 올려주고 지붕에선 역시 목수 친구가 뚝딱뚝딱 지붕을 엮어나갔다. 그렇게 목수 삼대는 장차 목수 4대가 될, 손자, 아들 목수가 살 통나무집을 짓고 있었다. 얼마 후면 그 통나무집 굴뚝에서도 연기가 피어오를 것이다.

목수 아들은 돌아와 그렇게 훌륭하고 근사하며 멋진 집을 허물고 목수 아버지와 함께 통나무집을 짓기 시작했다. 예전과 똑같은 통나무집을. 목수 할아버지는 손자 목수가 끙끙거리며 갖다 주는 통나무를 쓱싹쓱싹 잘라 올려주고 목수 아들은 지붕위에서 받아 뚝딱뚝딱 박아댔다. 그 통나무집도 머잖아 굴뚝에서 연기가 피어오를 것이다. 갖다 주고, 잘라 올려 주고, 받아 박아대고, 그렇게 통나무집을 짓고 있는 목수 삼 대의 모습은 그렇게 행복해 보일 수가 없었다. 그 마을은 모두가 목수 3,4대 마을이었다.

어느 고아의 일생

　열두 살, 재워줄 먹여줄 입혀줄 사람 하나 없는 한 고아가 있었다. 고아는 재워 주고, 입혀 주고 먹여줄 한 가구공장에서 심부름꾼으로 들어갔다. 심부름꾼은 온갖 힘들고 험하고 궂은 잔일들을 구박을 받아가며 견습공들보다 초라한 방에서 자고, 견습공들이 먹다 남긴 찬밥과 찌꺼기 반찬을 먹고 그래도 온갖 힘들고 험하고 궂은 잔일들을 하느라, 닳아빠진 신발은 얻어 신을 수가 있었다.

　일 년 후, 가구 견습공이 되었다. 조금은 덜 초라한 방에서 잠을 잘 수 있었고 기술공들이 먹다 남긴 조금은 덜 찬밥을 조금은 덜 찌꺼기 반찬을 먹을 수가 있었다. 신발도 조금은 더 신었다.

　삼년 후, 가구 기술공이 되었다. 책상이나 찬장, 작은 장롱들을 만들게 되었다. 조금은 괜찮은 방에서 자게 되었고 따뜻한 밥도 먹게 되었고 반찬도 건더기를 먹게 되었다. 신발도 구두를 신게 되었다. 작업복도 입게 되었다. 월급도 조금은 받게 되었다.

오년 후, 가구 기술자가 되었다. 큰 가구들도 만들고 좀 더 크고 좋은 방에서 자게 되고 밥도 쌀밥만 먹게 되고 반찬도 생선 반찬을 먹게 되고 구두도 바꿔 신고 작업복도 갈아입고, 외출복도 생겼다. 월급도 많이 받게 됐다.

칠 년 후, 일류 가구 기술자가 되었다. 최고급 이불장, 양복장, 화장대 12자짜리 자개장롱도 만들 수 있었고 여러 방에서 잘 수 있는 집에서 살게 되었고 밥도 콩 쌀밥을 먹게 되었고 반찬도 생선고기 반찬을 먹게 되고, 구두도 여러 켤레, 작업복도 여러 벌, 외출복도 여러 벌 갖게 되었다. 월급도 많이 받게 됐다.

십년 후, 좀 더 큰 방들이 딸린 큰 집에서 살게 되었다. 요리사가 해주는 콩 쌀밥, 콩 찹쌀밥도 먹게 되고, 생선고기 요리도 맛보게 되었다. 신발도 하녀가 닦아주는 구두들과 운동화, 등산화를 신게 되고 옷도 잠옷, 작업복, 외출복, 결혼식, 장례식 예복 등 구색을 갖추었다. 자가용도 몰고 다녔다. 월급도 좀 더 많이 주는 가구공장으로 옮겨 다녔다.

십오 년 후, 가구공장을 세웠다. 심부름꾼, 견습공, 기술공, 기술자, 일류 기술자들을 거느렸다. 그들에게도 자신이 받았던 대로 똑같이 해줬다. 일류 기술자들이 좀 더 많은 월급을 받고 다른 데로 가면 똑같이 좀 더 많은 월급을 주고 다른 데서 일류기술자들을 데려왔다.

이십 년 후, 가구점을 차렸다. 많은 가구공장들을 거느리는 가구점의 장이 되었다.

사십 년 후, 가구 회사를 차렸다. 많은 가구점들과 가구공장들을 거느리는 가구 회사 사장이 되었다. 자가용 운전기사도 고용했다.

육십 년 후, 가구 회사들을 계열사로 거느리는 가구 기업의 회장이 되었다. 경제계 회장으로도 추대됐다. 사람들은 가구업계의 회장을 개천에서 용 났다. 자수성가했다, 신화적인 인물이다, 가구업계의 전설이다, 칭송했다. 그는 죽을 때가 되었을 때, 자신이 가진 모든 것을 가지고 갈 수 없다는 사실을 깨달았다. 그는 죽는 순간 자식들에게 이제부턴 심부름꾼으로 살라고 했다. 그리곤 자신이 가진 모든 것을 심부름꾼, 견습공, 기술공, 기술자, 일류 기술자들에게 모두 돌려주고 갔다. 그는 고아는 나 하나만으로 족하다는 말을 남겼다. 사람들은 그런 그를 고아라 부르지 않고 고아들의 아버지라 불렀다. 그는 고아였지만, 갈 때는 결코 고아가 아니었다.

통나무집

집만 짓는 목수가 있었다. 그 집만 짓는 목수는 개집, 닭집, 외양간, 마구간, 하꼬방, 원두막, 오막살이, 초가집, 벽돌집, 아파트, 한옥, 절집, 대궐, 궁궐, 오만가지 못 짓는 집이 없는 만능 집짓는 목수였다. 그러나 벌집만은 짓지 못했다. 그 집만 짓는 만능 목수는 벌들이 벌집을 짓는 모습을 유심히 살펴보며 따라 지어보았지만 똑같은 벌집은 지을 수가 없었다. 만능 목수는 한탄했다. 자신의 오만가지 집 짓는 기술이 벌들만도 못하다고.

그때 벌들이 이런 말을 했다. 우리는 오로지 벌집만 지을 줄 알지. 그 오만가지 집들 중 그 어느 한집도 지을 줄 모른다고, 만능 목수는 깨달았다. 열두 가지 재주보다 한 가지 재주가 더욱 낫다는 사실을.

그때부터 만능 목수는 한 가지 집만 짓는 일에 전념하기 시작했다. 그 한 가지 집은 모든 사람들이 그 누구나 행복하게 살수 있는 나무로 만든 통나무집이었다.

삼촌의 전성시대 2권

2021년 2월 15일 초판 인쇄
2021년 2월 20일 1쇄 발행

지은이   장호주
만든이   박찬순
만든곳   예술의숲
         등록 2002. 4. 25.(제25100-2007-37호)
         주   소 · 충북 청주시 상당구 교서로 2
         전   화 · 070-8838-2475
         휴 대 폰 · 010-5467-4774
         이 메 일 · cjpoem@hanmail.net

ⓒ 장호주 2021. Printed in Cheongju, Korea
ISBN 978-89-6807-183-6   03810